박재영 新무협 판타지 소설

흑첨향

黑恬鄕

꿈속의 세계

3

흑첨향 3

박재영 新무협 판타지 소설

초판 1쇄 찍은 날 / 2002년 4월 5일
초판 1쇄 펴낸 날 / 2002년 4월 15일

지은이 / 박재영
펴낸이 / 서경석

편집장 / 문혜영
편집 / 장상수 · 박영주 · 김희정 · 권민정 · 이종민
마케팅 / 정필 · 강양원 · 김규진 · 안진원

펴낸곳 / 도서출판 청어람
등록번호 / 제1081-1-89호
등록일자 / 1999. 5. 31
어람번호 / 제2-0076호

주소 / 경기도 부천시 원미구 심곡1동 350-1 남성B/D 3F (우) 420-011
전화 / 032-656-4452 팩스 / 032-656-4453
http://www.chungeoram.com
E-mail § eoram99@chollian.net

값 7,500원

ISBN 89-5505-198-0 (SET)
ISBN 89-5505-345-2 04810

흑첨향

黑恬鄉
꿈속의 세계

박재영 新무협 판타지 소설

3

도서출판
청어람

목   차

제1장
월정강(越井岡)의 쑥

1

…이 현진경(玄眞經)은 나의 옛 스승께서 전수해 준 것으로 위로는 태극(太極)에 이르고 아래로는 시방(十方)에 나아가며, 달을 마시고 해를 먹으면서 천문(天門)으로 들어가기에 '옥패금당이경전련도(玉佩金璫二景纏煉道)'라고도 한다.

모두 300여 자로 되어 있는 바, 100자는 도(道)에 대해 풀이했고 또 100자는 법(法)에 대해 풀이했으며 나머지 100자는 술(術)에 대해 풀이했다.

이것은 모두 천기에서 나온 것으로 그 정묘함을 보자면 황정팔경(黃庭八經)의 내용도 현묘하다고 하기에 부족하고, 그 지극한 요체를 살피자면 경전이나 제자백가, 사서는 문장이라 여기기에 부족하며, 그 교묘한 기지를 비교해 보자면 손무(孫武), 오기(吳起), 한신(韓信), 백기(白起) 등도 기이하다고 여기기에 부족하다.

지금 내가 이것을 너에게 주리니, 소년은 부디 부지런히 도(道)를 닦아라.

유양(維楊) 지방의 열 명의 벗은 분수에 만족할 줄 알아 녹봉과 직위를 구하지 않고 재화를 탐내지 않았으며, 서로 벗이 되기를 약속한 후 마치 형제와 같았다.

몇 년째 풍년이 계속되자 그들은 풍류를 즐겼는데 처음에 한 집에서 다른 아홉 벗을 초대해 술과 음식을 대접하기 시작해 곧 열 집으로 두루 퍼져 돌아가면서 술과 음식을 마련하며 즐기는 것이 일상적인 일이 되었다.

서로 벗이 된 후 10년째 되던 해에 유양십우(維楊十友) 중 풍대량(豊代亮)이 병으로 죽었으나 이들의 우의는 끊어지지 않았다. 열흘에 한 번씩 돌아가며 음식을 마련하는 일도 그치지 않아 유양십우는 매번 음식과 술을 즐길 때마다 풍대량의 아들 풍전소(豊全素)마저 잊지 않고 불렀다.

풍전소는 갓 15세였는데 부친이 병을 앓는 동안 집안의 재산이 모두 탕진되어 오갈 데도 없는 처지로써 부친의 벗들이 전해주는 피륙으로 근근히 살아가고 있었다. 하지만 그 성정이 곧고 성품이 밝아 유양십우는 더 더욱 풍전소를 친자식처럼 아껴주었다.

중양절(重陽節:음력 7월 15일)에 유양십우는 평소에 하던 잔치를 좀 더 성대하게 열고 많은 사람들을 불러모았는데 당연히 풍전소도 빼놓지 않았다.

잔치가 한창일 때 풍전소는 걸식하는 한 노파가 넘어져서 술동이를 엎어버리는 것을 보게 되었다. 술집 주인이 그 노파를 때렸는데 그 광경을 본 풍전소가 울컥하는 기분에 술집 주인을 향해 음식을 집어 던졌다.

술집 주인은 어린 소년이 먹던 음식을 자신의 얼굴에 던지자 화가 나서 풍전소를 잡으러 쫓아왔고, 풍전소는 이리저리 사람들 사이로 도망치면서 계속 손에 잡히는 대로 그릇이나 음식들을 집어 던졌다.

그사이에 노파는 곤경에서 벗어날 수 있었지만 당연히 잔치가 난장판이 되고 말았다.

잔치를 망친 풍전소는 집으로 돌아가지 못하고 그 길로 유양을 떠나기 위해 길을 나서지 않을 수 없었다. 첫째는 술집 주인이 계속 쫓아오는 것이 두려웠고, 둘째는 부친의 벗들이 잔치를 망친 죄를 물을까 두려웠기 때문이었다.

미처 마을을 벗어나지 못했을 때 풍전소는 걸식하던 노파를 다시 만났는데 보아하니 노파는 풍전소를 쫓아온 듯했다.

"너는 어디로 가려는 게냐?"

노파는 풍전소가 이미 고향을 떠나려고 결심한 걸 알고 있는 듯 안타까워하는 기색을 감추지 못했다.

풍전소는 쾌활한 표정으로 말했다.

"난 여길 떠날 거예요. 잔치를 망쳤으니 더 있을 수도 없게 되었어요."

"내가 듣기에 유양십우는 그 우의가 두텁기로 유명하다. 설마 하니 그만한 일로 네 아버지의 친구들이 널 혼내겠느냐. 넌 이곳에 있으면 그들에게 도움을 받으며 편안히 지낼 수 있는데 어딜 가겠다는 것이냐."

"난 아버지가 아니에요. 그 사람들이 나에게 잘해주는 것은 단지 그 사람들 스스로를 위로하기 위한 것일 뿐이에요. 아버지의 친구들이 이번 일로 날 혼내지 않는다고 해도 난 넓은 세상을 구경하고 싶어졌어요."

노파가 보기에 풍전소는 이미 단단히 결심한 게 분명했다. 노파는 더 이상 말릴 수 없다는 것을 깨달은 듯 한숨을 내쉬었다.

"네가 나를 곤란한 지경에서 벗어나게 해주어 고마웠다. 하지만 보답을 하려 해도 마땅한 게 없고 단지 한 줌의 쑥이 있을 뿐이구나."

'그까짓 한 줌의 쑥으로 무엇을 할 수 있담.'

풍전소는 속으로 웃으며 아무 말도 하지 않았다.

노파가 다시 말했다.

"나는 뜸으로 혹이 난 사람을 잘 치료하는데, 너에게 월정강(越井岡)의 쑥을 줄 테니 혹이 난 사람을 만나면 한 심지만 사용해라. 그러면 그것이 인연이 되어 아름다운 여인을 얻게 될 것이다."

'한 줌의 쑥이 인연이 되어 아름다운 여인을 만난다니 무슨 황당한 말인지 모르겠구나.'

풍전소는 다시 속으로 웃지 않을 수 없었다. 하지만 진지하게 말하는 노파의 성의를 무시할 수 없어 노파가 내미는 쑥 주머니를 받아 들었다.

풍전소는 다시 길을 재촉했지만 아직 유양을 벗어나기도 전에 이미 날이 어두워지고 있었다. 쉬지 않고 걸음을 옮겨 지치기도 했지만 무엇보다도 배가 고파 더 이상 움직일 수가 없었다.

이때, 그는 길가에 앉아 건량을 먹고 있는 한 사람을 만날 수 있었다. 왼쪽 턱 아래에 어른 주먹만한 혹이 달려 있는 중년 도인이었다.

중년 도인이 먹고 있는 것을 보니 호마산(胡麻散:참깨 가루)과 복령환(茯苓丸)이었는데 평소에는 주어도 먹지 않을 것들이었지만 지금의 풍전소는 이것저것 가릴 계제가 아니었다.

풍전소는 노파에게 얻은 쑥이 생각나 중년 도인에게 말을 걸었다.

"제가 그 혹을 떼어드릴 테니 음식 좀 나누어 주지 않겠어요?"

"음식을 나누어 주는 거야 어렵지 않지만 네가 어떻게 이 혹을 뗄 수 있다는 것이냐?"

중년 도인은 불쾌해하는 표정을 머금었다. 아직 어린 소년이 단지 음식을 얻어먹기 위해 거짓말을 한다고 생각한 때문이었다.

사실 풍전소 자신도 반신반의했지만 시험 삼아 쑥 한 심지를 꺼내 뜸을 떠보았는데, 과연 그 노파의 말대로 혹이 떨어져 나갔다.

중년 도인은 매우 기뻐하면서도 또 한편으로는 무척이나 놀란 표정이었다. 그는 풍전소가 들고 있는 쑥 주머니를 보며 계속 고개를 갸웃거리며 혼자 중얼거렸다.

"허어… 그 쑥이 설마 월정강의 쑥일 리는 없고… 참으로 알 수 없는 일이로구나."

잠시 후 중년 도인은 기꺼이 호마산과 복령환을 나누어 주며 입을 열었다.

"내 혹을 떼어준 것은 음식을 조금 나누어 먹는 것으로는 갚을 수 없는 큰 은혜이다. 내가 보아하니 너는 잠시 후에 큰 액을 만나게 되어 있는데 내 그것을 방비해 주겠다."

풍전소는 잔뜩 시장하던 참이라 중년 도인이 나누어 준 호마산과 복령환을 정신없이 먹고 있었는데 중년 도인은 다시 붉은 글씨로 된 부적을 하나 꺼내어 불에 태우고는 그 가루를 풍전소에게 삼키게 하며 말했다.

"천지가 너를 보호해 줄 것이다."

액을 방지한 후에야 중년 도인은 몸을 일으켜 휘적휘적 사라져 갔는데 그 걸음이 기이하도록 빨라 눈을 한 번 깜빡거리는 사이에 이미 보이지 않았다.

풍전소는 어느 정도 시장기가 가시자 다시 길을 재촉했는데 조금 후 뒤에서 십여 개의 횃불이 치달려오는 것을 보게 되었다. 십여 명의 장정들이 횃불을 들고 길을 따라 맹렬히 뛰어오고 있었는데 그 기세가 사뭇 흉험했다.

'이크! 날 잡으러 온 사람들이구나.'

풍전소는 크게 놀라 길을 팽개치고 오른쪽 숲으로 뛰어들었다.

사실 풍전소는 횃불을 들고 뛰어오고 있는 십여 명의 장정들이 유양 십유가 보낸 사람들인지 아닌지 확실히 알지는 못했지만 우선 도망칠 수밖에 없었다.

숲으로 뛰어든 풍전소는 길도 없는 곳을 무작정 달리기 시작했는데 삼백여 장쯤 지났을 때 그만 실족해서 물이 마른 큰 우물 속으로 떨어지고 말았다. 비록 우물에 떨어졌지만 마른 나뭇잎이 수북이 쌓여 있어서 풍전소는 아무런 상처도 입지 않았다.

"아까 그 도사가 말하기를 조금 후에 큰 액을 만난다고 하더니 바로 이 일을 말하는 것이었구나. 이렇게 깊은 곳에 떨어졌는데도 다치지 않은 것을 보면 그 도사가 액을 방비해 준 게 효험이 있긴 있었던 모양이다."

날이 밝자 풍전소는 위를 올려다보고는 크게 놀라지 않을 수 없었다. 그가 떨어진 곳은 깊이가 100장도 넘는 커다란 동굴 안이었던 것이다.

동굴은 다시 구불구불 사방으로 뚫려 있었는데 그 넓이가 추측할 수도 없을 정도였다.

풍전소는 자신이 떨어졌던 구멍으로는 다시 빠져나갈 수 없다는 사실을 깨닫자 난감하기 그지없었다.

"날개가 달리지 않은 한 저 위로 다시 나갈 수는 없고 천상 이 동굴들 중에서 바깥으로 통하는 곳이 있기를 바라는 수밖에 없겠구나."

풍전소는 원래 성품이 낙천적이라 크게 실망하지 않은 채 사방에 뚫려 있는 여러 개의 동굴 중 어느 쪽으로 갈까 궁리하기 시작했다.

아무래도 신선한 바람이 들어오고 있는 쪽이 바깥과 연결되어 있다는 생각이 들어 지하 광장을 한 바퀴 돌며 바람이 나오는 동굴을 찾아보았다.

이때 어디선가 기이한 향이 흘러나왔는데 냄새만으로도 전신이 청량해지는 기분이었다.

풍전소는 알 수 없는 향기가 흘러나오고 있는 곳을 찾아보았다.

한쪽에 평탄한 바위가 있었는데 그 중앙이 움푹 패어 있었다. 천장에서 오랜 세월을 두고 물방울이 한 방울씩 아래로 떨어져 바위를 패이게 만들며 돌절구 형태로 만들어놓은 것 같았다.

그 움푹 패인 바위 구덩이 안에 엿 같기도 하고 꿀 같기도 한 액체가 가득 고여 있었고 기이한 향은 바로 그 액체에서 풍겨 나왔다.

풍전소는 그렇지 않아도 갈증이 심하던 차라 바위 위에 엎드려 그것을 마셨는데 더 이상 배가 고프지도, 목이 마르지도 않는 것은 둘째 치고 청량한 기운이 온몸에 감도는 것을 느낄 수 있었다.

돌절구 안의 액체가 생각보다 맛있어 풍전소는 안에 가득 고여 있는 흰 액체를 반 이상이나 마신 뒤에야 몸을 일으켰는데 바로 그 순간, 어디선가 기이한 음향이 들려오기 시작했다.

미세한 음향이었다. 무언가 알 수 없는 것들이 지면을 기어오는 듯한 소리였다.

풍전소는 수많은 동굴 중 한곳에서 무언가가 다가오는 소리가 들리며 역겨운 비린내가 풍겨오자 자신도 모르게 긴장해서 반대쪽의 동굴로 몸을 숨겼다.

잠시 후 풍전소가 바라보고 있는 동굴 속에서 길이가 십 장이 넘을 듯한 흰 뱀 한 마리가 천천히 기어나왔는데 그 뒤쪽으로 수천 마리의 뱀들이 따르고 있었다.

'마치 군왕이 신하들을 거느리고 행차하는 듯 위엄이 대단하구나.'

풍전소는 흰 뱀이 수천 마리의 뱀들을 이끌고 지하 광장으로 나오는 모습을 신기하게 생각하며 지켜보았다.

흰 뱀은 지하 광장으로 나오자마자 조금 전에 풍전소가 마신 액체가 고여 있는 돌절구 형태의 바위 쪽으로 갔다.

바위 구덩이 안에는 풍전소가 마시고 난 액체가 반쯤 남아 있었는데 흰 뱀은 그것을 모두 마시고 난 뒤 그 양이 부족하다는 것을 깨달은 듯 주위를 휙휙 노려보기 시작했다.

'이크! 아까 그 꿀 같은 액체가 저 용왕님의 식사였구나.'

풍전소는 가슴이 뜨끔해져 살그머니 숨어 있던 동굴 안쪽으로 뒷걸음쳤다.

다행히 흰 뱀은 풍전소를 발견하지 못하고 가까이 있는 뱀들을 덮쳐가 순식간에 십여 마리의 뱀을 통째로 삼켜 버렸다. 꿀 같은 액체의 양이 모자라 뱀들로 배를 채우려는 것 같기도 하고 화풀이로 수하들을 죽이는 것 같기도 했다.

흰 뱀은 십여 마리의 뱀을 삼킨 뒤에도 분이 풀리지 않은 듯 고개를 들고 동굴 안을 살펴보기 시작했는데 그 눈빛이 마치 횃불처럼 밝아 풍전소로서는 간담이 서늘하지 않을 수 없었다.

풍전소는 그 흰 뱀이 자신을 찾아낼까 두려워 숨어 있던 동굴 안쪽으로 계속 뒷걸음치기 시작했다. 한참을 뒷걸음치다가 흰 뱀이 보이지 않자 몸을 돌려 달리기 시작했다.

대략 오 리쯤 달리자 한 돌문이 나타났다.

풍전소는 지하 동굴 끝에 청동으로 만들어진 손잡이까지 달려 있는 돌문이 있는 것을 기이하게 여기지 못한 채 단지 바깥으로 통하는 문이라고 생각하고 문을 열고 들어갔다.

돌문 안에는 방원 십여 장이나 되는 넓은 방들이 여러 개 있었다. 그 가운데 몇 칸은 비단 실로 수놓은 휘장이 걸려 있었는데 특히 진주와 비취로 꾸며져 있어 화려하기가 그지없었다.

또 휘장 앞에는 황금 향로가 있었는데 교룡과 난새가 새겨져 있었으며 모두 입을 벌리고 향연(香煙)을 뿜어내고 있어 향기가 자욱했다. 그 옆으로 작은 연못이 있었는데 금으로 벽을 쌓고 수은을 채워두었으며 옥으로 만든 오리와 갈매기가 떠 있었다.

가장 큰방에 들어가니 중앙에 침상이 있었는데 그 위에는 금(琴), 비파(琵琶), 생황, 고(鼓), 축어 등의 악기들이 놓여 있었다.

풍전소는 이곳이 어느 곳인지 알 수 없어 어리둥절했다. 단지 짐작하기에 자신이 알 수 없는 경로를 통해 황궁(皇宮)의 한곳에 들어온 것 같았다.

'큰일 났구나. 단지 바깥으로 나갈 길을 찾고 있었는데 어떻게 해서

황궁으로 들어오게 된 것일까? 여기에 어슬렁거리다가 사람들에게 발각되면 온전하지 못할 것이다.'

풍전소는 마음이 다급해져 밖으로 나갈 길을 찾아보았지만 처음에 열고 들어왔던 돌문은 열리지 않았다. 이리저리 통해 있는 통로들은 많았지만 역시 각 통로마다 굳게 잠겨 있는 돌문이 있어 밖으로 나갈 수가 없었다.

풍전소가 가만히 계산해 보니 자신이 들어온 곳이 십여 칸 정도의 방으로 되어 있는 어떤 별궁(別宮) 같았다.

"이곳은 황제가 잘 사용하지 않는 별궁이라 사람들이 없어서 다행이긴 하지만 도무지 밖으로 나가는 통로를 찾을 수 없으니 큰일이구나."

풍전소는 아무리 애써도 밖으로 나가는 통로를 찾지 못하자 종내에는 자포자기하는 심정이 되어 오히려 마음이 편안해졌다.

그는 첫 번째 방으로 돌아가 침상 위의 악기들을 만지며 놀다가 잠이 들었는데 그 뒤부터 그 일이 일상적인 것이 되고 말았다. 흰 뱀이 마시던 기이한 액체를 마신 뒤로는 시장함과 갈증을 느끼지 못했기에 식량에 대해서는 걱정되지 않았다.

별궁의 가장 깊은 안쪽에는 하나의 작은 정원이 있었는데 샘물과 바위는 맑고 차가웠으며 계수나무와 난은 담담하면서도 우아했다. 고요한 중에 간간이 초목에 스치는 바람 소리가 들려왔고 그 외에는 적요롭기 그지없었다.

풍전소는 햇빛이 들지 않건만 수목과 화초들이 늘 푸른빛을 유지하고 있는 것을 별로 기이하게 여기지 않은 채 악기 중 하나를 들고 정원으로 나가 하루 종일 악기를 타며 노래를 부르다가 잠이 오면 첫 번째 방으로 돌아와 잠을 잤다.

그렇게 열흘 정도가 흘렀을 때 풍전소는 정원에서 노는 것도 심드렁해져 열 칸이 넘는 방들을 살펴보기로 마음먹었다.

대부분의 방들은 화려하긴 했지만 풍전소가 흥미를 느낄 만한 물건들은 없었다. 풍전소의 흥미를 끈 곳은 온갖 잡다한 물건들이 가득 쌓여 있는 한 석실이었다.

석실은 아마도 지금 당장 사용하지 않는 물건들을 넣어두는 창고인 듯했는데 실로 온갖 기이한 것들이 넘치도록 가득 차 있었다. 그중에서 풍전소의 관심을 끈 것은 유지(油紙)로 단단히 봉해져 있는 한 권의 고서였다.

〈대위 진군 7월 7일, 도사 곽한(郭韓)이 명산에 수장해 두었다가 후인에게 전한다.〉

풍전소는 유지 위에 쓰여져 있는 제(題)를 보고는 더욱 호기심이 생겨 유지를 뜯었는데 안에는 다시 후인에게 전하는 글귀가 남겨져 있었다.

〈이 현진경(玄眞經)은 나의 옛 스승께서 전수해 준 것으로 위로는 태극(太極)에 이르고 아래로는 시방(十方)에 나아가며, 달을 마시고 해를 먹으면서 천문(天門)으로 들어가기에 '옥패금당이경전련도(玉佩金璫二景纏煉道)'라고도 한다.

……

내 스승에게 듣기로 이 비결은 마땅히 여러 진인들에게 전수될 것이고 나 하나만으로 그치지 않을 것이라 했다. 후인이 이것을 얻게 된 것도 이미 정해진 인연인 바, 내 사조로부터 시작하여 7명이 얻게 될 것인데 그대에 이르면 4명째 전수받게 되는 것이다. 다만 현진경의 글이 모두 구름, 용과 같은 전서(篆書)로써 끝내 후인이 이해하지 못할까 염려될 뿐이다.)

과연 유지 안에서 나온 비결은 도저히 이해할 수 없는 문양들뿐이었지만 이상하게도 풍전소는 그 책을 손에서 놓기가 싫었다. 그 책을 간직한 뒤로는 석실 안의 다른 온갖 기이한 보물들도 눈에 들어오지 않을 정도였다.

그 뒤로 풍전소는 다시 악기를 들고 정원에 나가 악기를 타며 노래를 부르거나 하루 종일 현진경을 들여다보며 지냈다.

다시 열흘이 지났을 때 풍전소는 그날도 정원에서 악기를 타며 노래를 부르다가 8, 9세가량 된 어린 소녀 두 명이 자신을 빤히 바라보고 있는 것을 발견할 수 있었다. 청색과 홍색의 비단 옷을 입은 두 소녀는 귀엽기가 천상의 선동 같았지만 도대체 언제 어느 곳으로 들어왔는지 알 수가 없었다.

"그대는 누구이기에 감히 황제의 별궁에서 황제의 악기를 타고 있느냐?"

두 소녀 중 홍의소녀가 짐짓 엄한 신색으로 질문을 던졌지만 풍전소는 두렵기보단 오히려 반가웠다.

"나는 우연히 길을 잘못 들었을 뿐이다. 나가는 길만 가르쳐 준다면 지금 당장이라도 나갈 테니 제발 통로를 가르쳐 다오."

풍전소는 두 명의 궁장 소녀가 마치 어린 여동생 같은 기분만 들어 지금까지 있었던 이야기를 모두 들려주었다. 두 소녀는 깔깔대고 웃기도 하다가 혀를 차며 안타까워하는 등 풍전소의 이야기를 재미있게 들으며 좋아했다.

하지만 풍전소가 이곳까지 오게 된 경위를 모두 들은 뒤에 두 소녀는 어두운 표정을 떠올렸다.

"여긴 이소궁(爾素宮)이라는 별궁이에요. 폐하께서 이곳에 잘 오시지 않는 바람에 지금까진 발각되지 않았지만 이소궁에 외인이 있다는 게 발각되는 건 시간문제예요. 그리고… 사실 우리도 황궁 밖으로 나가는 길을 알지 못해요."

풍전소는 크게 낙담하지 않을 수 없었다.

두 소녀 중 청의를 입은 소녀가 풍전소를 위로하듯 말을 건넸다.

"우리가 풍 오빠를 위해 황궁 밖으로 나가는 길을 알아볼게요. 하지만 그 안에라도 다른 사람에게 발각되면 죽임을 면할 수 없으니 조심해야 해요."

이어 두 소녀는 풍전소에게 악기를 타며 노래를 불러달라고 부탁했다.

원래 풍전소는 어릴 때부터 유양십우의 풍류에 빠지지 않고 쫓아다녀 각종 악기를 다루는 것과 노래하는 것에 적지 않은 성취가 있었다.

풍전소 역시 아직은 어린 나이인지라 악기를 타며 노래를 부르기 시작하자 이내 스스로 흥취에 젖어들어 온갖 근심을 잊었다. 두 명의 소녀는 풍전소의 연주와 노래가 꽤나 마음에 들었다는 듯 오랜 시간을 머물러 있다가 떠났다.

그 뒤부터 두 소녀는 하루에 한 번씩 풍전소에게 놀러 왔는데 매번 서로 어울려 노래를 하거나 정원을 뛰어다니는 즐거운 시간이 계속되었다.

하루는 두 소녀가 풍전소를 안내해 별궁 밖의 경치도 보여주었는데 풍전소는 몰래 숨어서 황제가 비(妃)와 함께 한가롭게 산책하거나 정무를 관장하는 모습을 훔쳐볼 수 있었다. 하지만 발각되는 게 두려워 어지간해서는 별궁 밖으로 나가지 않았다.

"이제 풍 오빠도 어느 정도 눈치를 채고 있겠지만 사실 우리는 살아 있는 사람들이 아니에요."

"이상하다고 생각하기는 했어."

"원래 이곳은 남월왕(南越王)의 무덤으로 우리는 왕이 죽었을 때 함께 순장(殉葬)되었는데, 지금까지 시간이 얼마나 흘렀는지 몰라요. 남월왕이 죽을 때 왕릉 전체에 이상한 도술을 걸어놓아서 우리는 영원히 왕을 모시고 이렇게 살고 있는 거예요."

"비록 왕과 함께 순장되었다고는 하지만 이곳에 있는 대신들이나 여러 명의 비(妃), 허드렛일을 하는 온갖 잡부들 모두 행복해 보이던데, 그러면 되었지 않느냐?"

"행복한 사람은 왕뿐이겠지요. 어떤 사람이 영원토록 이런 생활을 하기를 바라겠어요."

"그렇겠구나."

"원래 이 무덤 안에 사람이 들어올 수는 없어요. 그리고 우연히 들어왔더라도 이중 삼중의 함정과 술법에 걸려 모두 죽게 되어 있어요. 하지만 알 수 없는 힘이 풍 오빠를 수호해 주고 있기 때문에 풍 오빠는 사(邪)에 침범당하지 않는 것 같아요."

"다른 사람들은 이 무덤 안에 들어오더라도 이런 모습을 볼 수 없고 너희들을 느낄 수 없다는 뜻이냐?"

"사실 풍 오빠가 우리를 알아보지 못하면 우리도 풍 오빠를 알아보지 못해요."

"그랬구나."

"그래서… 풍 오빠에게 부탁이 있어요."

"난 이 무덤 안에 갇혀 밖으로 나가지도 못한 채 아무것도 못하는 일개 어린아이일 뿐이란다."

"아니에요. 풍 오빠가 이미 현진경을 얻었다는 걸 알고 있어요. 잘 생각해 보면 이 무덤 전체에 걸려 있는 도술을 풀어서 우리를 자유롭게 해줄 수 있을 거예요."

풍전소는 자신이 떨어진 지하 황궁이 어딘가 기이하다는 것은 이미 느끼고 있었다. 매번 별궁 밖의 세상을 훔쳐볼 때마다 똑같은 모습이 반복되고 있었던 것이다.

거의 변함이 없는 똑같은 하루가 이어지고 있었다.

아침이면 황제는 대신들 앞에서 정무를 보고 오후에는 비(妃)들과 함께 산책을 했으며 늦은 저녁에는 술과 가무를 즐겼다. 많은 가인(佳人)들이 황제를 둘러싸고 노래하고 춤을 추며 즐거운 듯 웃고 떠들썩했지만 매일같이 반복되다 보니 풍전소가 보기에 공허할 따름이었다.

두 명의 소녀가 풍전소에게 자신들을 풀어달라고 부탁해 온 것은 바로 그 즈음이었다.

풍전소는 어떻게 하면 이 고대의 왕릉에 걸려 있는 금제를 파괴해 죽은 사람들의 영혼들을 풀어줄 수 있을까 생각했다. 그러자 한 생각이 그의 머리 속에 떠올랐다. 무덤에 걸려 있는 금제를 파괴시키는 방법이었다.

그것은 현진경의 내용 중에 법(法)에 속해 있는 비결이었지만 풍전소는 현진경의 수많은 내용 중 단 한 글자도 해석하지 못한 자신이 어떻게 무덤의 금제를 파괴시키는 방법을 알게 되었는지 알 수 없었다. 단지 그냥 머리 속에 떠올랐을 뿐이었다.

풍전소는 비술을 시행하기 전에 두 명의 소녀를 안타까워하는 눈으로 바라보았다. 아직 어린아이들이었고 그동안 꽤 정이 든 사이였다.

홍의소녀가 눈물을 흘리며 입을 열었다.

"서로 경계가 다르고 길이 다르니 섞이기 어려운 법이에요. 풍 오빠는 저희들을 불쌍타 마시고 돌아가세요."

풍전소는 안타까운 마음을 금할 수 없었지만 어쩔 수 없이 고개를 끄덕였다.

그 순간 모든 사물이 변화되었다.

풍전소는 단지 고개를 끄덕인 후 다시 고개를 들었을 뿐이었는데 두 소녀의 모습은 사라져 보이지 않았고, 거대한 무덤 안에는 오래된 곰팡이 냄새만이 가득해 있었다.

방 안에 있던 기물들 중에서도 금이나 은으로 된 물건들은 변화가 없었지만 그 외의 것들은 모두 세월의 무게가 되살아나 가루가 되어 있었다. 정원으로 나가보니 그 아름답던 계수나무와 난은 옥으로 정교히 만든 장식품이었을 뿐이었다.

2

자문정의 말괄량이 여살수인 여교가 엉뚱하다는 것은 이미 흑화고도 익히 알고 있었다. 하지만 느닷없이 찾아온 여교가 꺼낸 이번 부탁만큼은 정말이지 엉뚱하다 못해 황당하기까지 했다.

흑화고는 앞에 태연히 서 있는 여교를 가만히 바라보다 한숨처럼 다시 질문을 던졌다.

"잠룡숙(潛龍宿)의 교두(敎頭)가 되겠다고 했느냐?"

"예. 심심하기도 하고, 뭐… 나도 뭔가 밥벌이는 해야 할 거 같아서요."

"잠룡숙에 대해서 알고 있긴 알고 있는 거냐?"

"물론 잘 알고 있어요. 내가 천뢰도에 들어온 것도 벌써 두 달이 넘었다고요."

"그럼 네 입으로 본 문의 잠룡숙에 대해 한번 이야기해 보거라."

"에… 그러니까 잠룡숙은 천뢰도의 본가와 속가는 물론이고 예하 세력의 자제들을 한곳에 모아놓고 교육시키는 곳이 아닌가요?"

"그래. 이를테면 후일 천뢰도의 용이 될 인재들을 양성하는 곳이야. 잠룡숙이라는 명칭에서 짐작할 수 있듯이 용의 후예들이 모여 있는 곳이 바로 잠룡숙이란 말이다. 한데 널 교두로 추천해 달라니, 도대체 네가 뭘 가르칠 수 있다는 거지?"

"이래 봬도 한밀법 해요. 자문정에서 최고의 기재로 손꼽히던 게 바로 나라구요. 용도 아니고 그까짓 용 새끼들쯤이야 기본 실력으로 가르쳐도 한 일 년은 충분히 버틸 수 있을 거예요."

여교는 완강했다. 무언가 목적이 있는 게 분명했는데 흑화고로서는 그녀가 무슨 생각을 하고 있는지 도무지 짐작조차 할 수 없었다.

"그렇지 않아도 교두가 부족한 모양이던데 장난만 아니라면 이야기 해 줄 수는 있어."

"정말이지 장난이 아니라니까요."

"좋아. 일단 이야기는 해보겠다. 뭐, 자문정의 살인 기예 같은 것도 훌륭한 공부거리가 되긴 할 거야."

"그럼 허락한 거예요?"

"단지 도주께 추천하겠다는 거지 내가 결정하는 게 아니야."

"도주님은 언니 말이라면 그저 꺼뻑 넘어가니까 그게 그거예요."

여교는 이미 결정되었다는 듯 밝은 표정으로 휘적휘적 방을 빠져나가기 시작했다. 그러다가 입구에서 멈춰 선 채 문득 고개를 돌렸다.

"아참! 수아 언니가 골치 아픈 물건 하나를 주워왔어요."

"골치 아픈 물건?"

"그게 사람이거든요. 수아 언니가 보름 전에 말도 없이 사라졌다가

며칠 전에 돌아왔는데 웬 꼬마 아이 한 명을 주워왔더라니까요.”

“사람을 주워와? 도대체 무슨 이야긴지…….”

흑화고는 무언가 음모를 꾸미는 악동 같은 표정을 짓곤 휘적휘적 멀어져 가는 여교의 뒷모습을 바라보며 고개를 갸웃거렸다.

“그 아이를 못 본 지도 꽤 오래된 것 같아 그렇지 않아도 오늘쯤은 한번 찾아가 볼까 하던 중이었는데…….”

흑화고가 거처를 나선 것은 두 시진가량이 지난 저녁 무렵이었다. 날이 이미 어두워져 곳곳에 등이 내걸리는 시각이었다.

잠시 후 단리수아와 여교, 능비령의 방이 있는 별채의 월동문으로 다가들던 그녀의 눈에 이채가 솟아났다.

월동문 옆의 담 앞에 15세가량 되어 보이는 한 소년이 쪼그려 앉아 있었다.

소년은 월동문 밖의 내성 저 안쪽을 망연히 바라보고 있었다. 마치 어둠 속의 모든 것을 보는 것 같기도 하고 또한 아무것도 보지 않는 것 같은 기이한 눈빛이었다.

‘수아가 주워왔다는 아이가 저 아이인 모양이군.’

달리 특별해 보이는 구석은 없었다. 흑화고는 단리수아가 골치 아픈 물건을 주워왔다고 말한 여교의 말을 떠올리며 소년에게 말을 걸었다.

“넌 누구냐?”

하염없이 어둠 저쪽만을 바라보던 소년이 그제야 흑화고에게 고개를 돌렸다가 흠칫 놀란 표정을 떠올렸다. 보아하니 흑화고의 미모에 놀란 듯한 태도였다.

소년은 정중한 태도로 포권을 하며 입을 열었다.

"저는 풍전소라고 합니다."

누구냐고 물어보고 그 대답을 듣기는 했지만 흑화고는 눈앞의 소년이 누구인지 알 수가 없었다.

"여기서 뭘 하고 있지?"

"심심해서요."

흑화고가 보기에 풍전소는 무척이나 순박한 성품을 지닌 것 같았다. 처음 보는 흑화고의 질문에 아무런 저항감 없이 진솔하게 대답하는 태도가 어쩐지 귀엽기까지 했다.

"심심하면 여기저기 구경이라도 하지 그러니."

"안 돼요. 여교가 말하기를 저쪽 별채에 성질 나쁜 노파가 살고 있는데 그 노파에게 걸리면 뼈도 못 추린다고 했어요."

풍전소가 가리키는 방향으로 무심코 눈을 돌리던 흑화고의 얼굴이 확 일그러졌다. 바로 그녀가 머물고 있는 별채였던 것이다.

흑화고는 침을 삼킨 후 애써 부드러운 미소를 머금은 채 천천히 입을 열었다.

"그렇다면 넌 딱 걸린 셈이로구나. 그 성질 나쁜 노파가 바로 나란다."

"예에?"

풍전소의 눈이 휘둥그레졌다. 도저히 믿을 수 없다는 표정이었다.

풍전소의 태도 하나하나가 너무 순박해 보여 흑화고는 어쩐지 풍전소와 이야기하는 게 재미있어졌다.

"한데 좀 전에 날 봤을 때 왜 놀랐지?"

"그게 사실은… 얼마 전에 한 할머니를 만났는데 그 할머니가 나에게 혹을 떼는 쑥을 주면서 그 쑥이 인연이 되어 아름다운 여인을 만난다고 했어요."

"쑥이 인연이 되어 아름다운 여인을 만난다고?"

앞뒤를 생략한 채 다짜고짜 입을 열고 있는 풍전소를 보며 흑화고는 어리둥절하지 않을 수 없었다. 풍전소는 신이 난 표정으로 말을 이었다.

"그래서 그 뒤로 여자를 만날 때마다 생각했어요. 저 여자가 과연 쑥이 인연이 되어 나와 맺어지는 여자가 아닌가 하고요."

"호오……."

흑화고는 더욱 흥미를 느낀 듯 풍전소의 말에 귀를 기울였다.

"기왕이면 예쁜 여자가 좋잖아요? 그런데… 내가 놀란 건 누님이 예뻐도 너무 예쁘기 때문이었어요."

풍전소는 고개를 숙이며 말을 이었다. 다소 시무룩해하는 태도였다.

"게다가 나보다 나이도 더 많아 보이고요."

"남녀의 인연은 나이가 다소 좀 차이가 난다고 해도 아무 상관 없는 법이란다. 더구나 무림의 여자들은 일반적인 관례는 무시하는 법이 아니겠니?"

흑화고는 빙그레 미소하며 입을 열다가 스스로 깜짝 놀랐다.

'뭐야! 이 꼬마에게 날 사랑해도 된다고 말하는 것이나 마찬가지잖아.'

"한데 저쪽에 뭐가 있지요?"

풍전소는 흑화고의 말을 별다르게 듣지 않은 듯 문득 한쪽을 손짓했다. 조금 전까지 그가 망연히 바라보고 있던 방향이었다.

"그쪽이라면… 본 가의 선조들을 모신 사당(祠堂)이 있는 곳이야. 한데 그건 왜 묻지?"

"이상하게도 저쪽으로 귀신들이 드나들고 있길래 물어본 것뿐이에요."

"뭐야? 넌 귀신들을 볼 수 있다는 거니?"

흑화고는 멍청히 풍전소를 내려다보았다. 지금까지 진솔하게만 느껴졌던 풍전소의 입에서 엉뚱하게 귀신 운운하는 말이 나오자 어이가 없는 기분이었다.

흑화고는 고개를 설레설레 저으며 별채 안으로 걸음을 옮겼다. 풍전소는 마치 자신의 집을 찾아온 손님 대하듯 앞장을 서서 길을 안내했다.

"여교가 술을 구해 올 텐데 우리와 함께 술을 마시지 않겠어요?"

풍전소는 아직 흑화고가 누구인지도 모르면서 마치 잘 아는 사이처럼 말을 걸었다.

흑화고가 눈썹을 찌푸렸다.

"여교가 술을 가져올 거라고?"

"예. 내가 부탁했어요. 아무래도 주인님의 기분이 우울한 것 같아 위로해 드리고 싶으니 술 좀 구해달라고 말이에요."

"네 주인이 누구지?"

"제 주인님은 단리 성에 수아라는 이름을 쓰세요."

"호오… 어째서 그 아이가 네 주인이 되었지?"

흑화고는 자꾸 풍전소와의 대화에 빠져드는 자신을 느끼며 기이하게 여기지 않을 수 없었다.

비록 조금 전에 처음 만난 사이이기는 하지만 풍전소는 마치 오래전부터 알고 있는 사람을 대하듯 편한 태도로 할 말을 다 하고 있었다. 그 자연스러움은 둘째 치고, 불쑥불쑥 내뱉는 말마다 그 뒤의 이야기가 궁금해지는 특이한 화법이 아닐 수 없었다.

"난 남월왕의 무덤 속에 떨어졌다가 빠져나오지 못해 무덤 안을 헤매고 있었어요. 그러다가 지하 동굴이 무너지면서 영락없이 죽지 않을 수 없는 상황이 되고 말았지요."

"그래서?"

"그때 속으로 외쳤어요. 날 살려주는 사람이 있다면 평생 주인으로 모시겠다고 말이에요. 그때 날 무너지는 지하 동굴 속에서 꺼내준 사람이 바로 주인님이었어요."

풍전소의 이야기는 두서없이 시작되지만 잘 듣다 보면 앞뒤가 정연했다.

흑화고는 자세한 내용은 몰라도 단리수아가 풍전소의 주인이 된 까닭 알 수 있을 것 같았다.

"수아 언니의 말에 의하면 넌 그때 겨우 땅 밑 한 자가량 되는 흙더미 속에서 허우적대고 있었어. 수아 언니는 흙 속에 손을 집어넣어 널 끄집어낸 것뿐이라구."

문득 뒤쪽에서 여교의 음성이 들려왔다. 그녀의 손에는 술 호로와 안주가 담겨 있을 듯한 작은 보따리가 한 개 쥐어져 있었다.

"너에게 술을 내줄 리는 없을 테고… 훔쳐 왔느냐?"

흑화고는 여교의 손에 쥐어져 있는 술 호로를 보며 질문을 던졌지만 질책하는 표정은 아니었다.

여교는 민망한 듯 씨익 웃으며 대답했다.

"창고에 들어가 보았더니 좋은 술이 산처럼 쌓여 있더라구요. 그 많은 술 중에서 한 병만 살짝 꺼내온 것뿐이에요. 이미 식사 시간이 끝나 향적주(香積廚:주방)에도 안주거리가 별로 남아 있지 않은 게 아쉽긴 하지만 어쩔 수 없지요."

여교가 풍전소를 바라보며 다시 말을 이었다.

"저 자식… 툭하면 이상한 말만 해대길래 정신 나간 놈인 줄 알았는데 맘에 드는 구석도 있더라니까요. 술 취향이 나랑 비슷해요."

흑화고는 졌다는 듯 고개를 저었다.

단리수아의 거처에 들어가자 그녀는 한쪽의 서탁 앞에 앉아 명상에 잠겨 있었다. 처음 대할 때와는 그 분위기가 완연히 달라 흑화고로서도 어쩐지 조심스러워지는 기분이었다.

"주인님! 술이 왔어요. 제발 그렇게 앉아 있지만 말고 우리와 함께 풍류를 즐겨요."

풍전소는 흑화고마저 행동을 조심스럽게 만들 정도로 엄숙한 기운을 흘려내고 있는 단리수아에게서 아무런 위압감을 느끼지 못하는 것 같았다.

풍전소가 졸라대자 단리수아는 어쩔 수 없다는 듯 고개를 끄덕였다.

단리수아의 거처 창문 밖의 화원 중앙에는 작은 정자가 하나 있었다. 주위의 화원이 한눈에 내려다보이는 곳이었다. 달빛이 환해 어둡지도 않았고 오히려 운치가 있을 것 같았다.

흑화고는 술을 즐기는 편은 아니었지만 풍전소가 이끄는 대로 정자에 앉았다.

술이 한 순배씩 돌자 풍전소는 노래를 부르기 시작했다. 한 소절이 끝나자 여교도 취기가 오른 듯 따라 부르기 시작했는데, 아마 이런 술자리가 벌써 한두 번이 아닌 것같이 능숙했다.

흑화고는 풍전소와 여교가 술에 취해 노래를 부르는 모습을 보며 처음에는 어이가 없었지만 점차 기분이 흔쾌해지는 것을 느낄 수 있었다.

단리수아 역시 어느새 발갛게 술에 달아올라 풍전소의 노래를 따라 부를 정도였다.

달빛은 교교했고 밤 공기는 더할 나위 없이 청량했다.

모두들 풍전소가 만들어내는 잔치 분위기에 휩쓸려 시간 가는 줄 모를 정도로 흥취에 젖어들었지만 이내 술과 안주가 떨어지고 말았다.

"어? 오늘은 한 사람이 더 있어서인지 술이 빨리 떨어졌네. 내가 또 가져올게."

여교가 일어서려는 순간 풍전소가 손을 저었다.

"술 창고가 어느 쪽이지?"

"넌 안 돼. 문이 단단히 잠겨 있는 데다 지키는 사람도 있다구."

"이래도?"

여교의 눈이 커졌다. 흑화고 역시 크게 놀라 풍전소의 손을 바라보고 있었는데 그의 손에는 두 개의 술 호로가 쥐어져 있었다.

"어, 어떻게 한 거지?"

"나도 몰라. 그냥 술 창고의 술을 이쪽으로 옮겨온 것뿐이야."

풍전소 역시 자신도 잘 알 수 없다는 듯 어리둥절해하는 표정으로 입을 열었다.

"다른 곳에 있는 물건을 네 마음대로 옮겨올 수 있다는 뜻이냐?"

단리수아는 별로 놀란 빛이 아니었지만 흑화고는 믿을 수 없다는 눈으로 풍전소를 바라보고 있었다.

이때 여교가 별안간 빽 하고 소리를 질렀다.

"이 자식! 너… 그런 능력이 있으면서 귀찮게 날더러 술을 훔쳐 오게 만들어? 날 도둑고양이처럼 술 창고에 숨어들게 만들었구!"

"그게 아냐! 원래는 못했는데 술이 떨어지자 별안간 술 창고의 술을 옮겨올 수 있을 것 같은 생각이 들었어. 그래서 해본 것뿐인데 정말로 될 줄은 나도 몰랐어."

풍전소가 변명하듯 입을 열자 여교와 흑화고는 서로 눈을 마주치며 더욱더 놀란 표정을 머금었다.

"좋아. 뭐 그렇다고 해두지. 그건 그렇고 거 뭐라고 하는 거야? 공간 이동? 아니면 다른 장소의 물건을 전이(轉移)시켜 온다고 해야 할까? 아무튼 기왕이면 안주도 가져오라구."

여교가 기가 질린 듯 얼버무리는 말투로 중얼거렸다.

풍전소는 신이 난 표정으로 고개를 끄덕였다.

"좋아! 한번 길이 나면 두 번째는 더 쉬운 법이야."

"그게 무슨 뜻이야?"

"아니, 뭐… 어른들이 하는 얘기인데 그냥 무슨 일이든지 첫 번째가 어렵지 두 번째는 쉽다는 그런 뜻이야."

흑화고가 울상을 머금었다.

그 순간, 정자의 바닥 돗자리 중앙에 나무 접시에 담겨져 있는 음식들이 수북이 나타났다. 마치 원래부터 그 자리에 있었던 것처럼 아무런 징조도 없이 그렇게 음식들이 나타난 것이다.

"화아… 진짜 음식들을 가져왔네. 한데 이거……?"

여교가 음식들을 내려다보며 고개를 갸웃했다. 음식이 담겨져 있는 나무 접시들이 모두 검은 옻칠이 되어 있는 게 영 이상해 보였다. 제기(祭器)들이었던 것이다.

"이거… 남 제사 음식을 가져온 거 아냐?"

여교가 고개를 흔들었다.

"귀신의 음식을 건들지 마. 귀신들을 화나게 할 필요는 없잖아."

여교와 풍전소가 주고받는 대화에 흑화고는 정신이 다 없었다.

여교는 이미 풍전소가 다른 공간의 물건들을 전이시키는 능력을 아무렇지도 않게 받아들인 듯 태연했지만 흑화고로서는 여교처럼 태연할 수가 없었다.

"도대체 언제부터 그런 능력이 생겼느냐?"

흑화고가 정색을 하자 풍전소는 고개를 갸웃하며 입을 열었다.

"사실 난 현진경의 글자들 중 단 한 글자도 알아보지 못했는데 그걸 읽고 나서 아무래도 이상해진 게 분명해요."

"현진경이 뭐지?"

"남월왕의 무덤 속에서 얻은 책이에요. 현진경은 법과 도, 그리고 술에 대해 풀어놓은 비결인데 난 법이나 도보다는 아무래도 술(術) 쪽으로만 인연이 있었나 봐요."

풍전소는 유양십우의 잔치에서부터 남월왕의 무덤에 빠진 후 현진경을 얻게 된 것까지 자신이 겪었던 일을 모두 이야기했다.

"나는 그 안에서 꽤 오랫동안 지낸 줄 알고 있었는데 주인님이 구해준 후 날짜를 계산해 보니까 내가 그 안에서 지낸 게 불과 하루밖에 되지 않더라니까요."

흑화고가 내심 고개를 저었다.

'수아가 골치 아픈 물건을 주워왔다는 여교의 말이… 아무래도 사실인 것 같군.'

제2장

회성곡(回聲谷)

1

흑화고가 직접 여교를 찾아오는 일은 여간해서 없었다. 여교에게 볼 일이 있어도 사람을 시켜 부르든가 아니면 여교가 놀러 올 때까지 기다리는 게 그녀의 성격이었던 것이다.

풍전소가 천뢰도에 합류한 지 열흘쯤 지났을 때 흑화고가 한 통의 서찰을 들고 여교를 찾아왔는데 여교의 입장에서 보면 의외의 일이 아닐 수 없었다.

여교는 풍전소와 함께 별채의 공터에 서 있었는데 둘 모두 검을 쥐고 있었다.

흑화고를 보자 여교가 고개를 갸웃했다.

"어쩐 일이세요, 안 하던 일을 다 하고? 사람이 별안간 안 하던 일을 하면 죽을 때가 가까워진 거라고 하던데 그럴 리는 없을 테고……."

"뭐야!"

흑화고는 화를 내야 될지 말아야 될지 모르겠다는 듯 울상을 지으며 한 통의 서찰을 내밀었다.

"자문정에서 너에게 보내주라고 서찰을 보냈더구나."

여교가 고개를 끄덕이며 서찰을 받아 들었다.

"하긴… 우리 형제들이 남의 집에 몰래 숨어드는 건 전문이지만 날 만나기 위해 감히 천뢰도 깊숙이 숨어들 수는 없었을 거예요."

흑화고는 여교가 서찰을 뜯어 모두 읽을 때까지 기다리고 서 있다가 여교가 고개를 들자 눈을 마주쳤다.

여교가 아무렇지도 않게 입을 열었다.

"할아버지가 보낸 거예요. 빨리 돌아오지 않으면 식사를 안 하시겠다고 써 있네요."

"나이 든 사람이 곡기를 끊으면 건강에 안 좋아. 할아버지를 위해서라도 돌아가야 하겠구나."

"흥! 어림없는 소리예요. 먹는 걸 얼마나 밝히시는 분인데 나 때문에 식사를 안 하겠어요. 그냥 보고 싶으니 빨리 돌아오라고 했으면 생각 좀 해볼까 했는데 나원… 이것도 협박이라고……."

"너, 그러다가 파문당하면 어쩌려고?"

"이 서찰을 보낸 할아버지가 자문정의 문주예요. 설령 날 파문시킬 일이 생겨도 오히려 자문정을 포기하실 분이에요. 뭐… 서찰을 보니 별다른 일은 없는 것 같고, 당분간은 걱정 없어요."

"빨리 돌아오라고 서찰을 보낸 게 오히려 역효과가 되었구나."

흑화고가 실소를 터뜨렸다. 여교의 존장들이 평소에 겪었을 어려움을 익히 짐작할 수 있을 것 같았다.

이때 뭔가를 곰곰이 생각하는 표정이던 여교가 번쩍 고개를 쳐들었다.

"언니! 뭐, 사람 죽일 일 없어요?"

흑화고는 어이가 없어 멍청히 여교를 바라보았다. 여교의 말투는 너무도 태연해 마치 아침에 오늘 날씨가 참 좋다는 등의 인사말을 나누는 것만 같았다.

여교가 말을 이었다.

"일거리라도 따내면 당분간 돌아가지 않아도 될 명분이 생길 거예요. 아무라도 괜찮아요. 자문정에 일거리 좀 주라구요."

그제야 흑화고가 고개를 끄덕였다. 무슨 이유로 여교가 불쑥 그런 말을 내뱉은 것인지 이유를 깨달은 때문이었다.

잠시 생각해 보던 흑화고가 입을 열었다.

"좋아! 자문정 전체를 사는 건 어떨까?"

"예에?"

"십승관의 대관주 후계자 쟁탈전이 사실상 시작되었어. 분명히 필요한 일이 있을 거야. 이건 다른 문파에서 우리 쪽 사람에 대해 자문정에 살인 청부하는 걸 막는 효과도 있고 말이야. 기한은 후계자 쟁탈전이 끝나는 그때까지로 정하면 될 거야."

여교가 눈을 똥그랗게 뜨고 손을 내저었다.

"말도 안 돼요. 다른 살수 단체에 비하면 규모가 작긴 해도 자문정의 살수들을 몽땅 사려면 엄청난 돈이 들어갈 거예요."

"그 정도의 돈은 있을 거야."

흑화고가 정색을 하자 여교는 그제야 진담이라는 걸 깨달은 듯 반색했다.

"그렇게 해주기만 한다면야 자문정의 살림에 큰 도움이 될 거예요.

사실 요 근래 별로 청부가 없는 것 같았거든요."

흑화고가 문득 한쪽에 서 있는 풍전소를 바라보았다.

"뭘 하고 있었느냐?"

"여교에게 무공을 가르쳐 달라고 해서 배우고 있던 중이에요."

"무공을?"

"무덤 안에서 날 따라온 놈이 있어요. 처음에는 얌전히 따라다니기만 하더니 이젠 날 잡아먹으려고 해요. 유양을 떠날 때 만났던 도사가 내 몸에 펼쳐 놓은 선술(仙術) 때문에 어쩌지 못하는 것이지, 선술의 효력이 떨어지면 분명히 날 잡아먹을 거예요."

"귀신과 싸우는 데도 무공이 필요하다는 거냐? 차라리 귀신을 막는 부적이 어때?"

"귀신이 아니에요. 마귀예요."

"끄응……."

흑화고는 풍전소의 말을 믿을 수도, 믿지 않을 수도 없어 신음성을 내뱉으며 고개를 흔들었다.

풍전소는 흑화고조차 자신의 말을 못 믿는 듯한 표정을 머금자 시무룩한 표정으로 입을 열었다.

"이 세상에는 인간만 사는 게 아니에요. 같은 공간 안에 서로 겹쳐져 살면서도 경계가 달라 서로의 존재를 느끼지 못하는 것뿐이에요."

"직접 경험을 해보지 못해 쉽사리 납득할 수가 없다 뿐이지 네 말을 의심하는 건 아니야."

…한 존재가 세상에 태어나 짧게는 수백 년에서 길게는 수천 년이라는 세월을 두고 다양한 기(氣)를 축적하게 되면 정(精)이 된다. 동물, 식물,

암석, 그리고 인간이 만든 모든 물체가 정이 될 가능성이 있는 것이다.

그들은 매우 긴 시간을 살아왔기 때문에 환술(幻術), 선술(仙術), 동물을 부리는 능력과 같은 강대한 힘과 높은 지능을 갖추고 있는 바, 정(精) 가운데 인간과 관계하여 괴이한 일을 일으키는 것을 특히 정괴(精怪)라고 한다.

정 가운데 가장 먼저 출현한 것이 이매망량(魑魅魍魎)인데 이매망량은 산이나 하천에 사는 정의 총칭이라 할 수 있다. 이매망량에는 또한 다양한 종류가 있는데 나무와 돌의 정령을 기(夔), 또는 망량(魍魎)이라고 하고, 물속의 정령을 용, 또는 망상(魍象)이라고 한다.

흑화고는 풍전소가 말하는 마귀라는 것이 이매망량 중 하나가 아닌가 생각하며 문득 신이경(神異經)에서 본 문귀를 떠올렸다.

잠시 후 그녀는 정색을 한 채 풍전소를 바라보았다.

"너는 과연 귀신을 볼 수 있느냐?"

"귀신만 보이는 게 아니에요. 온갖 것들이 다 보여요."

"그들의 소리도 들을 수 있느냐?"

"예. 그래서 시끄러워 죽겠어요."

"좋아. 네가 날 도와주어야 할 일이 있다."

"무슨 일인데 저 덜떨어진 놈이 필요하다는 건가요?"

여교가 끼어들었다.

흑화고가 한숨을 내쉬었다.

"비령이 돌아올 거라는 두 달이 벌써 지났어. 그래서 어느 곳에 있는지 알아내기 위해 회성곡(回聲谷)으로 가볼까 해."

"회성곡이 뭐지요?"

"넌 알고 싶은 게 있으면 회성곡으로 가라는 전설을 못 들어본 게로 구나. 나 역시 스승님께 들은 이야기지만 스승께서도 딱 한 번밖에 가본 적이 없다고 하셨어. 날 제자로 삼은 것도 그곳에서 들은 이야기 때문이라고 하시더군. 스승님께서는 약간의 영력(靈力)이 있어서 그들의 이야기를 들을 수 있었지만, 난 과연 내가 회성곡의 음성을 들을 수 있을지 자신이 없어. 그래서 저 아이를 데려가려는 거야."

"하지만 난 회성곡이라는 말조차 오늘 처음 들어본걸요?"

"회성곡은 인간계가 아니라서 방법을 알지 못하면 갈 수가 없어. 그 때문에 흑첨향에 속해 있는 사람이 아니라면 모를 수밖에."

"와아~ 그럼 드디어 우리 흑첨향으로 가는 거예요?"

여교가 신이 나서 환호성을 터뜨렸다.

흑화고는 이미 자신도 따라간다고 확신하고 있는 여교를 보며 어쩔 수 없다는 듯 고소를 배어 물었다.

"글쎄… 회성곡이 있는 곳이 분명히 인간계는 아니니까 그곳도 흑첨향은 흑첨향이겠지. 하지만 별로 재미는 없을 거야. 우리가 가야 하는 곳은 지옥에 가까운 곳이니까."

여교가 흠칫 흑화고를 바라보았다. 자신을 떼어놓기 위해 일부러 무서운 말을 한 것인지 아닌지 가늠해 보는 눈빛이었다.

어둠과 안개가 어우러져 있는 숲의 광경은 실로 몽환적이라 할 수 있었다. 짙은 안개는 꿈틀거리며 대기를 부유하고 있다가 어둠이 내리자 더욱더 생기를 얻은 듯 살아 있는 생명체인 양 흐느적거린다. 숲의 우거진 나뭇가지들은 안개 속에 더욱 희미해져 또한 그 자체가 하나하나 영성(靈性)을 지닌 듯이 느껴질 정도였다.

그 안개 저쪽에 희미한 그림자들이 모습을 드러냈다.

"그래, 그래! 차라리 아예 삼박자를 모두 갖추라구. 날은 어둡고 안개는 자욱하고… 게다가 이슬비까지 내릴 태세라니까!"

안개 속에서 유독 투덜거리는 사람은 바로 여교였다.

"배에서는 쪼르륵 소리가 나고… 다리는 아픈데 객점은 보이지 않고… 어쩐지 처량하지 않아? 길 떠나면 고생이라는 건 각오하고 있었지만, 이거 하루도 되지 못해 이상한 곳으로만 끌고 다니니 내가 불평을 안 할 수가 있느냐구."

여교는 풍전소 옆에 바싹 붙어서 한 걸음 앞서 걷고 있는 흑화고의 뒤통수를 노려보며 속삭였다.

풍전소는 여교의 말에 대꾸하지 않은 채 주위를 계속 두리번거리고 있었는데 다른 사람의 눈에는 보이지 않는 어떤 존재들을 보고 있는 듯 긴장한 표정이었다.

"이 자식이… 뭐야, 또 귀신 나부랭이 얘기 할 거라면 제발 꺼내지도 마. 그렇지 않아도 어째 기분이 으스스하던 중이었으니까."

여교는 어깨를 한번 으쓱해 보인 후 다시 짐짓 큰 소리로 입을 열었다. 어쩐지 자신도 모르게 몸이 오싹해져 스스로 용기를 내기 위해 일부러 호기를 부리는 행동이었다.

"안개는 자욱하고 부슬부슬 비는 오고… 사방을 둘러보아도 인가는 보이지 않고… 날은 어둡고… 화아! 정말 여기에다가 이곳이 공동묘지이기만 하다면 정말 분위기 딱이라니까!"

순간 여교의 입이 딱 벌어졌다.

명확하게 보이지는 않는다. 안개 저쪽에 희미하게 무언가 둥그런 물체들이 솟아올라 있는데 안개가 움직일 때마다 보일락 말락 하는 게 영락없이 무덤들 같기만 했다.

"설마……?"

설마가 사람 잡는다던가? 여교는 안개 속에 끝없이 펼쳐져 있는 봉분들을 확인하고 나서 이곳이 바로 공동묘지라는 걸 깨닫고는 할 말을 잃었다.

흑화고가 여교를 돌아보며 피식 웃었다.

'풋! 천하에 무서울 것이 없을 것 같더니 역시 아직은 어린아이인 모

양이군.'

흑화고는 목적지에 다 온 듯 걸음을 멈추며 여교를 향해 입을 열었다. 공동묘지가 저 앞쪽에 보이는 숲의 공터였다.

"나도 예전에 스승님에게 딱 한 번 지나가는 말로 들은 거라서 정확히는 모르지만 아마 이곳에서 기다리고 있으면 될 거야."

"우린 뭘 기다리는 건가요?"

여교가 어쩐지 기가 죽어 조그맣게 입을 열었다.

"곧 마차가 올 거야. 그 마차를 타야만 회성곡에 갈 수 있어."

"여기에 무슨 마차가 온다고……?"

여교가 멍청히 주위를 둘러보았다. 마차를 미리 대기시켜 놓은 것은 분명히 아니었다. 또한 아무리 둘러보아도 마차가 올 만한 장소도 아니었다.

하지만 여교가 무어라 입을 열기도 전에 안개 저쪽에서 희미하게 마차의 모습이 나타났다.

마차는 전체가 검은색으로 칠해져 있었는데 또한 검은색의 휘장이 드리워져 있었고 마차를 끌고 있는 말 역시 잡털 하나 없는 흑마였다.

마부석에 앉아 있는 사람 또한 검은색 일색이었는데 그 얼굴만 기이하도록 창백해 살아 있는 사람 같지 않았다.

"정말 마차가 왔어요."

"나도 스승님에게 듣기는 했지만 믿어지지가 않아."

흑화고 역시 모든 일이 생소하기만 한 듯 어리둥절해하는 표정이었다.

마차가 멈춰 서자 어디에 있었는지 모를 사람들이 하나둘씩 나타나 마차에 타기 시작했다. 마차가 움직이는 소리도, 사람들이 북적거리는 소리도 없었다. 모든 게 짙은 안개 속에서 일체의 음향도 없이 진행되고 있어 어찌 보면 꿈을 꾸고 있는 것 같기만 했다.

"도대체 이 사람들이 누구일까요? 어디에서 와서 어디로 가는 걸까요?

여교가 흑화고에게 속삭이자 풍전소가 대신 대답했다.

"죽은 사람들의 영혼이야."

흑화고는 여교의 손을 잡은 채 마차로 다가들며 속삭였다.

"마차를 탄 뒤에 절대로 잠이 들면 안 돼. 우리는 반드시 강을 건너기 전에 중간에서 내려야 하니까 말이야. 끝까지 가면 명계(冥界)에 가게 돼."

"명계라면……?"

"지옥 말이야."

"우린 세 명이나 돼요. 그중에서 한 명이 졸더라도 다른 사람이 깨워주면 될 텐데 왜 유독 졸지 말라고 강조하는 건가요?"

"일단 잠이 들면 다른 사람이 깨워줄 수가 없어."

"돌아올 때는 어떻게 돌아오는 건가요?"

"저 마차는 하루에 한 번 귀문관(鬼門關)이 열릴 때마다 인간계로 가서 죽은 영혼들을 태우고 돌아오게 되어 있어. 인간계로 오는 마차를 타면 돼."

여교는 그 질문을 마지막으로 두 번 다시 입을 열지 않았다.

마차 내부는 의외로 넓어 대여섯 명이 한꺼번에 앉을 수 있는 긴 의자가 마주 보는 형태로 놓여 있었는데, 흑화고와 여교, 풍전소 이외에도 다섯 명이 더 탄 후에 마차가 출발했다.

여교는 기가 죽어 입을 열지 못했지만 말을 하지 않고 가만히 앉아 있자 점차 졸음이 쏟아지기 시작해 견딜 수가 없었다. 가만히 둘러보니 흑화고와 풍전소 역시 졸음을 참는 것이 역력해 보였지만 다른 사람들은 전혀 졸리지 않은 듯 무표정한 얼굴로 망연히 앉아 있을 뿐이었다.

여교는 졸음을 쫓기 위해 굳게 내려져 있는 휘장을 살짝 들춰 밖을 내다보았다.

"밖을 내다보다가 큰 나무가 보이면 말해."

흑화고가 마치 한잠 늘어지게 자려는 듯 나른한 음성으로 입을 열었다.

마차는 어느새 산을 벗어나 한 마을을 지나고 있었다. 마을 중앙을 관통하는 대로 옆에는 마침 시장이 열리고 있는지 많은 사람들이 북적거리고 있었는데 여교가 보기에 그 사람들이 모두 이상해 보였다.

많은 신기한 물건들이 좌판 위에 쌓여 있었고 사려는 사람들과 팔려는 사람들로 북적거렸지만 일체 소리는 들리지 않는다. 게다가 오고 가는 시장 안의 사람들 모두 일체 표정이 없었다.

"귀시(鬼市)야."

풍전소가 여교의 얼굴 옆에 얼굴을 들이밀어 밖을 내다보며 입을 열었다.

"귀시라면 귀신들의 시장이라는 거야?"

"저곳에 가면 인간 세상에서 구할 수 없는 온갖 신기한 것들을 구할 수 있지만 살아 있는 사람이 저곳에 가면 위험해."

마차가 빠르게 귀시를 통과하고 있었지만 여교는 상인들이 좌판에 진열해 놓은 물건들을 확연히 볼 수 있었다. 과연 인간 세상에서는 찾아볼 수 없는 괴이한 물건들이 적지 않았다.

"넌 그런 일들을 어떻게 잘 알고 있지?"

여교가 새삼 풍전소를 바라보았다. 지금까지는 가끔 가다 헛소리를 해대는 정신 나간 아이로 취급했지만 이제는 달랐다.

"말했잖아. 무덤 안에서 날 따라 바깥 세상에 나온 놈이 있다고. 때로는 작은 요귀들이 가르쳐 주기도 하지만 대부분은 그놈이 말해 줘서 알게 된 거야."

풍전소가 대답하는 사이에 마차는 이미 귀시를 통과해 안개 같은 것이 드넓게 퍼져 있는 황야를 달리고 있었다.

안개 저쪽에 희미하게 거대한 나무가 서 있는 것을 본 여교가 흑화고에게 눈을 돌렸다.

"저쪽에 커다란 나무가 있어요."

"좋아. 그럼 내리자꾸나."

마차는 빠르게 달리고 있었다. 게다가 마차의 문은 밖에서만 열게 되어 있는 형태였다. 하지만 흑화고는 여교의 손을 잡은 채 마차 밖으로 거침없이 한 걸음을 내디뎠다.

다음 순간, 여교는 깜짝 놀라지 않을 수 없었다. 어느새 일행 모두가 마차 밖으로 나와 황량한 벌판에 서 있는 것을 깨달은 때문이었다.

안개 저쪽으로 높이가 100장도 넘는 거대한 나무가 마치 하늘까지 닿을 듯 우뚝 솟아 있는 게 눈에 들어왔는데, 그 거리가 너무 멀어 지평선 저 끝에 서 있는 것 같았다.

흑화고는 거목을 한번 바라본 뒤 좌측을 가만히 바라보며 무언가 생각하는 눈치였다.

"회성곡은 아마 저쪽이 맞을 거야."

흑화고는 거목의 반대 방향으로 걸음을 옮기기 시작했는데 여교의 눈에는 온통 자욱한 안개만이 보였다.

얼마의 시간이 흘렀을까?

여교로서는 도대체 얼마를 걸어온 것인지 짐작할 수조차 없었다. 사방이 짙은 안개뿐인지라 방향도 잡을 수 없었고 쉬지 않고 걸어왔는데 뒤쪽에 보이는 거목은 여전히 제자리에 우뚝 서 있을 뿐이었다.

다시 반 시진 이상을 걸은 뒤에 여교가 드디어 무어라 투덜거리려는 순간 저 앞쪽에 한 채의 장원이 모습을 드러냈다.

장원은 지은 지 몇백 년은 된 듯 고색이 창연했는데 기와는 물론이고 담마저 검은색이라 무척이나 음침해 보였다. 크기는 별로 크지 않아 본채와 별채가 각기 하나뿐이었고 가산이나 연못은 없을 것 같았다.

"다 왔어."

흑화고가 장원을 향해 걸어가며 입을 열자 여교는 어리둥절한 표정으로 장원을 바라보았다.

"저곳이 회성곡이란 말인가요? 한 개의 장원이면 회성장(回聲莊)이라고 해야지, 왜 회성곡이라고 했을까요?"

"나도 모르겠어. 아무튼 저 장원이 회성곡이 맞을 거야."

장원은 안개 저쪽에 있어 꽤 멀리 있을 것 같았다. 하지만 기이하게도 두어 걸음을 걷기도 전에 여교는 자신이 장원의 대문 앞에 서 있는 것을 깨달았다.

장원은 짙은 안개와 어둠 속에 잠겨 있었고 문은 열려져 있었는데 오가는 사람은 전혀 보이지 않았다. 여교는 흑화고를 따라 홀린 듯이 장원 안으로 들어섰다.

장원의 본채에는 수십여 개의 방이 있었는데 방마다 하나의 촛불이 밝혀져 있었다. 허름한 외부와는 달리 방들은 정갈하기 그지없었고 누가 방금 청소를 했는지 먼지 한 점 보이지 않았다.

여교는 수십여 개의 방들을 모두 열어보았지만 어느 곳에서도 사람의 모습은 보이지 않았다.

흑화고는 여교가 모든 방들을 하나하나 열어볼 때까지 아무런 말도 하지 않은 채 지켜보다가 대청으로 걸음을 옮겼다.

풍전소가 흑화고를 따라 대청으로 가려다 걸음을 멈췄다.

"가지 말라고 하는데요."

"누가 너에게 가지 말라고 한다는 것이냐?"

"날 따라온 그 마귀가 말했어요. 위험하다고 말이에요."

"그렇다고 여기까지 왔는데 그냥 갈 수는 없어. 이제부터는 일체 말을 해서도 안 되고 누가 말을 걸어도 대답을 하면 안 돼. 무엇을 듣더라도 놀라거나 들은 체를 해서도 안 돼."

흑화고는 풍전소의 말을 무시한 채 대청의 중앙에 올라 가운데에 가부좌를 틀고 앉았다. 풍전소와 여교 역시 어쩔 수 없이 흑화고 옆에 품자 형태로 가부좌를 틀고 앉았다.

여교는 모든 것이 낯설고 괴이쩍었지만 무엇보다도 궁금한 것은 흑화고가 무엇 때문에 대청의 중앙에 앉아 꼼짝도 하지 않느냐는 것이었다.

한데 바로 그 순간, 어디선가 두런두런 하는 음성이 들려오기 시작했다.

"저 여자는 피의 주인을 찾고 있군."

"피의 주인이 뭐야? 피의 주인이 뭐지?"

"귀속되었어, 그 남자에게. 그래서 자신은 아닌 것 같지만 자꾸 보고 싶고 그리워져서 찾게 되는 거야."

여교는 깜짝 놀랐지만 흑화고가 단단히 당부해 둔 말이 있어 내색을 하지 않은 채 슬그머니 좌우를 살펴보았다.

대청 안에는 아무도 없었다. 두런두런 십여 명이 이야기하는 소리가 사방에서 들려오고 있었지만 기이하게도 어느 누구의 모습도 보이지 않았다.

흑화고는 눈을 내리감고 명상에 잠겨 있는 것 같았다.

'도대체 누가 이야기하는 것일까? 언니가 비령 오빠에게 귀속된 것을 이 사람들이 어떻게 알고 있는 것일까?

여교는 단 한 마디도 놓치지 않겠다는 듯 정신을 가다듬고 두런두런 들려오는 이야기 소리에 귀를 기울였다.

"하지만 그 남자는 너무 엉뚱한 곳에 가 있군. 저 여자는 그 남자가 스스로 돌아오기 전에는 평생 찾지 못할 거야."

"그 남자가 있는 곳은 나륜이야. 흥! 인간들은 정말 싫어. 겨우 이천 년 전에 갔으면서 그곳의 주인인 것처럼 행세하다가 지금은 서로 죽이지 못해 싸우고 있다니까."

"맞아, 인간은 추악한 존재야. 지금 인간계에서 벌어지고 있는 걸 보면 더 확실해."

"십승관인가 뭔가 하는 곳의 후계자를 선출한다면서 수없이 서로 죽이고 죽는 거 말이야?"

"그래. 많은 인간들이 인간들에게 죽을 거야. 우리야 뭐 인간들이 많이 죽으면 죽을수록 좋긴 하지만."

여교는 두런두런 들려오는 이야기 소리들을 들으면 들을수록 흥미를 느끼지 않을 수 없었다. 기이하게도 그 음성들은 대청의 중앙에 앉아 있는 흑화고를 비롯해 여교 등이 알고 싶어하는 이야기만을 골라서

하는 것 같았다.

십승관의 후계자 쟁탈전에 관한 것은 여교도 관심이 많은 이야기였다.

마치 십여 명 이상이 서로 이야기를 나누는 듯한 두런두런거리는 음성이 계속 이어졌다.

"십승관의 십대 세력 중 건곤철축이 제일 먼저 멸망당하는군 그래."

"건곤철축은 십승관의 십대 세력 중 지금 십승관의 대관주가 있는 용성(龍城)을 제외하고는 가장 큰 세력인데 그 건곤철축이 가장 먼저 무너진다니 믿을 수가 없어."

"그건 그렇고… 저 여자가 찾는 그 남자가 가 있는 그곳 말이야… 아주 무서운 이상한 게 탄생되었어."

"그놈이라면 생각하지 마. 그놈이 이쪽으로 넘어오면 우리도 모두 죽어."

"그래. 무서워… 무서워… 정말 무서워. 그놈 이야기는 꺼내지도 마."

여교는 가슴이 서늘해지는 것을 느끼지 않을 수 없었다. 능비령이 있는 이계에 무언가 공포스러운 존재가 있는 게 분명했다. 이것은 곧 능비령이 위험에 처할 수도 있음을 의미했다.

이때 능비령에 대한 걱정으로 수심에 잠겨 있는 여교의 귀에 깜짝 놀랄 만한 말이 들려왔다.

"저 꼬마 사내놈… 아무래도 수상해. 우리를 보면서도 못 본 체하고 있는 것 같아."

"그래. 게다가 우리 이야기를 꽤 열심히 듣고 있는 표정이었어."

"말을 걸어봐. 대답을 하면 우리를 본 게 분명해."

여교는 가슴이 두근거리지 않을 수 없었다.

"풍전소! 풍전소!"

"소아야, 나를 보렴. 이 엄마를 보렴… 왜 대답을 하지 않는 거냐, 소아야!"

"풍전소! 그만 가야겠으니 어서 일어나거라."

이때 수십여 명이 한꺼번에 풍전소를 부르는 듯한 음성이 들려오기 시작했다. 어떤 음성은 풍전소의 부친 풍대량의 음성이었고, 또 다른 음성은 그를 낳다가 죽은 어머니의 음성이었다. 더욱 놀라운 것은 그 가운데 흑화고의 음성도 들어 있다는 것이었다.

여교는 그 모든 음성들이 풍전소를 시험하고 있다는 것을 알고 있었지만 어떻게 도와줄 방도가 없었다. 살그머니 눈을 뜨고 풍전소를 바라보니 그는 허공 한곳을 멍청히 바라볼 뿐 동요하는 기색이 없었다.

'자식… 잘하는데… 저 능청 떠는 것 좀 봐.'

여교는 풍전소가 일체 반응하지 않는 것을 대하고 마음을 놓았다. 흑화고가 대청을 빠져나가기 위해 일어선 것은 바로 이 순간이었다.

장원 밖으로 나오자 여교는 입이 근질거려 죽을 뻔했다는 듯 쉬지 않고 입을 열기 시작했다.

"언니도 들었지요? 비령 오빠가 나륜이라는 곳에 있는데 그곳에 위험한 존재가 있다고 했어요."

"응, 나도 들었어."

"난 정말이지 온갖 중요한 이야기를 다 들었어요. 심지어 십승관의 후계자 쟁탈전에서 건곤철축이 가장 먼저 패배해 멸문된다는 이야기까지 들었다니까요."

"나도 알아."

흑화고는 무엇을 생각하고 있는지 여교의 수다에 건성으로 대꾸하며 계속 골똘히 생각에 잠겨 있었다.

여교는 흑화고가 심드렁하게 대꾸하자 다시 풍전소를 향해 입을 열었다.

"눈에 보이지는 않았지만 적어도 열 명은 넘는 것 같았어. 도대체 어떤 사람들이 이야기하는 건지 넌 보았니?"

"사람이 아니야, 요괴들이야. 그리고 열 마리 정도가 아니라 수백 마리였어."

"요괴들? 요괴들은 도대체 어떻게 생겼지?"

여교는 별로 믿기지 않는 말투로 질문을 던졌다.

"괴상망측해. 찌그러진 검은 공처럼 생긴 괴물도 있었고, 사람의 몸체에 머리는 거북이 형태를 지닌 놈도 있었어. 어떤 요괴는 몸은 하나인데 머리가 세 개인 뱀처럼 생기기도 했고……."

불안해하는 표정으로 대꾸하던 풍전소가 돌연 서두르기 시작했다.

"빨리 가야 해. 서둘러야 한다구."

"왜 그래."

"꾸물거리다간 놈들에게 붙잡히고 말아. 어서 가자니까."

풍전소는 마음이 다급했는지 여교의 손을 잡고 거목이 보이는 쪽으로 달리기 시작했다.

"누가 우릴 쫓아오는 것이냐?"

흑화고는 정색을 한 채 풍전소에게 질문을 던졌다.

"아까 그 회성곡에 있던 요괴들이 쫓아오고 있어요. 내가 자기들을 본 걸 알았기 때문이에요."

여교가 깜짝 놀라 회성곡 쪽을 돌아보자 크고 작은 검은 빛줄기들이 수십여 개 흑화고 일행 쪽으로 쏘아져 오고 있는 것이 눈에 들어왔다. 처음에는 그저 수십여 가닥의 희미한 검은 그림자들이었지만 가까워져 올수록 형체가 뚜렷해지기 시작했다.

과연 풍전소가 설명한 대로 온갖 괴상망측한 형태의 이형(異形)의 무리들이었다.

"가자!"

흑화고가 풍전소의 손을 잡고 달리기 시작했다.

제3장

불의 정령,
화광수(火光獸)

1

능비령을 대동한 무외자 일행이 원족의 국경 지대에 도착한 것은 삼천상원의 결계를 열고 나온 지 근 한 달 만이었다. 그나마 밤에만 휴식을 취하고 낮에는 식사 시간 외에는 쉬지 않고 강행군한 결과였다.

다행스럽게도 첫날 호수에서 기이한 수중 생물들을 만나 위기에 처했던 것을 제외하고는 별다른 위험이 없었던 평탄한 여정이었다.

그동안 능비령은 무엇보다도 척려려의 질문 공세에 곤욕을 치러야 했다. 척려려는 기회만 있으면 능비령에 관해 질문을 던졌는데 능비령에 대한 호기심은 다른 사람들 역시 마찬가지였는지라 척려려의 이런 행동을 적극적으로 말리는 사람은 없었다.

능비령은 대충 자신이 북상원 사람이며 결계가 파괴된 일을 조사하러 나온 조사단의 일원이라고 둘러대지 않을 수 없었다.

그 뒤의 이야기는 대충 등계량에게 들은 이야기를 연결시켜 백저족의 습격을 받아 일행 중 대부분은 죽고 몇 명만이 백저족의 감옥에 감금되어 있다가 탈출했다고 말하는 수밖에 없었다. 등계량이 겪은 일을 그 자신이 겪은 것으로 꾸민 것이었다.

하지만 척려려의 질문 공세는 그것만으로 끝난 것이 아니었다. 그녀는 다시 북상원에 대해 이것저것 쉬지 않고 질문을 던지기 시작했는데, 능비령 역시 북상원에 대해 아는 게 없어 여간 곤혹스러운 게 아니었다.

다행스러운 것은 삼천상원이 남북으로 갈린 게 이미 삼백 년 전의 일인지라 무외자 일행 중 능비령이 대충 둘러대는 말의 진위를 파악할 수 있는 사람이 없다는 점이었다.

모두들 원족의 국경에 결계가 펼쳐져 있을 것이라고 예상했지만 결계는 펼쳐져 있지 않았다. 기이하게도 국경 부근에는 아무런 방비조차 없었다.

"이거 은근히 자존심 상하는데."

국경 지대에 국경을 수비하는 원족의 병사조차 보이지 않자 척려려가 투덜거렸다.

"예상보다 쉽게 원족의 국경 안으로 들어왔으면 좋아해야지 무엇 때문에 투덜대느냐?"

척자훈은 이상하다는 듯 척려려를 바라보았다.

척려려가 사납게 주위를 휘둘러보며 대답했다.

"삼천상원에서는 원족의 침범이 무서워 결계를 두 개씩이나 펼쳐 놓고 그 안에 꽁꽁 숨어 지냈는데, 원족은 쳐들어오려면 쳐들어오라는 식으로 아예 국경 수비대조차 보이지 않으니 삼천상원의 사람으로서 자존심이 상한다 이거예요. 내 말 아직도 모르겠어요?"

"하긴… 무언가 이상하긴 해."

척자훈 역시 고개를 갸웃거렸다.

일행은 원족의 국경을 넘어 하루를 더 진입했지만 역시 원족의 병사는 만날 수가 없었다. 숲은 자연 상태 그대로 울창하게 우거져 있었는데 기이하게도 짐승들은 거의 찾아볼 수 없었다.

그야말로 죽음의 숲이라고나 할까? 간혹 불어오는 바람에 나뭇잎들이 흔들리는 소리를 제외하고는 숲은 죽은 듯이 고요했다.

능비령의 얼굴이 굳어졌다.

"무언가… 오고 있어."

"온다니? 도대체 뭐가 오고 있다는 거예요?"

척려려는 능비령이 돌연 걸음을 멈춘 채 사방을 둘러보며 잔뜩 긴장한 빛을 떠올리자 덩달아 주위를 살펴보며 질문을 던졌다.

능비령이 고개를 저었다.

"이 느낌은… 쥐라는 놈이 소리없이 다가올 때 느껴지는 그런 느낌이야. 한데 좀 달라. 너무 거대해. 마치 수천 마리가 한꺼번에 소리없이 다가오는 듯한 기분이야."

"나원 참… 도대체 오긴 뭐가 온다고……?"

"벌써 왔어. 한데 왜 보이지 않지?"

능비령은 자신의 감각이 이상해진 게 아닌가 하며 다시 주위를 둘러보았다.

그 순간 능비령은 물론이고 무외자 일행 모두는 크게 놀라지 않을 수 없었다.

어느새 그들의 주위에 수백 수천여 마리에 달하는 작은 짐승들이 나무와 수풀 더미 사이에 숨어 있는 것이 눈에 들어왔다.

단지 숨어 있는 정도가 아니었다. 나무 위는 물론이고 길 위에도 가득 차 있었는데 도대체 언제 그렇게 가까이 다가왔는지 알 수가 없었다.

크기는 중원의 쥐보다 두 배 정도 컸는데 생김새는 쥐와 비슷했지만 다른 점은 두 발로 서 있다는 점이었다.

그들은 알아보기가 매우 어려웠는데 그 이유는 그들이 어디에 있든지 간에 가까이 있는 것과 똑같은 색깔을 하고 있었기 때문이다.

나무줄기에 앉아 있는 짐승은 나무줄기의 색과 똑같아 구별하기 힘들었고 노란 이끼 같은 풀 위에 서 있는 짐승은 풀과 완벽하게 같은 빛깔이었다. 놀랍게도 풀 위에 서 있다가 나무 쪽으로 움직이고 있는 짐승의 몸체 색깔이 두어 걸음을 가기도 전에 변하기 시작해 나무에 접근했을 때에는 이미 나무 색과 완벽하게 똑같게 변화되고 있었다.

"저, 저게 뭐지?"

"글쎄… 분명히 쥐인데 주변 색에 맞춰 몸의 색을 바꾸는 쥐는 들어 보지도 못했어. 게다가 이놈들은 사람처럼 두 발로 서거나 앉아 있단 말이야."

척려려가 기겁하며 눈을 똥그랗게 뜨자 척자훈 역시 주위를 둘러보며 기가 질린 표정을 머금었다.

능비령이 굳어진 채 전신에 공력을 끌어올렸다.

"이놈들… 우리가 강한지 아닌지 탐색하고 있습니다. 두려워하지 마세요."

과연 능비령의 판단이 옳았다. 마치 인간처럼 두 발로 서거나 앉아 있는 수천 마리의 쥐들은 능비령 일행을 빤히 바라보고 있었는데 붉은 자위만이 더욱 두드러져 보이는 눈이 교활하게 번뜩이고 있었다.

"한 마리 한 마리야 위협이 못 되겠지만 수천 마리가 한꺼번에 덤벼들면 막을 수가 없겠는걸."

무외자가 주위를 둘러보며 정신 감응을 열었다. 난감해하는 표정이 역력했다.

무외자의 말에 능비령이 다시 주의를 주었다.

"이놈들… 상대가 느끼는 감정을 읽고 있습니다. 우리가 두려워하면 공격해 오겠지만 우리가 신경 쓰지 않으면 감히 덤비지 못할 겁니다."

"하긴… 쥐라는 동물은 상대에게서 풍겨져 나오는 공포의 냄새를 본능적으로 맡아낸 뒤 상대가 두려워하면 공격한다고 하더군."

별반 말이 없던 유빙이 조용히 내뱉으며 척려려의 옆으로 이동했다. 그녀를 보호하기 위한 움직임이었다.

과연 쥐들은 상대가 느끼는 공포심을 읽고 있는 듯 다른 사람들과는 어느 정도 거리를 두고 있었지만 유독 척려려에게만 슬금슬금 다가들고 있던 중이었다.

유빙이 척려려 옆에 바짝 붙자 슬금슬금 다가들던 쥐들이 다섯 자 정도의 거리 밖으로 물러났다. 하지만 더 이상은 물러나지 않은 채 탐색하듯 붉은 눈으로 주시하고 있었다.

쥐들은 일체 아무런 소리도 내지 않았다. 수천 마리에 달하는 엄청난 수효의 쥐 떼들이 무외자 일행을 둘러싸고 있지만 그야말로 움직이는 소리조차 들리지 않아 진정 공포스러운 일이 아닐 수 없었다.

능비령이 선두에 선 채 길을 뚫고 나가기 시작했다.

"이놈들이 아예 존재하지 않는 것처럼 아무렇지도 않게 생각해야만 합니다."

능비령이 한 걸음을 내딛자 전면에 있던 쥐 떼들이 소리없이 물러났다. 정확히 능비령이 나아간 만큼 물러난 것이다. 마치 파도가 물러나는 듯한 광경이었다.

"이놈들을 아예 무시하자는 건가?"

"공포심을 느껴 주춤거리면 놈들이 덤벼들 겁니다."

능비령은 천천히 내딛던 걸음을 빨리했다. 아차 하면 쥐들이 발에 밟힐 정도의 빠른 걸음이었다. 그러자 오히려 쥐들은 더욱 빨리 물러났다.

"빌어먹을! 일종의 기 싸움이라는 거군. 약세를 보이면 죽는다 이건가?"

척자훈은 투덜거리면서도 능비령이 전진한 만큼 쥐들이 물러나자 용기를 얻은 듯 능비령의 뒤를 따라 움직였다.

실로 괴이하면서도 공포스러운 광경이었다. 능비령 일행이 움직이는 주위를 따라 수천 마리의 쥐들이 소리없이 따라 움직이는데 그 거리가 자로 잰 듯이 일정했다.

비록 아직은 쥐 떼들이 공격해 오지 않고 있지만 수천 마리의 쥐 떼가 능비령 일행이 공포를 느끼거나 제풀에 지쳐 버리는 것을 기다리며 함께 움직이고 있어 정말이지 생사를 건 혈투가 이미 시작된 것이나 진배없었다.

능비령은 용병으로 수십여 번의 싸움을 치렀지만 지금처럼 치열한 신경전을 겪은 것은 처음이었다.

"한번 혼을 내줘서 쫓아버리는 게 어떤가? 언제까지 이놈들의 호위(?)를 받으며 갈 수는 없으니 말일세."

척자훈이 능비령 옆에 바싹 붙으며 말했다. 능비령은 이 순간 고개를 돌려 척려려 쪽을 보고 있었는데 쥐들은 다시 척려려에게 슬금슬금 접근하고 있었다.

"까악! 저리 가. 오지 말란 말이야!"

쥐나 뱀 같은 동물들을 몸서리치게 싫어하는 게 보통 여자들의 심리이다. 척려려 역시 눈앞에서 우물거리는 쥐들 때문에 까무러치기 일보 직전이었다.

유빙이 바싹 옆에 붙어 있긴 했지만 쥐들은 유빙의 반대 편으로 슬금슬금 접근하고 있어 막상 쫓아내기도 어려웠다.

척려려가 공포에 질려 소리치자 쥐들은 더욱 가까이 다가들었다. 심지어 어떤 쥐는 이미 척려려의 발등을 타오르고 있을 정도였다.

능비령은 왼손을 수평으로 뻗었다. 한줄기 검은빛이 뻗어 나가 척려려의 발 가까이 접근하고 있던 쥐 한 마리의 몸을 관통했다.

파파팟!

능비령은 다시 천잔을 암기처럼 가늘게 발출해 빠르게 척려려의 발 가까이 접근해 온 쥐 십여 마리를 해치웠다.

쥐들은 순식간에 십여 마리의 동료들이 죽었지만 전혀 물러날 기미가 없었다. 물러나기는커녕 죽은 동료들에게 달라붙어 뜯어 먹기 시작했는데 죽은 십여 마리의 쥐가 다른 쥐의 뱃속으로 사라지는 것은 그야말로 눈 한 번 깜빡일 순간이었다.

죽은 쥐를 다른 쥐들이 잡아먹는 것을 본 척려려는 징그럽다는 듯 아예 눈을 꽉 감고 유빙의 팔에 안기다시피 해서 걸음을 옮기기 시작했다.

이때, 능비령의 소매 속에서 잠들어 있던 화고가 잠에서 깨어 소매 밖으로 나왔다가 쪼르르 지면으로 내려섰다. 화고는 쥐들을 보자마자 가장 가까운 놈을 덮쳐 갔는데, 이제는 이계에서의 생활이 어느 정도 적응이 되어 그 속도가 그야말로 전광과 같았다.

화고가 번개같이 몇 마리를 덮쳐 잡아먹자 쥐들은 크게 놀라 썰물처럼 물러났다.

"화아… 화고, 저놈도 괴물은 괴물이라니까. 저 많은 쥐 떼를 보고 놀라기는커녕 오히려 식사거리로 여기다니……."

몇 마리의 쥐를 잡아 포식하고 있는 화고를 보며 능비령이 혀를 내둘렀다.

"저게 뭐지요? 귀여워요."

척려려는 화고를 보더니 방금 전까지만 해도 기절하기 일보 직전이었던 사람답지 않게 눈을 빛냈다.

"뭐든지 천적(天敵)이 있다더니… 잘하면 화고를 시켜 쥐 떼들을 쫓을 수 있을 것 같군요."

능비령은 마치 군왕처럼 쥐들 앞에서 오연하게 버티고 앉아 있는 화고가 대견스럽기 이를 데 없었다. 하지만 능비령은 이내 자신의 생각을 수정해야만 했다.

찌익! 찍찍!

쥐 떼 속에서 기이한 울음소리가 터져 나왔다. 그 울음소리가 신호라도 되는 듯 뒤로 물러났던 쥐 떼들이 별안간 화고를 향해 덮쳐 오기 시작했다. 수백여 마리가 한꺼번에 소리없이 미끄러져 오는 압도적인 광경이었다.

이내 화고와 쥐 떼들의 혈투가 시작되었다.

화고의 발톱은 날카로운 검날이나 진배없어 한번 휘두를 때마다 서너 마리의 쥐들이 몸이 갈라져 죽어 나갔다. 게다가 화고는 도검이 불침하는 신체였다.

능비령은 화고가 검에 적중되고도 상처 하나 없었던 것을 떠올리고 화고에 대해 별로 걱정하지는 않았지만 척려려는 달랐다.

"앗! 저 나쁜 놈들! 저 예쁜 동물을 공격하고 있어요. 어떻게 좀 해 봐요! 저러다 죽겠어요!"

쥐 떼들과 혈투를 벌이고 있는 화고의 모습을 보며 능비령도 점차 걱정이 되지 않을 수 없었다. 수십 마리의 쥐에 뒤덮여 화고의 몸은 아예 보이지도 않았다.

화고는 지치지 않고 발톱과 이빨을 이용해 쥐들을 해치웠지만 죽는 쥐보다 더 많은 쥐들이 계속 달라붙고 있었다.

"안 되겠군. 아무리 화고라고 해도 저렇게 싸우다가는 지쳐서 죽고 말 거야."

능비령은 척자훈을 돌아보았다. 문득 한 가지 생각이 떠오른 것이다.

"불을 피울 수 있습니까?"

"별안간 불은 왜……?"

"오행계의 정(精) 중 불의 정을 불러내 볼까 합니다. 쥐는 불을 싫어한다는 말이 생각나서요."

무외자가 크게 놀란 빛을 머금었다.

"자네… 오행술을 아는가?"

"예. 아직 한 번도 펼쳐 본 적은 없습니다만."

시간이 별로 없었다. 쥐 떼들에게 덮여 있는 화고의 움직임이 점차 느려지고 있었던 것이다.

척자훈은 서둘러 부싯돌을 꺼내 불씨를 피워 올렸다. 불씨가 피어

오른 것과 동시에 능비령은 여교가 주었던 밀법서의 내용 중 오행계의 정들을 불러내는 주문을 떠올렸다.

화르르…….

척자훈이 작게 피어낸 불이 바람도 없는데 별안간 위로 솟구치며 칠 척가량이나 되는 크기로 불어났다.

높이 솟구쳤던 그 불길이 가라앉는 것과 동시에 불 옆에 괴이한 짐 승이 나타나 있었다.

몸에 난 털은 푸른색이고 크기는 너구리만하다. 전체적인 형태는 쥐 를 닮은 것 같기도 하지만 얼굴 형태는 표범과 비슷했다.

게다가 전신이 이글거리는 불길에 휘감겨 있어 이 세상의 짐승이 아 님을 알 수 있었는데, 어찌 보면 허상(虛像) 같기만 했다. 눈앞에 존재 하되 아무런 존재감이 없었기 때문이다.

"운급칠첨(雲笈七籤)이 인용하는 십주기(十州記)에 의하면 불 속에서 살고 있는 불의 정(精)을 화광수(火光獸)라고 한다던데 과연 불의 정이 라는 게 존재했구나."

무외자가 자신도 모르게 놀람에 찬 일성을 뱉어냈다.

척려려 역시 신기하다는 듯 입을 열었다.

"저도 들은 적이 있어요. 불에 타지 않고 더러워질 때마다 불에 태 우면 다시 깨끗해지는 천이 있는데 그걸 화완포(火浣布)라고 한다지요? 그 화완포는 화광수의 가죽으로 만든다고 했어요."

'밀법서에 의하면 한번 불러낸 오행계의 정은 자연스럽게 주종의 관 계가 된다고 했다. 어디 한번 실험해 볼까?'

"저놈들을 쫓아줘."

능비령은 밀법서의 내용을 떠올리며 나직한 목소리로 명령을 내렸다.

능비령이 명령을 내리자 화광수는 어슬렁거리며 화고를 뒤덮고 있는 쥐 떼 쪽으로 걸어갔다. 한 걸음 내디딜 때마다 불길이 이글거렸는데 발이 닿은 지면이 타 들어갔다.

화광수가 다가오자 쥐들은 크게 놀라 흩어지기 시작했다.

쥐들이 흩어지자 능비령은 다시 화고를 소매 속으로 불러들이며 오행술을 풀었다.

쥐 떼 사이를 한 바퀴 돌며 휘저어 쥐 떼들을 흩어버린 화광수는 능비령이 공력을 갈무리하기 무섭게 허공 중에서 사라져 버렸다. 척자훈이 모닥불 형태로 피워놓은 불도 어느새 원래대로 돌아와 사그라들기 시작했다.

원족의 경계 안에는 괴상한 괴물들이 많았다. 어차피 이계에 들어선 능비령으로서는 처음부터 중원에서는 보지 못한 동물들이라 별로 놀라지 않았지만 무외자 일행은 달랐다.

변형된 쥐 떼들을 쫓아낸 후 일백여 장 정도를 더 전진했을 때 만난 것은 도대체 무어라 표현할 수 없는 괴물이었다.

몸체의 높이는 칠 척 정도였고 길이는 무려 일 장이나 된다. 몸체는 소와 흡사했는데 기이하게도 머리와 길게 뻗어난 목은 영락없이 뱀과 같았다. 전체적인 균형이 어딘가 어색해 보여 마치 두 마리의 짐승을 합체해 놓은 듯한 괴이한 형상이었다.

"저렇게 생긴 괴물은 처음 봐요. 저건 도감(圖鑑)에도 없던 놈들이라구요!"

척려려는 난생처음 대하는 괴물을 보자 오히려 신이 나서 소리쳤지만 다른 사람들은 긴장하지 않을 수 없었다. 괴물이 능비령 일행을 보자마자 천천히 다가오기 시작했기 때문이다.

유빙이 검을 뽑아 들고 앞으로 나섰다.

괴물은 일 장 거리로 다가와 네 발로 지면을 박차며 덮쳐 왔다. 뱀처럼 긴 머리를 휘두르며 동시에 네 개의 발이 덮쳐 오는 자세가 무척이나 위압적이었다.

유빙은 괴물의 생김새가 너무나 험악해 조심스럽게 대처하려는 듯 반격을 하지 않은 채 옆으로 미끄러져 괴물의 공격을 피했다. 옆으로 미끄러지는 순간 괴물의 뱀처럼 긴 목이 방향을 바꿔 덮쳐 오리라는 것을 이미 예상한 움직임이었다.

퍼억!

덮쳐 오는 긴 목을 향해 쳐낸 유빙의 검이 괴물의 목을 잘라냈다.

괴물이 목이 잘린 채 지면에 쓰러지자 척려려가 어이없다는 듯 탄식을 터뜨렸다.

"에게… 뭐야? 생긴 거와 달리 무척 약한 놈이었잖아."

척려려가 쓰러져 있는 괴물의 몸을 발로 툭툭 차며 입을 열자 척자훈이 고개를 저었다.

"저 괴물이 약한 게 아니라 유형이 대처를 잘한 것뿐이야. 너 같으면 벌써 괴물의 발톱에 걸려 갈가리 찢어졌을걸? 그리고… 별로 말해주고 싶진 않지만 아무래도 말을 해줘야 할 것 같아서 하는 말인데… 뒤를 조심해."

척자훈의 말에 무심코 고개를 돌리던 척려려의 얼굴이 새하얗게 질려갔다.

언제 다가왔는지 모를 괴이한 짐승 한 마리가 척려려의 바로 뒤에

서서 척려려의 냄새를 맡는 듯 코를 대고 킁킁대고 있었다.

"끼얏! 이건 또 뭐야?"

척려려가 기겁하고 물러나자 괴물이 꼬리를 흔들며 우호적인 태도를 보였다.

맑고 순박해 보이는 눈망울에 부드러워 보이는 피부를 지닌 작은 개 크기의 괴물이었다. 중원의 사슴과 비슷한 모습이었지만 다리가 투박해 보이는 게 달랐다.

"음… 이놈은 별로 위험해 보이지 않는데요."

척려려는 사슴을 닮은 괴물이 연신 꼬리를 흔들며 순박한 눈을 끔뻑거리자 자신도 모르게 다가가 괴물의 머리를 쓰다듬어 주었다.

비수처럼 날카로운 이빨을 지닌 괴물의 입이 쩍 벌어지며 척려려의 손을 물려고 덮쳐 온 것은 바로 이 순간이었다.

팍!

척자훈이 기다리고 있었다는 듯 괴물의 머리를 향해 검을 내려쳤다.

괴물은 척자훈의 일검에 머리가 갈라져 지면에 나둥그러졌는데 죽어가면서도 애처롭고 순박한 눈망울로 척려려만을 바라보고 있었다. 마치 자신을 왜 죽이냐고 묻는 눈빛 같았다.

척려려가 더듬거렸다.

"이, 이, 이건… 완전… 배, 배신이야! 생긴 건 착하게 생겨 가지고 별안간 물어뜯으려고 덤벼들다니… 정말이지 이렇게 음흉한 짐승은 처음 봐요."

척려려는 죽어가는 짐승의 입을 벌려 그 안의 이빨을 보며 혀를 내둘렀다.

"이 이빨 좀 봐요. 완전히 비수를 거꾸로 박아 넣은 것처럼 무시무시하다니까요."

"이상해."

무외자가 고개를 저었다. 주위를 둘러보며 잔뜩 긴장한 표정이었다.

"원족의 숲 안에는 정상적인 짐승이 없는 것 같아. 모두 원래의 형태에서 변형되었어."

"변형되었다고요?"

"그래. 좀 전 소의 몸체에 뱀의 머리를 한 괴물도 원래는 이런 모습이 아니었을 거야. 사슴과 개를 합쳐 놓은 듯한 저놈도 그렇고……."

무외자는 불길한 예감을 떨쳐 버리려는 듯 고개를 흔든 후 다시 일행을 재촉했다. 일행은 반나절을 더 간 뒤에 야영할 준비를 시작했다.

무외자와 척자훈은 척려려에게 가장 편안한 잠자리를 만들어주고 빨리 자기를 재촉했다.

"며칠 전부터 왜들 그래요? 왜 밤만 되면 날더러 먼저 자라고 아우성이냐구요. 도대체 날 재워놓고 무슨 짓들을 하려는 거예요!"

척려려가 투덜대자 척자훈이 지겹다는 듯 고개를 흔들며 입을 열었다.

"우린 이미 원족의 국경을 넘었지만 아직 어디로 가야 되는지 모르고 있어. 네가 잠을 자야 꿈을 꿀 거고, 꿈을 꿔야 백부님이 네 꿈속에 나타나실 게 아니냐? 그러니 어서 자란 말이야."

그제야 척려려도 척자훈과 무외자가 며칠 전부터 밤만 되면 척려려가 편안히 잠을 잘 수 있도록 신경을 쓰는 이유가 뭔지 깨달았다. 하지만 곱게 잠자리에 들 척려려가 아니었다.

"그건 알겠어요. 하지만 오지도 않는 잠을 어떻게 억지로 자요?"

척자훈의 눈빛이 사나워졌다.

"그게 말이 되는 소리냐? 평소에는 아무 데나 머리만 닿으면 잠이 들고 아침에는 아무리 깨워도 일어나지 않던 잠꾸러기가 이럴 땐 왜 잠을 못 자느냐?!"

"그걸 내가 어떻게 알아요. 잠을 자야 된다고 생각하니까 오히려 그냥 잠이 안 오는데."

무외자마저 곱지 않은 눈으로 바라보자 척려려는 더 이상 투덜대는 것을 멈춘 채 잠자리에 들었다.

첫 번째 불침번은 유빙이 서기로 했지만 능비령은 아직 잠이 오지 않아 유빙과 나란히 앉아 정신 감응을 열었다.

"유 형님, 척 소저와 결혼할 건가요? 상황을 보아하니 그럴 거 같은데?"

척자훈 역시 아직 잠이 들지 않은 듯 일어나 앉으며 능비령의 질문에 대신 대답했다.

"도대체가 얌전하지가 않아서 어느 남자고 한 시진만 얘기해 보면 모두들 도망치니 오로지 저 친구밖에 데려갈 사람이 없게 됐어."

능비령이 빙그레 미소하며 유빙을 바라보았다.

"유 형님, 성질 나쁜 마누라를 길들이는 방법 마흔일곱 가지를 알고 있는데 그중 몇 가지를 가르쳐 드릴까요? 이건 용병 생활할 때 다른 사람들에게 들은 건데 효험이 있다고 하더군요."

능비령은 그냥 잠이 오지 않아 유빙에게 농담을 한 것에 불과했다. 하지만 유빙의 반응을 달랐다.

"정말 그런 방법이 마흔일곱 가지나 있단 말인가?"

능비령은 유빙이 정색을 하며 반가워하자 오히려 머쓱해져 무어라 입을 열 수 없었다. 유빙의 기대에 찬물을 끼얹은 것은 잠든 줄 알았던 척려려였다.

"소용없을걸. 난 옆집에 살던 혜주 언니에게 남편 길들이는 방법 일 백여든 가지를 배웠단 말이야."

"끄응… 여태 안 자고 있었던 거냐?"

척자훈이 신음 소리를 내뱉었고 유빙은 당황해서 쩔쩔맸다.

아침에 일어났을 때 척려려가 반가운 소식을 전해왔다.

"백부님의 모습은 보지 못했지만 백부님이 우리가 갈 방향을 가르쳐 주셨어요."

척려려는 잠에서 깨어나기 무섭게 꿈에서 본 것을 잊지 않으려는 듯 서둘러 입을 열었는데 모두들 기다리고 있던 일인지라 반갑기 그지없 었다.

"꿈에서 뭘 보았느냐?"

"이상한 곳이 보였어요. 사방이 돌로 만들어진 수많은 동굴들로 이 루어진 도시 같은… 아마 백부님은 그곳에 계실 거예요."

무외자가 다소 들뜬 표정으로 질문을 던지자 척려려는 잠시 꿈에서 본 것을 생각하는 듯 고개를 숙이고 있다가 대답했다.

"동굴로 이루어진 도시? 설마 형님이 원족의 도시 안에 계시는 걸 까?"

무외자가 고개를 갸웃거렸다. 원족은 인간과 달리 집을 짓고 그 안 에 거주하는 것이 아니라 대부분 절벽의 천연 동굴을 손질해서 살고 있다는 것을 알고 있었기 때문이다.

간단하게 아침 식사를 한 뒤 무외자는 지도를 꺼내놓고 방향을 결정 했다.

"원족의 도시로 가야 한다면 방향은 이쪽이야."

처음에 삼천상원을 출발할 때만 해도 그저 국경 근처에서 척려려의 백부를 구해 돌아오면 된다고 어렵지 않게 생각했던 여행이었다. 하지만 원족의 중심지까지 들어가야 한다는 것을 알게 되자 모두들 불안한 마음을 감출 수가 없었다.

무외자는 일행의 수장(首長)이니만치 내색을 하지 못한 채 출발을 서둘렀다.

지금까지와는 달리 긴장된 여행이 아닐 수 없었다. 비록 원족의 국경을 넘기는 했으나 지금까지는 외곽 지대인지라 조심만 하면 원족의 병사들을 만날 우려는 별로 없었다. 하지만 점점 원족의 중심지가 가까워지고 있었던 것이다.

잔뜩 모험을 기대하고 삼천상원을 떠난 척려려조차 원족의 경계 안쪽으로 깊숙이 들어갈수록 말이 없어지기 시작했다.

한데 기이하게도 열흘 이상을 더 전진해도 원족은 만날 수 없었다. 국경 부위와는 달리 야수들도 찾아보기 어려웠다.

국경을 넘은 지 다시 보름째 되었을 때, 일행은 어느덧 거대한 산을 마주하게 되었다.

"원족의 도시는 저 산의 정상에 있어. 원족에 대한 자료에 의하면 저 산의 정상에 봉우리들로 둘러싸여 있는 거대한 분지(盆地)가 있다는 군."

멀리 보이는 산은 보기에도 험준하기 이를 데 없어 산의 정상까지 오르는 것만 해도 간단한 일은 아닐 것 같았다.

"이상하게 지금까지는 원족들을 한 명도 만나지 못했지만 이제부터는 정말 조심해야 하겠군요."

상황이 상황이니만치 척려려도 더 이상 촐랑대지는 않았다.

산세는 가파르기 이를 데 없었다. 산 중턱까지는 숲이 울창했지만
그 위로는 키 작은 나무들만 듬성듬성 서 있었을 뿐 온통 암석뿐이었
다. 게다가 잘게 부서진 암석들 때문에 발을 잘못 디디면 미끄러지기
일쑤였다.

다행스러운 것은 짐을 실은 두 마리의 타수들은 여섯 개의 다리 덕
분인지 미끄러지지 않은 채 평지와 마찬가지로 움직여 사람들이 타수
들을 끌고 가지 않아도 된다는 것이었다.

분명히 원족들이 산을 내려올 때 이용하는 길이 있을 것 같았지만
무외자 일행은 원족과 마주칠 게 두려워 감히 그 길로 갈 엄두도 낼 수
없었다.

산 정상으로 올라갈수록 바람이 강해졌다. 일행은 무려 두 시진 이
상을 강한 바람과 급경사진 비탈과 싸우며 결국 정상에 오르는 데 성
공했는데 정상에 도달했을 때에는 극도로 지쳐 움직이기도 힘들 정도
였다.

모두들 축 늘어져 있다가 가장 먼저 일어나 아래를 내려다본 사람은
능비령이었다. 정상 반대 편을 내려다보던 그의 눈이 커졌다.

장엄하다고 해야 할까?

병풍에 둘러싸인 듯 험준한 봉우리들 사이에 넓은 고원 지대가 아득
히 펼쳐져 있었는데 그 가운데 하나의 거대한 제국이 있었다.

사방으로 험준한 봉우리들이 병풍처럼 둘러쳐져 있고 봉우리들의
중턱에는 무수한 동굴들의 입구가 보인다. 하지만 능비령이 정작 놀란
것은 고원 지대의 중앙에 자리 잡고 있는 거대한 도시 때문이었다.

미로처럼 끝없이 펼쳐져 있는 건축물들은 모두 석조로 지어져 있었는데, 둥그런 지붕 형태도 있었고 마치 거대한 돌을 정사각형으로 잘라 놓은 듯한 건축물도 있었다.

"맙소사! 원족의 도시가 이 정도일 줄은 상상도 못했어요. 이건… 삼천상원보다 더 훌륭한 것 같아요."

어느새 척려려가 능비령 옆에 서서 저 아래쪽의 원족 도시를 내려다보며 입을 딱 벌렸다.

무외자 역시 감탄을 금치 못하는 표정이었다.

"절벽의 수많은 동굴들은 원족들이 아직 미개할 때 거주하던 원시 형태 그대로의 거주지로구나. 그 원래의 거주지를 버리고 새로 도시를 만들어내다니……."

"한데… 이상하지 않아요? 왜 원족들이 한 명도 보이지 않지요?"

능비령은 그렇지 않아도 그 거대한 도시가 죽어 있는 듯 일체 아무런 움직임이 없는 것을 보며 섬뜩한 불안감을 느끼고 있던 중이었다. 마치 이미 오래전에 멸망해 버린 고대의 유적 같은 느낌만 줄 뿐 살아 있는 생명체가 일체 보이지 않았던 것이다.

일행이 올라온 정상 쪽으로는 원족의 도시로 내려갈 수가 없었다. 지형이 깎아지른 듯 험준해 그야말로 발 디딜 곳조차 없었다.

무외자는 원족의 도시와 그 외곽의 봉우리들을 살펴보다가 이백여 장 저쪽에 봉우리와 봉우리 사이의 빈 공간을 발견했다. 마치 거대한 성문 같은 형태였는데 아무리 둘러보아도 입구는 그곳 한곳뿐이었다.

반 시진 이상을 지켜보아도 원족들의 모습이 보이지 않자 무외자는 당당히 성문을 통해 원족의 도시로 들어가기로 결정했다.

"이거 기분이 이상한데요. 남의 집에 이렇게 당당하게 들어와도 되는 거냐구요?"

한 시진가량을 빙 돌아서 원족 도시의 성문을 통해 들어서며 척려려가 불안한 듯 주위를 둘러보며 입을 열었다.

과연 거대한 도시는 죽어 있었다. 마치 환영하듯 성문은 아무런 방해물도 없이 개방되어 있었고 무외자 일행이 당당히 들어서도 원족들은 보이지 않았다.

비록 오래전의 일이라고는 하지만 원족과 삼천상원 사이에 벌어졌던 참혹했던 전쟁의 역사는 모두들 잘 알고 있었다. 한데 그 원족은 놀랍게도 웅장한 과거의 잔재만을 남긴 채 단 한 명도 보이지 않았다.

돌을 깎아 만든 무수한 건물들이 오랜 세월의 먼지를 뒤집어쓴 채 장엄하게 펼쳐져 있을 뿐 모든 것은 완벽하게 죽어 있었다.

제4장
사라진 종족(種族)

1

능비령과 무외자 일행은 해가 지기 전까지만 원족의 도시들을 수색하기로 했다. 비록 원족들은 보이지 않았지만 어두워지면 어떤 위험이 닥칠지 예측할 수 없었기 때문이다.

한 시진가량을 살펴본 결과 원족의 문명은 오히려 삼천상원보다 더 발달한 듯한 느낌이었다. 원족들이 남겨놓은 유적들은 정교하면서도 우아했으며, 실용적인 것을 벗어나 예술로 승화되는 단계라 할 수 있었다.

분지의 중앙에 있는 건물들은 대부분 돌로 만들어진 석조 건물이었는데 다른 아무런 보조 재료 없이 돌만으로 완벽하게 이어 맞춘 형태였다.

일행들은 가장 가까운 건물 안으로 들어가 그 내부를 샅샅이 살펴보았지만 원족들이 모두 어디로 사라진 것인지 단서를 찾을 수 없었다.

원족의 도시는 산봉우리들이 주위에 병풍처럼 둘러쳐져 있는 분지 속에 위치해 있어 해가 지는 것이 빨랐다. 미처 두 번째의 건물을 조사하지도 못했는데 이미 어둑어둑해지기 시작해 일행은 할 수 없이 첫 번째 건물에서 밤을 보내야 했다.

　일행이 첫 번째 건물에 들어간 것은 그나마 조사를 끝낸 건물이기 때문이었다. 다른 건물들이 어떤 미지의 위험을 내포하고 있을지도 몰랐다.

　인간의 건물로 치면 대청(大廳)의 용도로 쓰일 듯한 중앙의 넓은 공간 한쪽에 자리를 잡았지만 어느 누구도 쉽사리 잠에 빠져들지 못한 것은 너무도 당연한 일이었다. 그들이 잠을 자려는 곳은 이른바 적국(敵國)의 수도인 것이다.

　"어떻게 된 걸까요? 여기가 과연 원족의 왕도가 맞을까요?"

　척려려가 조심스레 일행을 둘러보았지만 아무도 그 질문에 대답을 할 수가 없었다. 척려려 역시 대답을 원하지 않은 듯 다시 독백하듯 나직이 중얼거렸다.

　"게다가 여긴 어쩐지 기분이 나빠요. 무엇인가가 지켜보고 있는 것 같은 느낌이에요."

　능비령이 내심 고개를 끄덕였다. 그 역시 기이한 느낌을 받고 있었다. 원족의 도시에 들어온 직후부터 마치 누군가에게 감시당하는 기분이었는데 마역에서의 느낌과 흡사했다.

　도시의 모든 것들, 크고 작은 석조 건물들과 돌멩이 하나, 심지어 공기 속에도 수많은 보이지 않는 눈이 있어 그들을 지켜보고 탐색하고 있는 듯한 느낌이었다.

　능비령은 마음을 풀어 탐색해 보았지만 아무것도 포착하지 못했다.

'주위에 살아 있는 생명체라고는 아무것도 없다. 한데 이 불안감은 무엇 때문일까?'

머지않아 다가올 어떤 위험을 예감했다고나 할까? 능비령은 기이하게도 긴장을 풀 수가 없었다. 능비령은 자신의 본능을 철저하게 믿는 사람이었다. 바로 그 점 때문에 수많은 전장 속에서 살아남았던 것이다.

문득 능비령의 눈이 한곳에 고정되었다.

원족의 석조 건물에는 통풍을 위해 여러 개의 창이 있었는데 그 창들 중 한곳의 창턱에 언제부터인가 작은 새가 한 마리 앉아 있었다.

전신이 먹을 뿌린 듯이 검어 잘 눈에 띄지 않는다. 언뜻 보기에는 중원의 까마귀와 흡사했지만 까마귀보다는 컸다.

"저 새가 언제부터 저기에 앉아 있었지요? 이곳에 들어와서 살아 있는 생명체를 본 건 저놈이 처음이에요."

능비령이 빤히 바라보고 있는 것이 한 마리 새라는 것을 발견하고 척려려가 고개를 갸웃했다.

능비령이 고개를 저었다.

"새가 아닙니다. 존재감이 없어요. 그렇다고 허상도 아닌데……?"

척려려의 눈이 커졌다. 능비령의 말을 이해할 수 없었던 것이다.

"무슨 말이에요? 창턱에 앉아 있는 새가 안 보여요?"

하지만 무외자 역시 기이함을 느낀 듯 검은 새를 한참 동안 바라보다가 굳어진 표정을 머금었다.

"이상하군. 저 새는 정말 이상해."

무외자는 고개를 벌떡 일어나 창가로 걸어갔다. 이어 새 앞에 우뚝 서서 새를 바라보며 입으로 나직이 무어라 주문을 외우기 시작했다.

"뭘 하려는 걸까요?"

"저 새를 잡으려는 모양이에요."

능비령이 긴장한 채 척자훈에게 질문을 던지자 척려려가 대신 대답했다.

과연 무외자는 주문을 외우며 손을 뻗었는데 그의 손이 가까이 다가들어도 마치 최면에 걸린 듯 새는 꼼짝도 하지 못한 채 움직이지 않았다.

놀라운 광경은 무외자가 새를 잡은 직후에 벌어졌다. 마치 진흙덩어리로 만들어진 새처럼 새의 전신이 흐물흐물 녹아내리기 시작한 것이다.

무외자가 깜짝 놀라 새를 놓자 이미 한 무더기의 검은 액체로 변한 새는 바닥에 떨어지기 무섭게 꿈틀거리며 기어가기 시작했다.

"저게 뭐지요?"

척려려가 비명처럼 소리를 지르는 사이에 검은 액체는 바닥의 미세한 틈 사이로 스며들기 시작해 눈 깜짝할 사이에 사라지고 없었다.

무외자는 괴물체가 사라진 바닥에 눈을 대고 한참을 들여다보다가 고개를 저으며 몸을 일으켰다.

"머리카락 한 올 정도의 미세한 틈이 있을 뿐인데 그곳으로 스며들다니……."

이때, 돌연 밖에서 타수들이 울부짖는 비명 소리가 들려왔다. 그 소리는 절박하기 이를 데 없어 능비령을 비롯한 무외자 일행은 깜짝 놀라 밖으로 뛰쳐나가지 않을 수 없었다.

두 마리의 타수는 건물로 들어오지 않고 입구와 가까운 곳에서 휴식을 취하고 있었는데 놀랍게도 타수들의 모습은 보이지 않았다.

타수들의 비명 소리를 듣고 일행들이 밖으로 뛰쳐나오기까지는 불과 반 각도 되지 않는 짧은 시간이었다.

타수들이 있던 자리에서 일행들이 발견한 것은 참혹하게 뜯겨진 몸의 일부분뿐이었는데 잘려진 단면에서는 아직도 꿈틀거리며 피가 솟구치고 있었다.

"악!"

척려려는 두 마리 타수들이 사라지고 그 자리에 타수의 일부분으로 보이는 살덩어리만이 있는 것을 발견하곤 비명과 함께 얼굴을 돌렸다.

남겨져 있는 타수의 몸 일부분은 그 잘려진 단면이 무척이나 거칠어 마치 거대한 야수가 입으로 물고 흔들어서 잘라낸 것 같은 형태였다.

능비령이 타수들이 있던 곳에서 지면 저쪽으로 길게 이어져 있는 핏자국을 발견하고 무외자에게 눈짓을 했다. 정체를 알 수 없는 무엇인가가 두 마리 타수를 죽인 뒤에 끌고 간 자국이 분명했다.

능비령과 무외자 일행은 서둘러 핏자국을 따라 몸을 날렸다. 두 마리 타수를 구하려는 게 아니라 타수들을 공격한 것이 무엇인지 알아보기 위해서였다.

한데 타수를 질질 끌고 간 흔적은 채 십여 장도 이어지지 않았다. 놀랍게도 지면 위에 남겨져 있는 무거운 물체를 끌고 간 흔적과 핏자국이 한 지점에서 딱 끊겨 버린 것이었다.

"믿을 수가 없어. 여기까지 끌고 오다가 별안간 하늘로 날아간 것처럼 깨끗하게 흔적이 끊어졌어."

척자훈이 고개를 저었다.

흔적이 사라진 지점에서 능비령과 무외자는 주위를 수색해 보았지만 아무런 단서도 찾을 수 없었다. 척자훈의 말대로 하늘로 날아갔다고밖에 생각할 수 없는 상황이었다.

잠시 후 일행은 다시 첫 번째 건물로 되돌아왔는데 이미 사위는 어둡기 이를 데 없어 서로의 얼굴도 알아보기 힘들 정도였다.

숲에서는 마른 나뭇가지를 구해 모닥불을 피워놓고 잘 수 있었지만 사방이 온통 석조 건물들로만 이루어져 있어 그것도 불가능했다. 게다가 방금 전에 두 마리의 타수가 알 수 없는 미지의 괴물에게 당한 뒤라 어둠 속에서 그냥 잠든다는 것은 불안하기 이를 데 없는 일이었다.

특히 척려려가 염려스러워 능비령이 고개를 돌려 쳐다보는 순간 그녀는 품속에서 반 자 길이의 대나무 통을 하나 꺼내고 있었다.

능비령은 안도의 눈빛을 한 채 척려려를 지켜보았다. 전에 이계로 통하던 동굴 안에서 막능여가 대나무 통속에 들어 있던 종잇조각들로 동굴을 환하게 밝혔던 것이 생각난 때문이었다.

'다행스럽게도 저 여자 역시 밀법을 할 줄 아는 모양이다. 저 대나무 통은 전에 막 형님이 동굴을 밝히던 그런 용도일 것이다.'

하지만 척려려는 능비령의 기대와는 달리 다시 부싯돌을 꺼내 대나무 통 끝에 불을 붙였다. 그러자 치이익! 하는 음향과 함께 불꽃이 피어 올라 꺼지지 않은 채 주위를 밝히기 시작했다.

능비령이 고개를 끄덕였다.

'흠… 막 형님의 밀법보다는 하위이긴 해도 그런대로 쓸 만하구나. 오히려 이동하기에도 편할 듯하고.'

사방이 환해지자 일행은 어느 정도 불안감에서 벗어난 표정들이었다.

척려려가 어두운 표정으로 입을 열었다.

"한 개의 지등(紙燈)으로는 두 시진밖에 밝힐 수 없어요. 이런 일에 대비해서 십여 개를 가져오긴 했지만 매일 밤마다 지등을 써야만 한다면 며칠 버티지 못할 거예요."

"내일 날이 밝는 대로 형님을 찾아 함께 이곳을 떠날 예정이니까 그건 염려하지 않아도 될 것이다."

무외자가 서둘러 입을 열었다. 척려려의 불안을 해소시켜 주기 위해서라기보다 그 자신의 불안감을 떨쳐 버리려는 듯한 태도였다.

일행은 차례로 불침번을 정한 뒤에 잠을 청했다. 불안하기는 했지만 원족의 도시까지 오느라 극도로 지쳐 있어 모두들 이내 곯아떨어졌다.

"혹시 꿈을 꾸지는 않았느냐?"

아침이 되어 척려려가 눈을 뜨기 무섭게 기다렸다는 듯 척자훈이 질문을 던졌다.

"꿈을 꾸긴 꾸었는데… 너무 끔찍한 꿈이었어요."

척려려가 처음에는 잠이 덜 깬 듯 멍한 표정이었다가 꿈을 생각해내고는 별안간 공포스러워하는 표정으로 바뀌었다.

"백부님의 모습이… 어제 그 새처럼 흐물흐물 녹아내렸어요. 그리고는 무언가 거대한 진흙덩어리 같은 물체에 흡수되었는데 그 진흙덩어리 속에는 온갖 형태가 다 들어 있었어요."

"그게 무슨 말이냐?"

"나도 잘 모르겠어요. 너무 끔찍해서 믿어지지가 않을 뿐이에요. 거대한 진흙덩어리 같은 물체가 부글부글 끓으면서 자꾸 변화되었어요. 원족들의 모습도 있었고 무루나 거령신들도 만들어졌다가 다시 녹아 진흙덩어리에 흡수되곤 했어요."

"흥! 개꿈이야. 어젯밤에 그 이상한 새를 보더니 개꿈을 꾼 거야."

척자훈이 퉁명스럽게 쏘아붙였다. 평상시의 척려려 같으면 발끈해서 무어라 쏘아붙였을 텐데 기이하게도 그녀는 멍청히 앉아 있을 뿐 대꾸하지 않았다.

잠시 후 간단하게 건량으로 요기를 마친 일행은 다시 원족의 도시를 수색하기 위해 건물을 나섰다.

일행들 중 도시로 들어오는 입구가 닫혀 있는 것을 가장 먼저 발견한 것은 능비령이었다.

원족 도시의 입구는 봉우리들 사이의 계곡에 위치해 있었는데 양쪽 절벽에 지지대를 설치한 후 도르래를 이용해 거대한 암석을 위아래로 여닫는 형태였다.

한데 놀랍게도 능비령과 무외자 일행이 들어설 때에는 분명히 위로 들어 올려져 있던 거대한 성문이 언제 내려졌는지 완전히 봉쇄되어 있었다.

"우린… 갇혔군요."

일행들은 모두 자신의 눈을 의심하지 않을 수 없었다. 그 거대한 성문이 다시 닫힐 때까지 어느 누구도 눈치 채지 못한 때문이었다.

"믿을 수가 없어요. 난 아무 소리도 듣지 못했어요."

"맞아. 아무리 도르래를 이용하는 장치라 해도 이 정도의 문을 여닫으려면 분명히 큰 소리가 나야 정상이야."

입구가 봉쇄되어 있는 것을 발견한 일행은 서둘러 입구 쪽으로 몰려가 살펴보기 시작했는데 모두들 믿을 수 없다는 표정이었다.

문의 개폐 장치를 살펴보던 무외자가 고개를 저었다.

"성문을 위로 들어 올리는 도르래의 쇠사슬이 끊어져 있구나. 녹슬어 끊어진 게 아니라 누군가가 일부러 끊었어."

도르래에 연결되어 거대한 암석으로 만들어진 성문을 끌어 올리고 내리는 쇠사슬의 굵기는 무려 어른의 팔뚝 정도였다. 그 엄청난 굵기의 쇠사슬 한곳이 마치 종이처럼 뜯겨 나가 있었다.

능비령은 새삼스레 주위를 살펴보았다. 입구를 통하지 않고서도 빠져나갈 수 있는 방법을 찾기 위해서였다.

하지만 눈에 보이는 가까운 절벽들은 모두 손 잡을 곳 하나 없이 매끄럽고 험준한 데다 수직으로 뻗어 있어 그곳으로 올라간다는 것은 불가능해 보였다. 원족의 도시는 외부의 침입을 효과적으로 막을 수 있는 철옹성의 요새이기도 했지만 단 하나뿐인 입구를 봉쇄하게 되면 또한 거대한 감옥으로 바뀌게 되어 있었던 것이다.

"음… 밖으로 나가는 통로를 찾는 것도 문제이긴 하지만 우선은 백부님을 찾아봐야 하겠군요."

척자훈이 앞장서서 걸음을 옮기기 시작했다.

도시의 중앙에는 삼각형으로 이루어진 가장 거대한 석조 건물이 우뚝 솟아 있었는데 높이가 일백여 장, 한쪽 변의 길이만 해도 또한 일백여 장에 달하는 웅장한 건물이었다.

능비령과 무외자 일행은 입구 쪽의 외곽부터 수색을 시작해 삼 일째 되던 날 원족 도시의 정중앙에 우뚝 서 있는 기괴한 석조 건물 앞에 당도했지만 그동안 아무런 성과도 얻지 못했다. 척려려 백부의 종적은 물론이고 사라진 원족들에 대한 단서 또한 찾아내지 못한 것이었다.

"이건 무슨 용도의 건물이었을까요?"

"정 궁금하면 들어가 봐요. 뭐, 어차피 갇힌 신세인데 꺼릴 게 뭐 있겠어요."

여간해서는 입을 열지 않던 유빙이 삼각형의 거대한 건물 앞에 서서 고개를 갸웃하자 척려려가 거침없이 안으로 들어가며 호기롭게 소리쳤다.

무외자가 말릴 사이도 없이 척려려는 이미 건물의 입구 안쪽으로 걸어가고 있었다. 이렇게 되자 능비령을 비롯해 모두들 척려려의 뒤를 따르는 수밖에 없었다.

건물의 구조는 특이하기 이를 데 없었다. 방은 하나도 없이 이리저리 구부러지며 길게 이어져 있는 회랑만이 존재하는 건물이었다.

회랑은 넓이가 이 장여에 달해 꽤 넓은 편이었는데 양쪽의 벽에는 무수한 벽화(壁畵)들이 석벽에 조각되어 있었다.

처음에는 대충 그림들을 둘러보며 성큼성큼 안으로 들어가던 척려려의 걸음이 점차 늦춰지기 시작했다. 벽화의 내용을 이해한 때문이었다.

"이 벽화들은… 원족의 역사를 조각해 놓은 거예요."

척려려는 신기한 것을 발견한 듯 들뜬 음성으로 말한 후 다시 입구로 가서 입구에서 가장 가까운 그림부터 차근차근 살펴보기 시작했다.

"음… 이건 원족의 신화(神話) 같은데요? 잘 이해가 안 돼요. 그리고 그 다음 부분은 초기 원시 상태의 역사가 분명하고…….."

척려려의 말이 아니더라도 일행 모두는 긴 회랑의 벽면에 조각되어 있는 그림들이 원족의 역사를 표현하고 있다는 것을 알 수 있었다.

원족의 진화(進化)는 삼천상원의 역사와 맞물려 있었다. 원족은 초기의 미개 상태에서 삼천상원의 인간들과 싸우기 시작해 무수한 패퇴와 고전을 겪으며 점차 인간들의 문명을 받아들여 진화하기 시작한 것이다.

원족들은 자신들의 역사를 일정한 주기로 나누어 벽화로 조각해 놓았는데, 능비령과 무외자 일행이 대충 계산해 보니 회랑의 길이 십여 장 정도가 그들의 역사로 십 년 정도에 해당되는 것 같았다.

벽화에 의하면 원족이 인간의 문명을 받아들인 시간은 무척이나 빨라 초기 미개 상태에서 인간과 비슷한 문명을 영유하기까지는 미처 삼백 년도 걸리지 않았다. 하지만 받아들이는 것은 빨라도 그 뒤로 더 이상 비약적인 발전은 없었던 것 같았다.

능비령과 무외자 일행은 원족의 역사가 정확하고 세밀하게 표현되어 있는 그림에 정신없이 빠져들었다.

벽화는 너무도 세밀해 시대에 따라 변천되는 원족들의 정치와 경제, 그리고 생활 풍습마저 담겨 있었다.

건물을 삼각형의 기형으로 만들고 벽화가 조각된 회랑을 이리저리 구부러지게 만든 것은 알고 보니 벽화를 오랫동안 보존하기 위한 세심한 설계에 의한 것이기도 했다.

천장에는 삼 장 거리마다 야광주가 박혀 있어 안쪽으로 깊이 들어가도 벽화를 감상하는 데에는 아무런 지장이 없었다.

"재미있기는 하지만… 우리가 지금 이 그림들 때문에 시간을 낭비해도 되는 건가요?"

얼마의 시간이 흘렀을까? 거의 오백여 장이나 회랑을 따라 걸으며 벽화를 감상하던 척려려가 문득 정신을 차린 듯 입을 열었다.

"원족들이 어떻게 된 건지, 모두 어디로 사라진 건지 이 벽화의 끝 부위에 조각되어 있지 않을까?"

척자훈이 뭔가를 떠올린 표정으로 척려려를 향해 입을 열었다. 척려려가 손뼉을 쳤다.

"맞아요! 오빠도 가끔은 머리를 쓸 줄 아는군요."

"뭐야!"

"자! 시간없어요. 어서 끝으로 달려가 봐요."

척려려는 척자훈의 주먹을 피해 회랑 저쪽으로 달려가기 시작했다.

원족들이 남겨놓은 벽화는 일종의 사서(史書)라 할 수 있었다. 초기의 미개 상태에서부터 지금까지 발전되어 온 모든 과정이 너무도 세밀하게 남겨져 있어 글로 기록해 놓은 것보다 어떤 면에서는 오히려 더 자세하고 이해가 빠를 정도였다.

삼천상원에서 미개 상태의 저인족을 개조해 백저족으로 만든 뒤 원족과 싸우게 만든 것은 나륜의 시간으로 대략 칠백여 년 전의 일이었다.

이 당시 원족 또한 자신들을 대신해서 삼천상원과 싸울 전투 종족을 만들어내려고 했다. 하지만 그들은 삼천상원과는 달리 나륜에 존재하는 종족들 중 하나를 골라 개조시킨 게 아니라 아에 새로운 생명체를 만들어내려 했다.

벽화에 나타난 내용에 의하면 원족들은 삼천상원과의 오랜 싸움에서 터득한 밀법(密法)과 문명을 이용해 이용 가능한 종족들을 합성해 새로운 종족을 만들어내려 한 게 분명했다. 하지만 오랜 세월 동안 실패를 거듭해 엉뚱한 괴물들만 탄생되었을 뿐 원하는 전투 종족을 만들지는 못했다.

그 즈음 원족들은 자신들의 생활 방식을 바꿔 지상에서의 생활을 버리고 점차 지하의 생활에 적응하고 있었다.

처음에는 단지 삼천상원이나 저인족들의 공격을 피하기 위해 지하에 도시를 건설하고 그곳에서 생활했지만 시간이 흐를수록 지하 도시의 생활에 적응해 결국 지상의 도시는 버려지게 되었던 것이다.

그 뒤 삼천상원이 두 개의 세력으로 갈라진 삼백 년 전 무렵에 원족들은 결국 자신들이 원하는 전투 종족을 만들어내는 데 성공한다.

오랜 세월 동안 나륜에 존재하는 모든 생명체를 합성하고 변형시켜 본 결과로 탄생된 것은 자유자재로 자신의 몸을 변형시킬 수 있는 특이한 생명체였다.

원족들이 만들어낸 전투 종족의 원래 형태는 진흙이나 거품이 뭉쳐 있는 형태의 원형 생물로 직경이 반 장 정도였다.

원족들은 자신들이 만들어낸 새로운 종족을 흑태세(黑太歲)라고 불렀는데, 아마도 신이경(神異經)에 기록되어 있는 태세(太歲)라는 땅속에 사는 요괴의 이름을 딴 것 같았다.

신이경에 의하면 땅속에 기괴한 존재가 살고 있는 바, 그것은 고깃덩어리로 어떤 것은 붉은 곰팡이와 비슷하고 수천 개의 눈이 달린 것도 있으며 사람의 말을 한다고 했다.

본래 태세란 목성(木星)을 가리키는데, 이 기괴한 고깃덩어리는 목성의 운행을 따라 땅속을 이동하며 목성 쪽의 방향에 산다고 했다. 토목

공사 중에 우연히 태세를 캐내게 되면 그 집의 일가가 모두 죽게 된다고 한다.

"맙소사! 원족들은 사라진 게 아니라 우리 발 아래 깊숙한 지하에 숨어 있어요."

벽화의 내용을 살피던 척려려가 새삼스러운 눈으로 자신의 발 아래 바닥을 내려다보았다. 그녀는 일행과 함께 원족들이 흑태세라는 전투 종족을 탄생시킨 것을 표현해 놓은 벽화 앞에 서 있었는데 자못 놀랍다는 표정이었다.

"게다가… 우리가 이곳에 들어온 첫날 본 그 새… 흑태세 중 한 마리인 게 분명해요."

"우선 이 벽화를 좀 더 살펴보자꾸나."

정신없이 벽화의 내용에 빠져 있던 무외자는 척려려의 음성이 방해가 된다는 듯 손을 내저었다. 척려려는 머쓱해져 유빙 쪽을 바라보았지만 유빙 역시 벽화에 빠져 있을 뿐이었다.

원족은 전투 종족으로 개발한 흑태세에게 다양한 전투 기술과 온갖 전투력을 부여했다. 당연히 원족들에게는 철저하게 복종하도록 조종되어 있는 상태였다.

흑태세들은 자유자재로 몸의 형태를 바꿀 수 있을 뿐만 아니라 필요한 기관과 팔다리 등을 스스로 만들어낼 수도 있었다. 게다가 지능도 점차 높아져 때로는 원족에게조차 위협이 될 정도였다.

사실 흑태세가 탄생된 시기에 원족들은 이미 삼천상원과의 전투에 흥미를 잃은 상태였다. 그들은 지상의 도시를 버리고 지하 생활에 적

웅되어 있어 더 이상 삼천상원과 싸울 필요가 없었던 것이다.

때문에 원족들은 흑태세를 탄생시킨 초기의 목적을 잊어버린 채 흑태세들을 지하 도시를 건설하고 증축하는 노예로 부렸다.

대략 일백 년의 세월이 흐르는 동안 원족의 충실한 노예로 지배되어 오던 흑태세들은 주인인 원족의 경험과 지식, 그리고 문명을 흡수해 자체적으로 점차 진화하기 시작했다.

흑태세들이 반란을 일으킨 것은 그 직후였는데 그 뒤의 벽화들은 오랫동안 주로 흑태세와 원족의 싸움에 대해 그려져 있었다.

능비령과 무외자 일행은 마지막 벽화 앞에 선 채 어리둥절해하는 표정들이었다.

벽화가 그려질 벽의 공간은 아직도 많이 남아 있었다. 연대를 추측해 보면 벽화는 지금으로부터 무려 이백 년 전의 상황에서 더 이상 그려지지 않았던 것이다.

"이 마지막 벽화에 의하면 원족들은 반란을 일으킨 흑태세를 완벽하게 통제했다고 되어 있군요. 한데 왜 그 뒤의 역사는 기록되지 않았을까요?"

일행들과 함께 마지막 벽화 앞에 나란히 서 있던 척자훈이 바로 옆의 무외자를 바라보았다.

유빙 역시 고개를 갸웃거리며 무외자에게 대답을 구하는 눈빛이었다.

"원족들은 지상의 도시를 버리고 지하 도시의 생활에 적응된 뒤에도 계속 이곳에 올라와 자신들의 역사를 벽화로 남겨놓았어요. 한데 왜 별안간 이백 년 전부터 벽화 그리기를 중단했을까요?"

무외자는 골똘히 생각에 잠겨 있었는데 그 표정이 무척 어두웠다.

"원족들이 역사를 그림으로 남기는 일에 실증을 느낀 것 같지는 않아. 그렇다면 결론은 하나가 아닐까?"

"그 결론이라는 게 뭔데요?"

척려려가 무외자를 바라보며 질문을 던졌다. 하지만 마치 그 대답을 알고 있는 듯 그녀의 표정에 언뜻 공포의 빛이 솟아나고 있었다.

무외자가 고개를 끄덕였다.

"원족은 아마… 전멸되었을지도 모르겠구나!"

일단 말을 해버리고 나면 그 일이 실현될지 모른다는 불안감이 담겨 있는 태도라고나 할까? 그의 정신 감응은 매우 미약해 마치 말해서는 안 될 어떤 비밀을 속삭이는 느낌이었다.

사실 일행 모두 같은 불안감을 느끼고 있던 중인지라 아무도 입을 열지 못했다.

잠시 후 무외자가 척려려를 바라보았다.

"이곳에 오기 전에 꾸었던 꿈속에서 네 백부님이 이곳에 있었던 게 확실하냐?"

척려려는 고개를 숙여 가만히 생각해 보다가 눈을 들었다.

"이곳에 오기 전까지만 해도 꿈속에서 본 장소가 어디인지 정확히 알지 못했지만 지금 생각해 보니 백부님이 꿈속에서 보여준 장소가 이곳이 확실해요. 절벽의 동굴들과 분지의 석조 건물들을 분명히 꿈속에서 보았어요."

무외자가 고개를 끄덕이며 품속에서 유지로 감싼 작은 봉투 하나를 꺼내 들었다.

"그렇다면 어쩌면 형님이 계신 곳을 알 수 있을지도 모르겠구나."

무외자는 손바닥 안에 들어오는 작은 봉투를 손에 쥔 채 눈을 감았다.

"이 속에는 형님의 머리카락이 들어 있다. 형님이 방원 오백 장 안에만 계시면 이 머리카락이 형님이 있는 곳으로 안내할 게다."

능비령이 내심 감탄사를 터뜨렸다.

'그 사람이 남긴 신체 일부로 행방을 알 수 있다니… 도가의 법술에는 유용한 것들이 꽤 많이 있구나.'

능비령을 비롯해 척자훈과 척려려, 그리고 유빙은 모두 무외자를 기대의 눈으로 지켜보기 시작했다.

잠시 후 눈을 뜬 무외자의 얼굴에 난감해하는 표정이 떠올라 있었다.

"알 수가 없군. 처음에는 분명히 반응이 없다가 별안간 반응이 생겼는데… 그 장소가 우리가 서 있는 지하인 것 같구나."

"그럼 백부님께서 원족의 지하 도시에 계신 걸까요?"

"지금으로썬 그렇게 생각할 수밖에 없구나. 한데 처음에는 왜 아무런 반응이 없었을까?"

"아무튼 백부님이 원족의 지하 도시에 계시다면 우린 그곳으로 가야 하지 않겠어요?"

지하 도시의 입구를 알아내는 것은 어렵지 않았다. 원족들이 지하 도시를 건설하던 무렵의 벽화에 지하 도시에 대한 상세한 내용이 남겨져 있었던 것이다.

다시 되돌아가 원족들이 지하 도시를 건설하던 무렵의 벽화를 살펴본 결과 지하 도시의 입구는 바로 벽화가 남겨져 있는 건물 안에 있었다.

삼각형으로 건축된 거대한 석조 건물은 자신들의 역사를 벽화로 남겨놓기 위한 용도 이외에도 지하 도시의 입구로써의 역할을 하고 있었던 것이다.

입구는 무척이나 넓어 한꺼번에 수십여 명이 나란히 걸어 들어갈 수 있을 정도였다.

"어째 영 꺼림칙해. 처음에 려려의 꿈에 백부님이 나타나 이곳을 보여줄 때부터 지금까지… 마치 누군가 우리를 이곳으로 유인하는 기분이 든단 말이야."

지하 도시의 입구로 들어서며 문득 척자훈이 떨떠름한 표정으로 중얼거렸다.

"그거야… 그렇게 따지면 우릴 이곳으로 오게 만든 사람은 바로 백부님이시라구. 처음에 얌전히 집에 있는 내 꿈에 나타나 도와달라고 하신 것부터 말이야."

척려려가 쏘아붙이자 척자훈이 고개를 갸웃했다.

"내 말은 그게 아니라… 백부님이 아니라 다른 누군가가 우릴 유인하고 있는 것 같은 개운치 않은 기분이라 이거야. 우리가 들어온 뒤에 성문이 닫힌 것도 그렇고……."

척자훈이 다시 조그맣게 중얼거렸다. 무언가 불안해하는 눈빛이었다.

무언가 실체를 알 수 없는 미지의 위험 속으로 스스로 걸어 들어가는 듯한 느낌을 받은 것은 능비령 역시 마찬가지였다.

제5장

악몽(惡夢)이
가르쳐 준 비밀

1

　문득 잠에서 깨어보니 창밖에는 비가 내리고 있었다.

　마치 물속의 광경을 보고 있는 듯한 느낌이랄까? 빗방울이 지면을 때리는 소리도, 지붕에 떨어지는 소리도 들리지 않았고 단지 우막(雨幕)만이 눈앞에 펼쳐져 있을 뿐이었다.

　막능여는 자신의 방에서 내다보이는 화원의 풍경이 오늘따라 새삼스럽게 느껴져 자신도 모르게 방을 벗어나 후원으로 접어들었다.

　이내 전신이 비에 젖어들었지만 그런 것은 아무래도 좋았다. 싱그러운 냄새… 비에 젖은 초목과 지면의 냄새가 코로 파고든다.

　소리없이 내리고 있는 비에 이끌렸던 것일까? 막능여는 여간해서는 가보지 않았던 후원의 연못으로 가보기로 결정했다. 수면에 떨어지는 빗방울의 모습이 꽤나 운치있을 것 같았다.

　습격이 시작된 것은 그가 연못가에 도착한 직후였다.

최초의 습격은 후원의 지면 속에서 솟구쳐 나온 한 개의 붉은 검이었다. 그 검을 쥐고 있는 것은 짙은 혈의를 걸치고 얼굴마저 핏빛의 두건으로 눌러쓴 인물이었다.

　막능여는 허를 노리고 기습해 온 상대의 공세보다는 혈의복면인의 복장에 더욱 크게 놀랐다.

　마치 석양처럼 짙은 진홍색이다. 얼굴을 가린 두건도 진홍이었고 전신에 걸친 무복 또한 진홍이다. 여기에 쥐고 있는 검의 손잡이는 물론이고 심지어 검신마저 막 핏물에서 끄집어낸 듯한 진홍색이었다.

　'설마… 십승관 대관주의 그림자로 알려진 수령무(狩靈霧)란 말인가!'

　막능여의 놀람은 너무도 당연한 일이었다.

　수령무란 밤이나 낮이나 붉은색을 띠는 연기라는 뜻이지만 또한 십승관에 몸을 담고 있는 무림인에게는 곧 죽음을 의미하는 말이기도 했다.

　수령무는 십승관의 대관주 휘하 최강의 전투 병력으로써 대관주의 호위 임무를 맡고 있는 단체였다.

　인원은 일천(一千)에 불과하다. 하지만 수령무가 출동하게 되면 어지간한 문파는 하룻밤 사이에 전멸된다고 알려져 있었다. 한 명 한 명이 각 문파의 장문인 수준으로써 오직 대관주의 명령에만 복종하며, 늘 대관주의 그림자로 감춰져 있는 무림 최강의 단체가 바로 수령무였던 것이다.

　막능여는 뻗어오는 검을 흘러보내며 좌측으로 눈을 돌렸다. 첫 번째 암살자가 덮쳐 오는 순간, 좌측에서도 또 한 명의 암살자가 모습을 드러내 완벽한 합격을 펼치고 있었다.

막능여는 눈앞의 현실을 믿을 수가 없었다. 그가 공격을 받고 있는 곳은 바로 건곤철축에서도 가장 경계가 완벽한 내원(內院)이었던 것이다.

캉!

첫 번째 검은 흘려낼 수 있었지만 두 번째 검은 어쩔 수 없이 쳐내야만 했다. 오른손을 검날처럼 수평으로 세운 뒤 날아드는 검과 정확히 평행을 이룬 채 검의 옆면을 쳐내자 쇳소리가 울려 퍼졌다.

막능여는 수도에 공력을 끌어올려 두 번째 검을 쳐내긴 했지만 한 호흡도 머뭇거릴 형편이 아니었다. 흘려보낸 첫 번째 암살자의 검이 이미 등을 향해 허공을 갈라오고 있었기 때문이다.

무기를 지니지 않았기 때문에 막능여로서는 수세에서 공격으로 전환하기가 무척 어려웠다. 아무리 손에 공력을 끌어올렸다고 해도 날아드는 검과 정면으로 격돌할 수는 없었다.

연환되는 십여 차례의 공세를 간신히 비껴내며 막능여는 점차 연못으로 밀려났다.

막능여의 눈에 난감해하는 빛이 솟아났다. 물에 빠지는 게 두려운 게 아니라 일단 물속에 빠지게 되면 행동이 더욱 부차연스러워진다. 게다가 소란이 벌어졌는데도 아무도 달려오지 않는 것이 그의 마음을 더욱 어지럽혔다.

두 명의 수령무는 두 명의 절대고수를 의미한다. 게다가 상대는 이미 선기를 잡은 데다 막능여는 병기조차 지니지 못한 상태였다.

"좋지 않군, 좋지 않아. 내 집 안에서 불청객들에게 봉변을 당하는 것도 억울한데 도무지 몸 뺄 기회를 주지 않는군."

비록 아직은 추배도 안의 비결들을 완벽하게 소화시키지 못했다고 해도 막능여는 이미 예전의 막능여가 아니었다. 그럼에도 불구하고 지금껏 제대로 된 반격조차 못해보고 계속 밀리는 것은 상대가 그만치 강하다는 증거였다.

그나마 톱니바퀴처럼 정교하게 맞물려 돌아가는 합공 속에서 지금까지 버틴 것만 해도 가히 감탄할 만한 것이었다.

고수들끼리의 싸움에선 기선을 제압당한 이상 어지간한 계기 없이는 국면을 전환시킨다는 것이 거의 불가능에 가깝다고 할 수 있었다.

막능여는 어떻게 하면 수세에서 벗어날 수 있을까 생각해 보았지만 상대는 그야말로 단 한 번의 기회도 용납하지 않고 있었다.

계속 수세에 밀리다가 연못 속으로 빠지게 되면 상황은 더욱 어려워질 것이다. 막능여는 그 점을 생각해 내고 몸의 한 부분을 내주더라도 국면을 전환시켜야 한다고 결심했다.

두 명의 암살자들은 쉬지 않고 공격을 연환시키고 있었는데 각자 막능여를 공격하면서도 그것이 또한 기가 막히게 서로의 빈틈을 보완해 주고 있었다.

막능여가 전면에서 공세를 퍼붓고 있는 두 명의 수령무에게만 모든 신경을 쓰고 있는 순간, 놀랍게도 그가 등지고 있는 연못 속에서 또 한 명의 수령무가 솟아올랐다.

막능여가 제삼의 수령무를 감지했을 때에는 이미 하나의 검이 그의 등을 꿰뚫고 있었다.

퍽!

한 자루의 붉은 검날이 막능여의 등을 꿰뚫고 앞가슴으로 튀어나왔다. 막능여는 자신의 가슴으로 튀어나와 있는 검극을 고개 숙여 내려다보았다.

예상했던 것과는 달리 통증은 없었다. 죽는다는 절박감도, 이대로 영원히 이 세상과 단절된다는 안타까움도 없었다. 그저 허무할 따름이었다.

"헉!"

막능여는 깜짝 놀라 상체를 일으켰다. 동시에 아직 잠에서 덜 깬 눈으로 망연히 주위를 둘러보았다.

모든 것이 제자리에 있었다. 그가 잠이 들기 전에 펼쳐 보았던 서책도 침상 옆의 서탁 위에 펼쳐진 채 그대로였고, 책을 읽기 위해 밝혀두었던 사방등도 여전히 켜져 있는 상태였다.

막능여는 자신의 가슴을 내려다보지 않을 수 없었다. 놀랍게도 검에 관통당한 가슴 부위에 통증이 느껴지는 것 같은 착각이 일 정도로 선명한 악몽(惡夢)이었다.

창밖을 내다보니 꿈속에서처럼 비가 내리고 있었다.

마치 물속의 광경을 보고 있는 듯한 느낌이랄까? 빗방울이 지면을 때리는 소리도, 지붕에 떨어지는 소리도 들리지 않았고 단지 우막만이 눈앞에 펼쳐져 있을 뿐이었다.

막능여는 자신의 방에서 내다보이는 화원의 풍경이 오늘따라 새삼스럽게 느껴져 자신도 모르게 방을 벗어나려다 문득 걸음을 멈췄다. 조금 전에 꾸었던 악몽이 떠오른 것이다.

막능여는 침상 옆에 세워둔 도를 집어 들며 피식 실소를 터뜨렸다.

"하긴… 꿈에서는 아무런 병기가 없어 곤혹을 치르긴 했지. 그러다가 결국은 죽게 되었고… 하지만 꿈은 꿈일 뿐인데 나도 모르게 도를 집어 들다니 꿈속에서 어지간히 혼난 모양이야."

도를 집어 들고 후원으로 접어든 자신의 행동이 스스로도 민망해져 막능여는 수줍음 많은 소년처럼 얼굴을 붉히며 웃었다.

비에 젖은 초목과 지면의 냄새가 무척이나 싱그러웠다. 아무런 소리도 없이 내리고 있는 비였지만 이내 옷이 젖어들기 시작했다.

막능여는 문득 후원 구석의 연못으로 가고 싶은 충동을 느꼈다. 평소에는 거의 가본 적이 없는 연못이었다.

연못이 보이는 거리에 당도한 막능여는 지면 한곳으로 눈을 돌렸다.

"꿈속에서는 저 속에서 수령무가 튀어나와 암습을 해왔는데……."

파아앗!

일순, 지면 속에서 한 개의 붉은 검이 튀어나와 곧바로 공간을 단축시켜 왔다.

막능여는 뻗어오는 혈검을 흘려내며 좌측으로 눈을 돌렸다.

과연 첫 번째 수령무의 암살자가 덮쳐 오는 순간, 좌측에서도 또 한 명의 암살자가 모습을 드러내 완벽한 합격을 펼치고 있었다.

막능여는 눈앞의 현실을 믿을 수가 없었다. 놀랍게도 조금 전에 꾸었던 악몽이 그대로 현실로 뒤바뀌고 있었다. 꿈의 내용과 다른 점은 지금의 막능여는 병기를 쥐고 있다는 것뿐이었다.

하나 병기를 쥐고 있다는 점만 빼놓고는 상황은 꿈과 비슷하게 진행되고 있었다. 어리둥절해하는 사이에 기선을 제압당한 때문이었다.

막능여는 순식간에 다시 연못가로 밀려나 아차 하면 연못 속으로 떠밀릴 상황에 처했다.

'그래, 꿈속에서는 연못 속에도 또 한 명의 수령무가 있었어. 바로 지금이야!'

막능여는 뒤도 돌아보지 않은 채 손을 뒤로 돌려 거대한 도를 마음

껏 휘둘렀다.

촤악!

마악 연못 속에서 뛰쳐나와 막능여의 등에 검을 박아 넣으려던 또 한 명의 수령무가 자신의 검과 함께 양단되었다. 어찌 보면 아무렇게나 휘두른 막능여의 도세 안으로 기다리고 있다가 스스로 뛰어든 형상 같았다.

등 뒤의 수령무를 제거한 막능여는 곧바로 공세로 전환해 남아 있는 두 명의 수령무를 몰아붙이기 시작했다. 그의 기세는 거칠기 이를 데 없어 폭풍이 몰아치는 것 같았다.

사실 막능여는 마음이 조급하기 그지없었다.

내원 깊숙한 곳까지 외적이 침투해 있다가 암습을 해온다는 것은 건곤철축 전체가 이미 붕괴되었음을 의미한다. 도저히 믿을 수 없는 일이었고, 막능여로서는 무슨 일이 있어도 확인해 보아야만 하는 일이었다.

막능여가 휘두르는 참마도 형태의 거대한 도에서 무지막지한 힘이 쏟아져 나왔다. 그 속도도 전광처럼 빠른 데다 방위마저 완벽해 피한다는 것은 불가능했다.

두 명의 수령무는 크게 놀란 빛으로 황급히 검을 들어 막았지만 막능여의 도는 두 자루의 검을 그대로 부수며 밀려 들어가 그들의 몸을 한꺼번에 양단시켰다. 베어버리는 것이 아니라 무지막지한 힘으로 잘라 버렸다고 해야 맞는 광경이었다.

세 명의 수령무를 처치한 막능여는 서둘러 후원을 벗어나 내원 안쪽으로 뛰어가기 시작했다.

기이하게도 그 어디에서도 병장기가 부딪치는 소리나 고함 소리 따위는 들리지 않았다. 내원은 믿어지지 않을 정도로 고요해 모든 것은 평화스럽게 잠들어 있는 듯했다.

마음이 조급해 정신없이 내원 안쪽으로 뛰어가던 막능여는 어리둥절해 걸음을 멈추지 않을 수 없었다. 불현듯, 모두들 잠들어 있는 고요한 밤에 혼자 병기를 들고 선불 맞은 멧돼지처럼 뛰고 있는 자신을 깨달은 때문이었다.

막능여는 고개를 흔든 후 차분한 걸음걸이로 부친이 머물고 있는 본채를 향해 걸어갔다.

본채가 가까워짐에 따라 막능여는 점차 방금 자신이 경험한 일이 실제 있었던 것인지 아닌지 알 수가 없게 되어버렸다. 마음 같아서는 되돌아가 연못가에 쓰러져 있을 수령무 세 명의 시신을 확인하고 싶었다. 그만치 주위의 모든 것이 너무도 평화스럽게만 느껴졌다.

본채의 대전 앞에 당도한 막능여는 또다시 미망 속에 빠져드는 기분이었다.

여전히 물속의 광경을 보고 있는 듯한 느낌이다.

대전의 입구가 활짝 열려져 있어 그 안의 모습이 선명하게 막능여의 눈으로 파고들었는데 놀랍게도 대전 안에는 수십여 명의 수령무들이 포진되어 있었다. 그리고 대전의 중앙 바닥에 부친, 철왕(鐵王) 곤오승이 무릎을 꿇은 형태로 주저앉아 있었다.

대전까지의 거리가 십여 장이나 되었지만 막능여는 부친이 이미 살아 있는 상태가 아니라는 것을 알 수 있었다.

부친의 죽음을 목격한 순간 막능여는 제정신을 잃었다.

"우아아아……!"

상처받은 야수가 울부짖는 듯한 괴성과 함께 막능여의 몸이 대전 안으로 날아들었다.

학살자(虐殺者)들로 불리우는 수령무들이 조금도 동요하지 않은 채 막능여를 맞이했다.

막능여는 자신도 잊고 도(刀)도 잊은 상태였다. 그저 마음이 가는 대로 손을 휘둘렀고 뜻이 움직이는 것에 따라 몸을 움직여 수령무들 속을 헤쳐 나갔다.

수없이 쏟아져 오는 수령무들의 핏빛 검날을 어떻게 피했는지, 또 어떤 무공을 사용해 수십여 명의 수령무들을 쓰러뜨리고 있는지 그 자신도 알 수 없었다.

그의 전신에는 이미 수많은 상처가 입을 벌린 채 피를 뿜어내고 있었다. 하지만 그가 피 웅덩이 속에서 제정신을 가다듬었을 때 그의 주위에 서 있는 수령무들은 단 한 명도 없었다.

무릎을 꿇은 상태로 죽어 있는 부친의 앞에는 한 명의 청년이 우뚝 서 있었다.

이제 갓 19세가량 되었을까? 청년이라 부르기에는 아직 소년티가 남아 있는 사내였다.

입고 있는 것은 눈처럼 흰 백의. 얼굴 또한 창백하기 그지없어 어쩐지 문약하게 느껴지는 모습이었다.

막능여는 부친, 철왕 곤오승을 쓰러뜨린 인물이 바로 눈앞의 백의청년이라는 것을 직감적으로 알 수 있었다.

막능여의 손에 쓰러진 수령무는 이십여 명으로써 아직 십여 명의 수령무들이 남아 있었는데 그들은 기이하게도 백의청년의 좌우에 늘어서 있을 뿐 일체 미동도 하지 않았다.

막능여는 남아 있는 십여 명의 수령무들이 자신을 공격하지 않고 우뚝 서 있는 이유를 알 수 있었다. 그들의 임무는 백의청년을 호위하는 것으로써 동료들이 모두 죽어가도 마치 남의 일인 양 무관심했다.

"넌 누구냐?"

막능여로서는 눈앞의 백의청년이 누구인지 짐작조차 가지 않았다.

대관주의 두 제자는 절대 아니었다.

백의청년은 막능여가 대전 안으로 뛰어들어 이십여 명의 수령무들을 모두 쓰러뜨릴 때까지 담담히 지켜보고만 있었는데 그 눈빛이 너무도 무심했다.

방심(放心)되어 있는 눈빛이랄까? 무언가 생각을 하는지 도무지 짐작할 수 없는 그런 눈빛이었다.

문득 백의청년의 눈에 인간의 감정이 돌아왔다.

"나는 이림입니다."

백의청년은 막능여의 질문에 믿어지지 않을 만큼 정중하게 대답했는데 그 때문에 오히려 막능여로서는 일시지간 어리둥절해지는 기분이었다.

이림의 희디흰 손이 막능여의 가슴을 쳐온 것은 바로 이 순간이었다.

이 공격에는 정말이지 일체의 전조가 없었다. 손이 허공을 가르는 파공음도 들리지 않았고, 상대의 눈에는 여전히 아무런 감정도 담겨 있지 않아 살의(殺意)나 적의(敵意) 따위는 찾아볼 수 없었다.

살의를 지니지 않은 상태에서 이림은 손을 뻗었고 그 일수(一手)에 막능여의 가슴이 꿰뚫렸다.

"헉!"

막능여는 깜짝 놀라 상체를 일으켰다. 동시에 아직 잠에서 덜 깬 눈으로 망연히 주위를 둘러보았다.

모든 것이 제자리에 있었다. 그가 잠이 들기 전에 펼쳐 보았던 서책도 침상 옆의 서탁 위에 펼쳐진 채 그대로였고, 책을 읽기 위해 밝혀두었던 사방등도 여전히 환하게 켜져 있는 상태였다.

막능여는 자신의 가슴을 내려다보지 않을 수 없었다. 놀랍게도 이림의 소수(素手)에 관통당한 가슴 부위에 통증이 느껴지는 것 같은 착각이 일 정도로 선명한 악몽이었다.

'꿈속에서… 다시 꿈을 꾸었단 말인가?'

막능여는 고개를 세차게 흔들었다. 악몽은 마치 한 편의 연극처럼 그렇게 연속되어 이어졌다. 게다가 잠에서 깨어난 지금까지도 그 하나하나의 장면이 너무도 또렷하게 떠오를 정도로 선명했다.

창밖을 내다보니 어느새 날이 밝아 있었다. 추적추적 비가 내리고 있어 날이 밝은 걸 미처 깨닫지 못했을 뿐이다.

2

막능여는 자신이 늦잠을 잔 이유가 악몽 때문이라 생각하며 서둘러 방을 빠져나왔다.

그가 태행산의 동부를 떠나 집으로 돌아온 것은 바로 어젯밤이었다. 추배도의 무공을 완성시키기 전에는 절대로 하산하지 않을 생각이었지만 가문에 중대한 일이 발생했다는 곽자의의 전갈 때문에 어쩔 수 없이 돌아온 것이다.

"아버님과 어머님에게 문안을 올리기 전에 먼저 그 친구를 만나야 하겠어. 도대체 무슨 일이 생겼기에 날 급히 오라고 한 것이었을까?"

외사당 당주인 곽자의를 만나려면 당연히 외사당으로 나가야 했다. 하지만 곽자의는 이미 빈청에서 막능여를 기다리고 있어 외사당까지 가지 않아도 되었다.

"무슨 일인가? 무엇 때문에 날 급히 오라고 했지?"

곽자의는 굳어진 표정이었는데 주위에 아무도 없다는 것을 확인한 후에야 입을 열었다.

"본 문의 누군가가 적과 내통되어 있다는 정보가 있습니다."

"첩자 말인가? 그거야 늘 각오하고 있던 일 아닌가? 어느 정도 벌레가 꾀는 것을 모두 막을 수는 없으니 말이야. 또 때로는 역정보를 흘리기 위해 필요하기도 하고."

막능여는 진지하게 입을 열고 있는 곽자의를 바라보며 빙그레 미소했다. 그 미소는 오히려 그까짓 일로 자신을 돌아오게 만들었냐는 질책의 의미였다.

곽자의가 정색한 채 막능여의 눈을 직시했다.

"단순한 첩자 정도가 아닙니다. 그 첩자가 본 문에서 높은 지위에 있다면 문제는 달라집니다."

"높은 지위라… 결정적인 순간에 내분을 일으킬 정도의 신분이라는 것이군."

막능여는 이제야 사태의 심각성을 깨달은 듯 얼굴을 굳혔다. 사실 어지간한 일로 막능여를 귀찮게 할 곽자의가 아님을 이미 알고 있었던 것이다.

"첩자의 정체는?"

"아직 확실치는 않습니다만……."

곽자의가 머뭇거렸다.

막능여는 그가 머뭇거리는 것을 보고 첩자의 신분이 예상보다 더욱 복잡하다는 것을 미루어 짐작할 수 있었다.

"누굴 의심하는 것인지 말해 주지 않을 텐가? 어차피 말해 주지 못할 거라면 무엇 때문에 날 오라고 한 것인가? 우린 친구일세. 어떤 말을 해도 난 놀라지 않겠네."

곽자의는 다시 눈을 들어 막능여를 직시했다. 지금 그가 막능여를 바라보는 눈빛은 수하로서의 눈빛이 아니라 항상 막능여가 고집해 온 친구로서의 뜨거운 우의가 담겨 있는 눈빛이었다.

"대백(大伯)께서… 금와오(金瓦奧)와 손을 잡았다는 소문이 은밀히 떠돌고 있습니다."

곽자의는 막능여가 받을 충격을 염려해 힘겹게 입을 열었지만 막상 막능여는 피식 웃고 말았다.

"백부님은 아니야. 백부님은 스스로 가주 자리를 아버님께 물려주신 분이란 말일세."

"모두들 쉬쉬하고 있지만 이미 소문이 파다합니다. 이 결과로… 본 문의 결속이 깨지고 있습니다."

"고전적인 방법이 아닐까? 있지도 않은 모반 세력에 대한 소문을 퍼뜨려 본 문의 결속을 파괴시키려는 그런 음모 말이야. 만약 원래부터 첩자 따위가 존재하지 않았다면 적의 음모는 훌륭하게 성공한 셈이지."

"어찌 되었든 간에 얼마 전부터 가주님을 따르는 수하들과 대백을 모시는 수하들 사이가 벌어지기 시작했습니다."

"그건 내가 나설 문제가 아니군. 아버님이 백부님과 직접 이야기해야 할 문제란 말이야."

막능여는 조금씩 짜증이 나는 자신을 느꼈다. 가문에 대한 곽자의의 충성심은 잘 알고 있었지만 아무래도 그 충성심 때문에 자신이 쓸데없이 귀찮게 될 것만 같았다.

곽자의는 다시 진지한 표정으로 입을 열었다. 그의 우직한 성품이 그대로 드러나는 태도였다.

"평상시라면 별문제가 안 됩니다만 지금은 대관주 후계자 쟁탈전이 벌어지고 있는 시기라서……."

건곤철축의 가주는 막능여의 부친인 철왕 곤오승이었지만 원래 가주 직을 맡을 사람은 따로 있었다. 바로 철왕 곤오승의 형인 학성(鶴聖) 곤오렴이었다.

하지만 학성 곤오렴은 가문의 일보다는 유유자적하기를 즐겨 스스로 가주 직을 동생에게 물려주었는데 그 뒤로도 가문의 일에 나서는 일이 극히 드물었다.

철왕 곤오승은 대신 가업을 맡았지만 형인 곤오렴에게도 일단의 세력을 억지로 맡겨놓은 상태였다. 곤오렴이 가문의 일에서 완전히 손떼고 나 몰라라 하는 것을 막기 위한 나름대로의 안배였다.

때문에 양쪽 모두 건곤철축의 수하들이지만 어떻게 보면 서로 다른 주군을 모시고 있다고 할 수도 있었다.

"지금 대백을 따르는 원로들이나 수하들은 공공연히 자신들이 대백의 휘하라는 것을 내세우고 있는 실정입니다."

"그거야 원래부터 그래 왔던 것 아닌가. 그건 내분도 뭐도 아니야. 만에 하나 백부님께서 원하신다면 아버님은 당장이라도 가주 직을 백부님에게 돌려줄 분이란 말일세."

"그것은 모두들 인정하고 있습니다만… 사실 더욱 중요한 것은 첩자로 의심되는 사람이 대백 말고도 또 있다는 것입니다."

"그게 누구인가?"

"그 사람은……."

곽자의는 다시 머뭇거렸는데 그 표정이 지금까지보다 더욱더 진지했다.

막능여는 독촉하지 않은 채 가만히 곽자의를 바라보았다.

곽자의가 결국 입을 열었는데 마치 자신이 무슨 큰 죄를 지은 듯 고개를 숙인 자세였다.

"사모님의 출신 내력이 분명치 않다는 게 아무래도 문제가 된 것 같습니다."

"어머님? 어머님이 금와오의 첩자일 가능성이 있다는 건가?"

막능여는 어이가 없다는 듯 곽자의를 노려보았다. 그는 분노가 자신을 집어삼키는 것을 느꼈다. 하지만 막상 다시 입을 열었을 때에는 부드러운 눈빛으로 돌아와 있었다.

"자네는 내가 어떻게 하길 원하는가? 혹시 어머님께 금와오의 첩자가 아니냐고 물어봐 달라고 날 오라고 한 것인가?"

"그건 아닙니다. 단지 무슨 일이 발생했을 때 소가주님이 이곳에 계셔야 된다고 생각한 것뿐입니다. 수하들이 혼란에 빠지게 되었을 때 전체를 통솔할 사람은 소가주님밖에 없습니다."

"자네는 아주 가까운 시일 안에… 무슨 일인가 생길 거라고 판단하고 있군. 알겠네. 자네가 안정되었다고 할 때까지라도 집 안에 머물러 있겠네."

곽자의가 맡고 있는 것은 외부의 정보를 끌어 모으는 외사당이었다. 때문에 막능여는 곽자의의 말을 무시할 수가 없었다.

막능여가 결국 고집을 꺾고 집 안에 머물러 있겠다고 약속을 하자 곽자의는 안도하는 표정이 되었다.

"난 도대체 이해할 수가 없습니다."

"뭐가 말인가?"

"후계자 쟁탈전인가 뭔가 하는 거 말입니다. 삼십 년마다 한 번씩 같은 십승관에 속해 있는 모든 문파들이 후계자 쟁탈전에 휘말려 전쟁을 벌이는데, 십승관 전체로 보면 일종의 내분이라 할 수 있지 않습니까? 무엇 때문에 스스로 내분을 일으키는 이런 방법을 써야 하는 것인지?"

막능여가 고개를 저었다.

"그 반대야. 끝없이 단련되지 않으면 부패해져 도태되기 마련. 이 방법으로 십승관은 세월이 흐를수록 더욱더 강해지네."

십승관의 십대 세력은 삼십 년을 주기로 공식적인 전쟁에 돌입한다. 십승관의 새로운 대관주를 선출하기 위한 과정이었다.

일단 후계자 쟁탈전이 벌어지게 되면 각 문파들은 휘하의 모든 세력을 동원할 수 있고, 또 이삼 개 문파가 서로 연합할 수도 있었다. 결국 최후에 남는 문파의 가주가 십승관 전체를 다스리는 대관주가 되는 것이다.

그 과정에서 지난 삼백 년 동안 십승관에 속해 있는 문파들은 수도 없이 바뀌었다. 한번 전쟁이 벌어질 때마다 두세 개 이상의 문파가 멸문되었기 때문이다.

일단 대관주가 선출된 뒤에는 무림의 단체들 중에서 가장 강한 세력이 차례로 비어 있는 자리를 차지한다. 때문에 십승관은 언제나 열 개의 세력을 유지할 수 있었다.

"자네가 볼 때 본 문이 가장 조심해야 할 문파는 어디인가?"

막능여는 다시 한가해진 마음이 되어 곽자의를 바라보았다.

"본 문으로서 가장 경계해야 할 문파는 당연히 금와오입니다. 비록 삼십 년 전의 일이 아니더라도 후계자 쟁탈전이 벌어질 때마다 서로 가장 위협적인 적으로 부딪쳐 온 문파이니까요."

막능여도 삼십 년 전의 후계자 쟁탈전 때 금와오가 건곤철축에 의해 거의 멸문될 정도의 타격을 입은 일을 잘 알고 있었다.

"하긴… 금와오는 본 문과 같은 십승관의 울타리 안에 있긴 하지만 또한 서로 결코 양립할 수 없는 사이지. 한데 이번 전쟁에서 대관주 직속의 암살 집단인 수령무가 가문끼리의 전쟁에 개입할 수도 있을 까?"

문득 막능여가 지나가는 말투로 입을 열었다.

곽자의의 얼굴이 굳어졌다.

"만약 이번 전쟁에서 금와오가 또다시 본 문을 공격해 오게 되면 그 공격 부대 속에 정체를 감춘 수령무가 섞여 있을지 모른다는 것이 제 생각입니다."

"대관주가 본 문을 가장 경계하고 있다는 것인가? 하지만 대관주가 가문끼리의 전쟁에 개입하는 건 명백히 불법이 아닌가?"

"그렇습니다. 그 때문에 만약 수령무가 출동하게 되면 다른 세력 속에 섞여서 정체를 감추려 할 것입니다."

십승관에는 대관주의 전횡을 막는 기관이 있었다. 십승관에 속해 있는 열 개의 문파에서 각기 한 명씩 파견된 원로들로 구성된 원로원이 바로 그것이었다.

원로원은 각개 문파의 이익을 대변하는 원로들로 구성되어 원로원에서 합의한 사항에 대해서는 대관주라 할지라도 거부할 권한이 없었다. 대관주라 해도 원로원에서 정한 율법을 어기게 되면 나머지 모든 문파를 적으로 돌리게 되는 것이다.

사실 수령무는 대관주의 출신 문파와는 아무런 관련이 없었다. 그들의 임무는 대관주를 호위하는 것일 뿐이고 대관주가 바뀌면 다시 새로 선출된 대관주의 명령만을 받는다.

때문에 대관주가 수령무를 동원해 가문끼리의 전쟁에 개입하거나 자신의 문파를 지원하는 것은 십승관의 율법에 어긋나는 일이었다.

곽자의의 말에 막능여는 잠시 생각에 잠겨들었다.

그는 자신이 다가올 미래를 미리 보았다고는 생각하지 않았다. 꿈은 그저 꿈일 뿐이었다.

하지만 외사당을 맡고 있는 곽자의가 대관주의 수령무가 이번 싸움에 직접적으로 개입할지 모른다는 정보를 갖고 있다는 것이 마음에 걸렸다.

"금와오는 지리적으로 본 문과 너무 멀어. 그들이 본 문을 공격하기 위해 움직이면 적어도 한 달 전에 우리는 그들의 움직임을 알게 되네. 만에 하나 그들의 주력(主力) 속에 수령무가 섞여 있다면 그들이 본 문에 도착하기 전에 충분히 그 사실을 밝혀낼 수 있을 거야."

"물론 그렇게 되면 원로원에 알려 수령무의 움직임에 제동을 걸 수가 있습니다. 하지만……."

"자네는 또 무얼 염려하고 있는 것인가?"

"본 문과 가까운 거리에 있는 문파 속에 섞여 있다면 우리는 미처 그 사실을 밝혀낼 시간이 없습니다."

"십승관의 십대 세력 중 본 문과 가장 가까운 거리에 있는 문파는 소요장(逍遙莊)일세. 지리적으로 소요장만이 본 문을 기습 공격할 수 있는 위치에 있지. 하지만 그 때문에 아버님께서 날 정략결혼시킨 게 아니겠는가. 자네는 설마 나의 내자(內子)마저도 의심하고 있는 것인가?"

"아닙니다. 단지 일어날 수 있는 모든 가능성에 대해 생각해 보았을 뿐입니다."

발생할 수 있는 모든 일에 대해 그 가능성을 의심하는 것이 곽자의의 임무이기도 했다.

원교근공(遠交近攻).

'멀리 있는 세력과 교분을 맺어둔 뒤에 근접해 있는 적을 친다'라는 것은 고대로부터 내려온 병법 중 하나이다.

하지만 건곤철축의 가주 철왕 곤오승은 그 반대의 병법을 취했다. 멀리 있는 적은 오기 힘들기 때문에 두려워할 필요도 연합할 이유도 없다는 것이 그의 생각이었던 것이다.

때문에 건곤철축은 기습적으로 공격해 올 수 있는 가장 근거리에 있는 소요장과 연합을 했고 더욱 확실한 우군으로 만들기 위해 두 가문의 자제들을 정략결혼시켜 하나로 합쳐 놓은 것이다.

만에 하나 십승관의 다른 세력들이 건곤철축을 치기 위해 출동하려면 무엇보다도 먼저 소요장을 쳐야만 가능했다.

이것은 비단 건곤철축만이 아니라 소요장으로서도 매우 유용한 맹약이었다. 적은 얼마든지 있는데 굳이 서로 붙어 있는 세력을 가장 무서운 적으로 만들어 골머리를 앓을 필요는 없었던 것이다.

'만에 하나 대관주가 금와오를 비밀리에 밀어주고 있는 상태에서 소요장이 은밀히 금와오와 손을 잡고 있다면… 최강의 암살 단체인 수령무가 소요장의 수하들로 변장한 채 본 문을 공격할 수도 있을 것이다. 하지만 그런 일은 있을 수 없다.'

막능여는 문득 한 번밖에 만나본 적이 없는 아내의 부친, 빙장(聘丈)의 모습을 떠올려 보았다. 그는 절대로 자신의 야망을 위해 하나뿐인

딸을 죽음으로 내몰 사람이 아니었다.

'이제 모처럼 집으로 돌아왔으니… 아내와 좀 더 많은 시간을 가져야겠구나.'

막능여는 문득 시선을 돌려 빈청 밖의 후원을 쳐다보았다.

비는 여전히 추적추적 내리고 있었는데 소리없이 내리고 있는 그 비는 대하는 사람으로 하여금 어쩐지 고독감을 느끼게 만들고 있었다.

막능여는 일부러라도 아내와 좀 더 많은 시간을 갖겠다고 결심했으나 끝내 그것을 실천에 옮기지 못했다.

항상 아무 임무도 맡지 않은 채 유유자적, 한가롭게 보냈던 그 자신이 새삼 바빠야 될 일 따위는 없을 것이라고 생각했지만 그게 아니었던 것이다.

막능여 자신도 미처 생각하지 못했던 처리해야 할 잡무가 적지 않았다. 때문에 집에 돌아오고 나서 삼 일 간은 어떻게 시간을 보냈는지 모를 정도였다. 겨우 이런저런 자질구레한 일에서 해방되자 이번에는 모친이 그를 붙잡고 놓아주지 않았다.

모친이 그를 곁에 두고 한 일은 아주 사소한 것들이었다. 책을 읽어 달라고 부탁한다던가, 아니면 막능여가 평소에 좋아하던 음식을 만들어 억지로라도 먹게 만드는 정도였다.

모친의 행동이 유별나긴 했어도 막능여는 별다르게 생각하지는 않았다.

감금 아닌 감금 상태가 되어 모친이 기거하는 별채에 머무른 지 삼일째 되던 날, 막능여는 자신이 며칠 전에 꾸었던 악몽이 단순한 악몽이 아니라 자신의 미래였음을 알게 되었다. 그는 자신에게 다가올 일을 꿈을 통해 미리 보았던 것이다.

건곤철축의 파멸은 그야말로 아무렇지도 않게 참으로 조용하게 시작되었다.

당연히 있어야 할 것 같은 고함 소리도, 검과 검이 맞부딪치는 쇳소리도, 사람들의 비명 소리도 들리지 않았다.

경계망의 한쪽이 어떻게 무너졌는지를 아는 사람은 아무도 없었다. 그 무너진 경계망을 통해 일천 명의 학살자들이 소리없이 스며들었고, 외곽의 수하들이 미처 인식하지도 못하는 사이에 건곤철축은 내부로부터 괴멸당했다.

수령무는 소요장에 몸을 숨기고 있다가 공격을 시작했고 건곤철축과 가장 가까운 우군 속에 숨어 있었다는 점 때문에 기습 공격의 효과는 더욱 배가되었다.

막능여는 깊이 잠들었던 자신이 왜 깨어난 것인지 이유를 알지 못했다.

그는 불현듯 잠에서 깨어나 특별한 이유도 없이 자신의 거처로 돌아갔다가 꿈속에서처럼 수령무들의 암습을 받았고, 이미 한번 경험했기 때문에 어렵지 않게 암습을 물리쳤다.

그리고 본채의 대전으로 가지 않고 다시 모친이 기거하는 별채로 돌아온 것은 대전으로 가게 되면 자신의 죽음이 그곳에서 기다리고 있다는 것을 이미 꿈을 통해 보았기 때문이었다.

꿈에서 겪은 일들은 이미 현실이 되어 있었다.

혈연의 맹약으로 맺어진 소요장은 오히려 수령무를 건곤철축으로 안내하는 역할을 했고 그 때문에 건곤철축은 어이없을 정도로 허무하게 무너질 수밖에 없었다.

막능여는 불현듯 아내의 모습을 떠올려 보았다. 참으로 온화하고 아름다운 여인이었다.

문득 가슴 한곳에 저릿한 통증이 느껴진다.

'난 어쩌면… 무의식적으로 아내의 가문이 배신할 걸 알고 있었던 게 아니었을까? 그래서 아내를 피하고 있는 게 아니었을까?

놀랍게도 모친은 그를 기다리고 있었다.

모친은 여전히 12, 3세가량 된 어린 소녀의 모습이었다. 모친의 그런 모습은 부친을 제외하고는 심지어 막능여에게조차 풀 수 없는 불가사의였다.

내원 곳곳에서는 간간이 작은 소리들이 터져 나오고 있었지만 자세히 귀를 기울여 듣는다고 해도 거대한 건곤철축이 무너지는 소리라고 생각할 사람은 아무도 없을 것 같았다. 하지만 막능여의 모친은 이미 건곤철축의 몰락을 모두 알고 있는 게 분명했다.

"너와… 좀 더 많은 시간을 보내고 싶었는데 여기까지가 한계인 모양이구나."

막능여는 어둠 속에 조용히 서 있는 모친을 향해 울부짖었다.

"난 나의 미래를 보았습니다! 꿈에서 말입니다! 그 꿈에서 아버님이 돌아가신 것도 보았습니다. 그 자리에 내가 감당할 수 없는 고수가 있습니다. 가면 헛된 죽음만 있을 뿐입니다!"

모친이 조용히 고개를 끄덕였다. 모든 것을 체념한 듯한 태도치고는 너무도 평화스러웠다.

"맞아, 네 힘으로 그와 싸우는 건 아직 불가능해. 그는 인간이 아니야. 용의 권족이야."

"용의 권족? 용의 권족은 모두 몇 명입니까? 혹시 용의 권족이 일곱이 아닙니까? 그들을 일러 이계칠군이라고 부르는 것이 아닙니까?"

불현듯 생각나는 것이 있어 막능여는 질문을 던졌다. 추배도를 얻기 전에 꾸었던 꿈속에서 만난 중년인의 말이 떠오른 것이다.

"곧 알게 될 것이다, 네가 알고 싶어하는 모든 것을. 하지만 지금은 아니야."

모친의 태도가 너무도 온화해 막능여는 그녀가 무슨 생각을 하고 있는지 짐작할 수가 없었다.

"가거라. 시간이 없어."

막능여가 고개를 흔들었다. 눈물이 저절로 흘러내린다. 그는 마치 어머니에게 떼를 쓰는 어린아이처럼 그렇게 눈물을 흘리며 고개를 흔들었다.

"도망갈 곳이 없습니다. 천하의 어떤 곳이라도 십승관의 추적을 피할 수는 없습니다."

모친이 다시 온화하게 미소했다.

"아니야. 숨을 곳은 많아. 금와오와 적대 관계에 있는 세력들은 모두 널 숨겨줄 거야. 하지만 네가 가야 하는 곳은 그곳이 아니야. 그곳이라면 적도 생각해 낼 테니까."

막능여는 자신이 마음속에서 들끓고 있는 격정을 억눌러야 하는지, 아니면 그대로 몸을 맡겨야 하는지 알 수가 없었다.

마음 같아서는 지금 당장이라도 대전으로 달려가 부친의 죽음을 확인한 후 함께 죽고만 싶었다. 하지만 모친의 온화한 태도가 그의 이런 격정을 억누르고 있었다.

"오히려 난 네가 우리 가문의 적들 속으로 숨기를 권하고 싶구나. 적은 네가 그곳에 숨어 있다고는 절대로 생각하지 못할 것이다."

"하지만……."

막능여는 눈을 들어 망연히 모친을 바라보았다. 그제야 그는 모친이 무엇을 생각하는지 알 것 같았다.

모친이 그의 생각을 확인시켜 주듯 다시 온화한 미소와 함께 고개를 끄덕였다.

"그래, 난 가지 않는다. 내가 있어야 할 곳은 네 아버님 곁이야."

"하지만 난……."

"너는 꿈을 통해 네 미래를 보았다고 하지 않았느냐? 이건 시작일 뿐이야. 너의 미래는 아직 끝나지 않았다."

모친의 눈빛이 엄해졌다. 그녀의 전신에는 위엄이 가득했으되 또한 부드러웠다.

막능여는 천천히 모친을 향해 절을 올렸다. 그의 눈에서는 이제 더 이상 눈물이 흘러나오지 않았다.

제6장
흑태세(黑太歲)

원족의 지하 도시로 내려가는 통로는 모두 돌을 깎아 다듬어져 있었다.

　경사는 가파르지 않고 완만했으며 아래쪽으로 내려갈수록 수많은 갈래의 통로들이 새로 모습을 드러냈다. 만에 하나 벽화에서 지하 도시로 들어가는 지도(地圖)를 보지 못했다면 길을 잃지 않을 수 없을 정도의 미로(迷路)였다.

　일행은 반 시진가량 지하로 이어진 통로를 따라 내려갔는데 경사가 완만해서 더욱 멀게 느껴질 뿐만 아니라 직선 거리로도 이미 삼백여 장 정도는 내려온 것 같았다.

　"도대체 얼마나 깊은 지하에 도시를 만들었길래 아직도 더 내려가야 하는 걸까요?"

　오랫동안 긴장된 상태로 말도 없이 걷게 되자 척려려는 견딜 수 없다는 듯 혼자 중얼거렸다.

　지하 통로는 곧바로 지하로 이어진 게 아니었다. 경사를 완만하게 만들기 위한 것인지 계단 형태의 통로를 한참 따라 내려가다 보면 반드시 계단이 반대로 꺾이는 지점이 모습을 드러낸다.

　방향이 바뀌는 곳마다 또 다른 새로운 통로가 있었지만 일행은 새로 모습을 드러내는 통로들을 무시한 채 계속 아래로 이어진 계단을 통해 내려갔다.

　다시 반 시진을 내려가자 수평으로 뻗어 있는 통로가 나왔다.

　지하 도시의 입구는 하나뿐이었다. 하지만 중도에는 많은 통로가 연결되어 있었는데 모두 지하에 존재하는 여러 개의 도시를 서로 연결시키는 도로 역할을 하고 있었다.

　능비령과 무외자 일행은 자신들이 그 여러 개의 지하 도시 중에서도 가장 큰 지하 도시로 가고 있다는 것을 이미 알고 있었다.

　수평으로 이어진 통로를 따라 다시 오백여 장 정도 갔을까?

　별안간 시야가 확 트이며 거대한 지하 공간이 모습을 드러냈다. 지하 깊은 곳을 넓게 파낸 다음에 그 위에 온갖 형태의 건축물들을 세워 놓은 엄청난 규모의 지하 도시였다.

　천장은 아득히 백여 장 높이에 둥그런 형태로 패어 있었는데 그 높이가 너무 높아 이곳이 지하라는 것이 실감되지 않을 정도였다.

　게다가 지하 도시 전체는 환하게 빛을 발하고 있었다. 도대체 어떤 형태의 조명을 사용했는지 알 수가 없었다.

　"맙소사! 그냥 땅굴을 파고 사는 정도인 줄 알았는데 이 정도라니……!"

　척려려가 혀를 내두르다 문득 바로 옆에 서 있는 유빙의 얼굴에 눈을 고정시켰다. 유빙은 무엇을 생각하는지 척려려가 빤히 자신을 바라보고 있는 것도 의식하지 못하고 있었다.

"뭘 그리 골똘히 생각하고 있어요? 설마 성질 나쁜 마누라 길들이는 마흔일곱 가지 방법이라는 거에 아직도 미련을 갖고 있는 건 아니겠지요?"

"그게 아니라… 아무래도 우린 너무 쉽게 여기까지 와버린 것 같아."

"그게 무슨 뜻이에요?"

"원족의 지상 도시에 들어온 직후 성문이 닫혔을 때, 우린 어떻게 해서든지 도망쳤어야 했어."

능비령이 고개를 끄덕였다.

"맞아요. 우린 우리 스스로 여기까지 왔다고 생각하고 있지만 사실은 유인된 게 분명합니다."

"하지만 우린 지금까지 어느 누구도 만나지 못했어요. 원족의 역사가 그려진 벽화를 발견한 것도, 지하 도시로 들어온 것도 우리들 자신이었어요."

능비령이 주위를 둘러보았다.

"우리가 유인되고 있는 걸 확인해 보고 싶다면 한 가지 방법이 있습니다."

"다시 되돌아서 나가자는 뜻인가?"

척자훈이 긴장을 감추지 못한 채 질문을 던졌다.

능비령은 무외자를 바라보았다. 일행을 지휘할 사람이 바로 무외자였기 때문이었다.

"시험해 보는 정도라면 한번 시도해 보는 것도 괜찮겠지. 시험해 봐서 아니라면 이 께름칙한 기분도 없어질 테고."

일행은 앞쪽에 펼쳐져 있는 지하 도시로 들어서지 않고 몸을 돌렸다. 그러나 유인된 것인지 아닌지 시험해 보기 위한 것일 뿐 아무도 되돌아갈 생각은 없었다.

한데 통로를 되짚어 걸어나가기 시작해 채 십여 장이나 걸어왔을까?

스스스슷!

돌연 그들이 걸음을 옮기고 있는 통로 앞쪽의 바닥과 천장, 그리고 양쪽 벽면에서 기이한 물체가 연기 빠져나오듯 스며 나오기 시작했다.

일체의 음향도 없었다. 그리고 그 크기가 너무도 작아 어찌 보면 검은 먼지들이 점점이 묻어 있는 것처럼 보일 정도였다.

능비령은 이미 지하 도시로 들어설 때부터 수유관을 펼치고 있는 상태였다. 때문에 그의 눈은 미세한 변화라도 놓치지 않았다. 그의 뇌리에는 일행들이 지나온 통로의 모든 것들이 아주 미세한 부분까지도 완벽하게 기억되어 있었던 것이다.

"이게 뭐지?"

능비령이 걸음을 멈추자 모두들 어리둥절해하며 능비령의 시선이 멈춰져 있는 곳을 바라보았다.

"흑태세!"

유빙이 신음처럼 중얼거렸다.

바닥과 천장, 그리고 석벽의 미세한 틈 사이에서 스며 나온 검은 물체들은 점점 커져 어느새 각기 주먹만한 검은 진흙덩어리 형태로 변해 있었다.

석벽의 미세한 틈으로 스며 나올 때는 그저 작은 물방울 형태였는데 그 물방울들이 서로 뭉쳐지며 수많은 덩어리로 변화되고 있었던 것이다.

놀라운 것은 주먹만한 크기로 뭉쳐진 수많은 흑태세들이 다시 서로 합쳐지며 점차 거대해지고 있다는 점이었다.

척려려가 소매 속에서 한 자루 비도를 꺼내 석벽을 타고 기어 내려 오고 있는 주먹만한 크기의 흑태세를 향해 집어 던졌다. 너무도 놀란 나머지 거의 발작적으로 뻗어낸 공격이었다.

픽!

비도는 정확히 흑태세의 몸을 관통한 후 석벽에 박혔다.

하나, 움찔하던 흑태세가 다음 순간 비도를 가운데에 두고 갈라지며 다시 합쳐져 기어 내려오고 있지 않은가!

척자훈이 장검을 뽑아 들고 발 아래에서 서로 뭉치며 점차 커다란 덩어리로 변화되고 있는 또 다른 흑태세를 향해 검을 휘둘렀다.

직경 한 자가량 크기로 뭉쳐지고 있던 흑태세가 서너 조각으로 베어 져 흩어졌다.

하지만 그뿐이었다. 여러 조각으로 잘라졌던 흑태세의 몸체들이 제 각기 움직여 서로를 향해 기어간 후 다시 합체되어 버린 것이다. 베어 졌던 흑태세가 다시 원래의 몸으로 합체된 것은 그야말로 숨 한 번 몰 아쉴 짧은 순간의 일이었다.

척려려의 입이 딱 벌어졌다.

되돌아 나가고 있는 통로의 전면에 어느새 수도 헤아릴 수 없이 많 은 흑태세들이 가득 차 있었다.

흑태세들의 크기는 서로 달랐는데 작은 공 크기도 있었고, 또 어떤 것은 통로를 가득 메울 정도로 거대한 것도 있었다. 자세히 보니 흑태 세는 단지 검기만 한 것이 아니었다. 빛의 각도에 따라 기이한 반사광을 되쏘는 바람에 때로는 붉은색으로 보이기도 하고 또 때로는 황갈색으로 보이기도 했다. 또한 전신에 무수한 초록색 기포덩어리들이 들끓고 있었는데 마치 수많은 눈동자처럼 느껴졌다.

"이놈들… 지금까지 얌전히 숨어 있다가 우리가 되돌아 나가는 척하니까 나타나서 앞을 막고 있어요."

척려려는 물론이고 일행들 모두가 지금까지 막연하게 느껴왔던 불안이 현실로 드러나자 경악을 금치 못하는 표정들이었다.

능비령은 한 가지 생각이 떠올라 고개를 돌려 뒤를 돌아보았다. 과연 뒤쪽의 통로에는 단 한 마리의 흑태세도 보이지 않았다.

능비령은 새삼 확인해 보기 위해 다시 한 번 마음을 풀어 주위를 탐색해 보았다.

놀랍게도 여전히 아무런 존재감이 감지되지 않았다. 심지어 앞쪽의 통로를 가득 메우고 있는 수많은 흑태세들조차 눈으로는 확인할 수 있었지만 마음으로는 감지되지 않았다.

'이 괴물들은 설마… 자신의 존재감을 감출 수도 있단 말인가?'

흑태세들이 조금씩 일행들 앞으로 밀려오기 시작했다.

일행은 뒷걸음을 치지 않을 수 없었다. 이제는 능비령과 무외자 일행조차 느끼지 못하게 유인하는 게 아니라 노골적으로 한쪽 방향으로 몰아붙이기 시작한 것이다.

"이렇게 되면 어쩔 수 없이 지하 도시로 들어가야 한다는 건가?"

무외자는 다시 몸을 돌려 지하 도시 쪽으로 방향을 바꿨다. 통로를 가득 메운 채 길을 막고 있는 흑태세들을 공격해 퇴로를 뚫을 의향은 없었다. 기왕에 여기까지 왔으니 지하 도시에 들어가 척려려의 백부를 찾아볼 생각이었던 것이다.

일행이 다시 지하 도시 쪽으로 방향을 바꿔 걸어가자 뒤쪽의 통로를 가득 메운 채 길을 막고 있던 흑태세들이 어느 사이에 모두 사라지고 보이지 않았다.

지하 도시 입구로 들어서며 일행은 미세한 변화를 느낄 수 있었다. 공기의 움직임이 바뀐 것이다.

어떤 방식으로 이 거대한 지하 도시에 공기를 유입시키는 것인지는 알 수 없었지만 공기는 더욱 청량해져 마치 숲 속에 있는 것 같은 느낌이었다.

막상 지하 도시 안으로 들어서자 일행은 도시가 통로 쪽에서 내려다보던 것보다 더욱 거대하고 더욱 화려하다는 것을 실감할 수 있었다. 도시는 마치 바둑판처럼 구획들이 정확히 나누어져 있었는데 각 도로의 폭은 무려 삼 장이 넘었다.

도시의 정중앙에는 높이 솟아 있는 거대한 석조 건물이 우뚝 서 있었다. 그 가장 큰 석조 건물의 전면에는 방원 이백여 장에 달하는 넓은 공터가 있었는데, 아마도 원족들의 대규모 집회에 필요한 공터인 듯했다.

어느덧 공터에 도착한 일행은 주위를 둘러보았다. 이제부터 과연 어디로 가야 할지, 또 무엇을 해야 할지 막막한 느낌이었다.

퍼드득!

공기를 거칠게 찢어내는 날개 소리를 가장 먼저 들은 사람은 척려려였다. 하지만 반대쪽의 허공 위에서 십여 마리의 무루들이 날아오는 것을 가장 먼저 발견한 사람은 능비령이었다.

무루들은 곧바로 능비령과 무외자 일행을 향해 날아와 날카로운 발톱으로 공격해 왔는데 그 기세가 흉맹스럽기 이를 데 없었다.

무루는 전체적으로는 새의 형태였으나 날개를 뺀 몸체만을 본다면 네 개의 발을 지닌 들짐승과 흡사했다. 특히 가슴 부위에 달려 있는 두 개의 발은 마치 인간의 두 손처럼 능수능란하게 움직여 일반적인 맹조보다는 훨씬 위협적이었다. 게다가 큰 날개로 휘저으면 강한 바람이 일어나 몸의 균형을 잃게 된다.

일행은 척려려를 가운데로 한 채 둥글게 뭉쳐 무루들을 상대했다.

무루들을 상대하려면 공격을 가해오는 순간 역공을 하는 것이 가장 최선의 방법이었지만 무루들의 움직임이 너무 빨라 여간해서는 기회를 잡기 어려웠다.

유빙과 척자훈은 검을 꺼내 상대했고 무외자는 법승(法繩)을 무기로 사용했다.

법승은 반 자 정도의 단봉에 마(麻)나 무명으로 만든 줄을 이은 일종의 채찍으로써 또한 법편(法鞭)이라고도 불리운다.

능비령은 무외자 일행을 만난 뒤에 무외자가 무공을 사용하는 것을 처음으로 보게 되었다. 그는 법승을 가볍게 떨치는 것만으로도 벌써 두 마리의 무루를 땅에 떨어뜨리고 있었다.

부드러운 무명으로 만들어진 법승의 끝이 무루의 몸에 적중되는 순간, 예리한 검날이 되어 무루의 몸을 베어버리거나 찢어냈다.

별로 힘들이지 않고 마치 먼지를 털듯 가볍게 무루들을 상대하는 무외자의 솜씨에 능비령은 내심 감탄을 금할 수 없었다.

하지만 무루들과의 싸움에서 가장 큰 활약을 한 사람은 유빙이었다. 그는 공격하기 위해 덮쳐 온 무루의 몸을 잡아채 그 반동으로 등을 밟고 올라서 다른 무루들을 공격했다.

경이적인 도약이었다.

무루 한 마리의 몸을 발판으로 이용해 다른 무루를 공격하는가 싶은 순간, 공격을 받은 무루가 바닥으로 떨어지기 전에 다시 그 무루의 몸을 발판으로 삼아 허공을 도약한다.

　한 번 도약할 때마다 정확히 무루 한 마리씩 바닥으로 떨어졌는데 모두 깨끗하게 목이 잘려 있었다.

　"잘한다! 유빙… 아니, 유 오빠, 최고다!"

　신이 난 건 척려려였다. 유빙의 무공 화후가 그 정도일 줄은 그녀도 미처 몰랐던 것 같았다.

　십여 마리의 무루들이 지하 도시 저쪽에서 날아와 공격해 오고, 능비령과 무외자 일행이 그 무루들을 남김없이 해치우기까지는 채 일각도 걸리지 않았다.

　"이럴 수가……!"

　유빙은 나머지 한 마리 무루마저 베어버린 후 허공에서 몸을 뒤집으며 지면에 내려섰는데 순간 크게 놀란 표정을 머금었다.

　놀랍게도 바닥으로 떨어진 십여 마리에 달하던 무루들의 시신이 단 한 구도 보이지 않았다. 그야말로 감쪽같이 사라져 버리고 없었다.

　사실 능비령과 다른 일행들은 이미 죽은 무루들의 시체가 사라진 사실을 알고 있었다.

　"무루가 아니었습니다."

　능비령이 바닥을 향해 눈짓했다.

　허공에서 허공으로 도약하며 무루들을 해치우던 유빙만 미처 못 보았을 뿐 다른 사람들은 무루들이 사라지는 모습을 똑똑히 보았던 것이다.

　"흑태세들이… 무루로 몸을 변형시켜 공격해 왔다가 바닥에 떨어지자 그대로 스며들어 사라져 버린 것이네."

무외자의 표정은 어둡기 이를 데 없었다.

"그 무루들이 정말 흑태세들이 몸을 변화시킨 것이었단 말입니까?"

유빙이 고개를 설레설레 내저었다. 다른 사람들처럼 직접 눈으로 목격하지 못해서인지 도저히 믿을 수 없다는 표정이었다.

"지금까지 공격해 오지 않던 흑태세들이 왜 별안간 공격해 오는 걸까요?"

유빙이 다시 질문을 던지자 무외자가 고개를 저었다.

"그걸 알면 우리를 이곳까지 유인해 낸 이유도 알 수 있을 것이네."

문제는 심각했다.

흑태세들이 몸을 자유자재로 변형시킬 수 있는 무정형(無定形)의 생명체라는 것은 이미 알고 있는 상태였다. 하지만 다른 종족으로까지 몸을 변화시킬 수 있다는 것은 진정 놀라운 일이 아닐 수 없었다.

심지어 무루로 변형되어 허공을 날 수 있는 능력마저 지니고 있을 정도이니 그 능력이 어느 정도인지 짐작도 되지 않았다.

처벅처벅!

돌연 요란한 발걸음 소리가 들려왔다.

일행이 고개를 돌려보니 한쪽 건물 모퉁이 쪽에서 별안간 수십여 명의 원족 병사들이 오와 열을 맞춰 쏟아져 나오고 있었다.

원족들은 옷은 걸치지 않았지만 모두들 투구를 쓰고 왼손에는 방패, 오른손에는 장창을 쥐고 있었다.

척척척!

원족 병사들의 목표는 바로 능비령와 무외자 일행이 분명했다. 건물 모퉁이에서 쏟아져 나오기 무섭게 곧바로 그들을 향해 진격해 오기 시작한 것이다.

그 진격은 실로 일사불란해 오랜 훈련을 거친 정예 병사들임을 알 수 있었다.

"맙소사! 원족이에요."

머리 속에 울려온 척려려의 정신 감응이 공포로 떨리고 있었다.

능비령이 고개를 저었다.

"원족이 아니에요. 저것도 흑태세들이 몸을 변형시킨 것이 분명합니다."

"알 수가 없군, 알 수가 없어. 이곳까지 유인한 뒤에 공격해 오는 이유가 과연 무엇이란 말인가? 게다가 원래의 몸체로 공격하지 않고 왜 변형된 몸으로 공격해 오는 것일까?"

무외자는 품속에서 몇 장의 부적을 꺼내며 중얼거렸다.

휘이익!

부적들은 곧바로 전면으로 날아가다 양쪽으로 나뉘어져 지면에 박혀들었다.

순간, 눈에는 보이지 않는 투명한 막이 원족 병사들과 일행 사이를 일직선으로 가로막았다.

능비령은 무외자가 결계를 친 것을 깨달았지만 원족의 병사들이 워낙 많아 과연 버틸 수 있을지 염려스러웠다.

빠지직!

원족의 병사들이 결계를 향해 밀어닥쳤다. 선두의 일진이 결계에 가로막혀 제자리에 멈춰졌지만 뒤의 병사들은 아랑곳없이 계속 진군해 왔다.

원족의 병사들은 창과 방패로 공격해 오기도 하고 심지어 몸을 던져 결계에 부딪쳐 왔는데 부딪칠 때마다 보이지 않는 투명한 막이 물결이 일렁이듯 크게 출렁이는 것 같았다.

결계와 부딪친 원족 병사의 몸은 갈가리 찢겨 제자리에서 무너졌고, 그 순간 한 무더기의 진흙덩어리 같은 본연의 몸체로 돌아갔다.

한 가지 다행스러운 점이 있다면 결계에 부딪쳐 파괴된 흑태세의 몸체가 더 이상 움직이지 않는다는 점이었다.

이내 결계의 경계 지점에 수북이 흑태세들의 몸체가 진흙처럼 쌓여 가기 시작했다. 하지만 결계 역시 더 이상 버티지 못하고 조금씩 파괴되고 있었다.

일행들은 결계가 곧 무너지리라는 것을 깨닫고 빠르게 공터를 가로질러 뒤쪽의 거대한 석조 건물로 들어섰다.

능비령은 석조 건물로 들어가기 전에 뒤를 돌아보았는데 과연 결계는 이미 파괴된 상태였다.

한데 기이하게도 이미 결계가 파괴되었건만 원족의 병사로 몸을 변형시킨 흑태세들은 더 이상 진격하지 않은 채 제자리에 석상처럼 멈춰 서 있었다.

건물은 대규모 회의를 위해 건축된 듯했다. 방원 삼십여 장에 달하는 넓은 전청(前廳)을 제외하고도 수많은 대전으로 나뉘어져 있었는데, 각 대전 안에는 수십여 명이 한꺼번에 앉을 수 있는 탁자와 의자들로 가득 차 있었다.

무외자는 그중 한 대전 안으로 들어가 문을 닫은 뒤 품속에서 여러 장의 부적을 꺼내 사방의 벽면에 붙였다.

"천장과 바닥에도 결계를 쳤으니 당분간은 침입하지 못할 것이네."

일행은 무외자가 다시 결계를 친 이유를 잘 알고 있었다. 일단은 안전하게 휴식을 취할 수 있는 장소가 필요했던 것이다.

결계가 완성되자 무외자는 다시 일행을 지휘해 탁자와 의자들을 벽쪽으로 몰아붙인 뒤에 가운데에 빈 공간을 만들었다.

"아무래도… 원족은 자신들이 만든 흑태세에 의해 멸종당한 것 같군."

모든 일이 끝나자 무외자는 바닥에 가부좌를 틀고 앉으며 입을 열었다. 모두의 머리 속에 잔잔히 울려 퍼진 그의 정신 감응이 마치 쥐어짜는 신음처럼 느껴진 것은 너무도 당연한 일이었다.

아무도 입을 열 수 없었다. 한때 찬란한 문명을 이룩했던 종족이 오히려 자신이 만들어낸 노예들에 의해 멸종되었다는 사실이 모두에게 커다란 충격을 안겨다 주었던 것이다.

2

무외자가 펼쳐 놓은 결계 덕분에 일행은 그나마 마음 편하게 휴식을
취할 수 있었다. 대략 한 시진 사이에 무엇인가가 결계를 깨려고 시도
한 것이 세 번이나 있었지만 결계는 완벽했다.

모두들 한차례 운공조식을 끝내고 눈을 떴을 때 무외자가 입을 열었
다.

"벽화가 있는 곳으로 되돌아가 그 벽화를 다시 보았으면 좋겠구나."

"벽화요? 그건 왜요?"

척려려가 의아해하자 무외자의 표정이 진지해졌다.

"벽화에 기록되어 있는 내용이 너무 방대해 우리는 미처 중요한 것
을 보지 못했다. 그 벽화의 어딘가에 흑태세들에 대해 더 자세한 기록
이 남겨져 있을 것이다. 우리가 이곳을 빠져나가려면 그게 필요해."

"어떤 내용을 찾는지 말씀만 해주십시오."

능비령이 무외자를 바라보았다. 사실 그는 수유관을 펼쳐 벽화의 내용을 모두 머리 속에 담고 있는 상태였다.

"벽화의 모든 내용을 기억하고 있단 말인가?"

"그건 아니고… 어쩐지 흑태세에 관한 부분이 흥미가 느껴져 유심히 보았습니다."

능비령은 자신이 익힌 수유관에 대해 설명하기가 난감해 대충 얼버무렸다.

무외자는 기대의 눈빛으로 능비령을 바라보았다.

"흑태세들을 만든 건 원족이야. 또 그들에게 싸움에 필요한 능력을 학습시킨 것 역시 그들이고… 그 기록 어딘가에 흑태세의 약점이나 흑태세를 통제하는 방법이 남겨져 있지 않을까 생각해 보았네."

척려려가 초를 쳤다.

"하지만 원족도 결국 흑태세에 의해 멸종당했어요."

척자훈이 척려려를 노려보았다.

척려려는 자신도 모르게 불쑥 말을 내뱉기는 했지만 말을 해놓고 스스로 화들짝 놀라 자라목이 되어 고개를 푹 숙였다. 사실이 그렇다고는 해도 그녀의 말은 있을지도 모르는 마지막 희망마저 무너뜨리는 잔인한 말이 아닐 수 없었다.

능비령은 가만히 눈을 감고 벽화의 내용을 떠올리기 시작했다. 수많은 벽화들 중 흑태세에 관해 그려져 있는 부분만을 찾아내는 것은 적지 않은 시간을 필요로 하는 일이었다.

잠시 후, 눈을 뜬 능비령의 얼굴은 그답지 않게 굳어져 있었다.

"벽화에 의하면 원족들은 흑태세와의 오랜 전쟁 끝에 결국 흑태세를 제압했다고 되어 있지만 무언가 이상한 내용이 있었습니다."

"이상한 내용? 그게 뭔데요?"

척려려가 질문을 던졌다.

능비령은 무외자를 향해 대답했다.

"마지막에 남겨진 그림에 의하면… 흑태세는 자신이 섭취한 다른 종족의 지식과 경험을 흡수해 버리는 능력이 있는 것 같습니다."

"섭취? 잡아먹는다는 뜻이에요?"

척려려가 설마 하는 표정이 되어 다시 질문을 던졌다. 그녀 역시 원족과 흑태세의 전쟁에 대해 그려놓은 벽화를 보기는 했지만 흑태세가 원족들을 잡아먹는 그림은 미처 보지 못했던 것이다.

"원족들도 그 사실을 깨달은 것은 전쟁이 끝난 뒤인 것 같습니다."

능비령은 여전히 무외자에게만 대답했다. 평소의 척려려 같으면 자신의 질문을 계속 무시하는 그에게 발끈해서 무어라 쏘아붙였겠지만 모두들 무거운 표정을 하고 있어 입을 열지 못했다.

"설마… 흑태세가 원족이 사용하던 무공과 온갖 법술마저 펼칠 수 있다는 건가?"

무외자는 똑바로 능비령을 직시했다. 하지만 능비령에게 질문을 던지는 것은 아니었다.

원족은 삼천상원의 인간들과 오랜 전쟁을 치르는 동안 인간의 모든 것을 습득한 종족이었다. 전쟁 중에 생포한 포로를 통해 인간의 문명은 물론이고 무공과 법술마저 익혀 자신들의 것으로 만들었던 것이다.

상황은 절망적이었다.

흑태세는 무정형의 신체를 지녀 죽이기 힘든 괴물일 뿐만 아니라 높은 지능을 지닌 데다 심지어 무공과 도가의 법술마저 펼칠 수 있는 엄청난 존재였던 것이다.

꽈아앙!

이때 돌연 엄청난 힘이 결계에 와서 부딪치는 폭음이 터져 나오며 건물 전체가 무너질 듯 흔들렸다.

그 단 한 번의 공격에 무외자가 펼쳐 놓은 결계는 물론이고 대전의 사방 벽면이 한꺼번에 무너져 내렸다.

능비령과 무외자 일행은 건물이 무너질 듯 흔들리는 바람에 균형을 잡지 못하고 바닥을 구르다가 간신히 몸을 일으켜 서로 등을 맞댄 채 다가올 두 번째 공격에 대비했다.

대전의 벽면이 무너지며 피어 오른 먼지가 뿌옇게 주위를 뒤덮어 마치 안개 속에 잠겨 있는 듯했다. 그 먼지 저쪽에 누군가 한 사람이 우뚝 서 있었다.

새하얀 도포에 가슴까지 늘어진 흰 수염, 언뜻 보기에는 무외자와 많이 닮은 얼굴이었는데 무외자보다는 나이가 좀 더 들어 보였고 더욱 더 중후해 보였다.

백포노도인에게는 강렬한 존재감이 있었다. 그 존재감이 다른 것들의 접근을 막는 방어막처럼 그의 몸 주위를 감싸고 있었는데 그 자체만으로도 감히 범접할 수 없는 위엄이 넘쳐흘렀다.

"배, 백부님!"

척려려가 소리 지르며 백포노도인을 향해 뛰어가려 했다.

능비령이 손을 뻗어 그녀를 막았다.

다음 순간 척려려는 너무도 놀랐다는 듯 손으로 자신의 입을 틀어막았다.

백포노도인의 얼굴이 마치 진흙으로 만들어진 것처럼 꿈틀거리기 시작했다.

전신에서 수많은 기포가 끓어오르면서 몸의 살이 움직여 점차 다른 모습으로 바뀌었다. 심지어 걸치고 있던 옷마저 몸체 안으로 녹아 흡수되고 있었다.

이윽고 일행들 앞에 팔 척가량의 체구를 지닌 한 명의 원족이 모습을 드러냈다. 전신은 물론이고 얼굴에도 부드럽게 느껴지는 희디흰 털이 뒤덮여 있는 완벽한 원족의 모습이었다.

"아무래도 이 모습이 서로 이야기하기 편할 듯하군. 그렇지 않느냐?"

척려려의 백부 모습으로 등장했던 미지의 존재는 순식간에 다시 원족의 모습으로 변화된 채 일행을 향해 미소를 던졌다. 오만한 미소였다.

일행은 아무도 입을 열지 못했다. 눈으로 직접 목격했지만 도저히 믿어지지 않는 광경이었다. 느닷없이 척려려의 백부가 나타났다가 다시 원족의 모습으로 변화된 이 모든 것이 마치 꿈속의 광경을 보는 것만 같았다.

"너희들을 그냥 흡수하려고 했으면 너희들이 이곳에 도착했을 때 할 수 있었어. 내가 너희들을 이곳에서 기다린 이유를 알고 있느냐?"

거대한 음성 하나가 모두의 머리 속에 울려왔다. 놀랍게도 원족으로 변화된 미지의 존재 역시 입을 열어 말하는 것이 아니라 모두의 마음속에 감응해 오고 있었다.

상대를 위축시키는 거대한 존재감, 머리 속에 울려오는 감응 또한 그 존재감만큼이나 거대했다.

일행들 모두 자신이 의식할 정도로 몸을 떨기 시작했다. 미지의 존재에게서 받는 압박감을 견디기 힘들었기 때문이다. 단지 앞에 서 있는 것만으로도 숨을 쉬기 힘든 압박감이 몸을 내리누르고 있었다.

미지의 존재가 다시 모두의 마음속으로 입을 열었다.

"그냥 솔직히 말하겠다. 난 인간들에 대해 알고 싶었던 것이다. 그래서 너희들을 부른 것이다."

'불렀다고?'

척려려가 멍청히 마음속으로 되뇌었다.

놀랍게도 척려려의 꿈속에 나타나 구원을 요청한 것은 그녀의 백부가 아니었다.

'설마 백부님을 죽이고… 백부님의 모습으로 변화해 백부님이 지니고 있던 법술로 내 꿈속으로 들어왔다는 건가?'

"당신은 누구입니까?"

능비령이 문득 질문을 던졌다.

척려려는 물론이고 심지어 유빙과 무외자 역시 감탄 섞인 눈빛으로 능비령을 바라보았다. 미지의 존재가 모습을 드러낸 후 지금까지 모두들 견딜 수 없는 압박감에 몸을 떨 뿐 아무도 감히 질문을 던질 엄두도 내지 못한 상태였던 것이다.

"나? 나는 그냥 하나의 존재이다. 처음에는 아무런 의식이 없었지. 그러다가 의식이 생겼고… 차츰차츰 주위의 것들을 흡수하면서 의식이 더욱 명확해졌다."

문득 미지의 존재가 고개를 갸웃했다.

"하지만 나도 내가 어떤 존재인지 정확히는 설명하기 어렵다. 내 몸속에는 너무도 많은 의식들이 존재하기 때문이다. 내가 흡수한 모든 종족, 그 종족들 하나하나의 개체들이 지니고 있던 의식 모두가 아직 내 몸 안에 살아 있는 것이다."

"당신은 흑태세가 아닙니까?"

능비령이 다시 질문을 던졌다. 무외자가 바라보니 능비령은 마치 주루에서 처음 만난 여행자들끼리 서로 말을 건네는 것처럼 태연해 보여 전혀 공포심이라는 것을 모르는 사람 같았다.

사실 능비령이라고 공포심을 못 느끼는 것은 아니었다. 그는 단지 사선을 넘나드는 용병 생활을 오래 겪어봤기 때문에 공포심을 통제할 수 있을 뿐이었다.

싸움을 직업으로 삼고 있는 용병들에게 있어 공포심은 근육과 마음을 위축시키는 불필요한 감정이었던 것이다.

"흑태세? 그렇군. 원족이 날 그렇게 칭했다."

미지의 존재가 고개를 끄덕이자 무외자 일행은 이미 알고 있었으면서도 또다시 충격을 받지 않을 수 없었다.

"흑태세는 어떤 존재입니까?"

능비령이 다시 질문을 던졌다. 무외자 일행이 보기에 그는 마치 일부러 많은 말을 시키는 것처럼 느껴졌고, 또한 그것은 사실이었다.

"재미있는 질문을 하는군. 나에게 내가 어떤 존재냐고 묻다니… 그래, 대답해 주지."

흑태세는 능비령과 대화를 나누는 것에 흥미를 느낀 듯한 표정이었다.

"글쎄… 나는 거대한 하나의 존재이자 동시에 수만에 달하는 독립된 개체들의 연합이라고 할 수 있을 것이다. 원래의 존재일 때도 그랬는데 원족들과 주위의 많은 다른 종족들마저 흡수했으니 더 더욱 그럴 수밖에."

말을 마친 후 원족으로 변화되어 있는 흑태세가 일행을 천천히 둘러보았다. 존재감이 더욱 거대해져 모두들 숨을 쉬기 어려울 정도였다.

꽈꽈꽈꽝!

돌연 엄청난 폭풍이 몰아쳤다. 공기가 찢겨 나가는 파열음이 터져 나오며 눈을 뜰 수 없을 정도로 강한 바람이 주위를 휘감았다.

주변의 석벽들이 종잇장처럼 뜯겨 나가 회오리에 휩쓸려 이리저리 휩쓸려 갔다.

"크헉!"

"아아악……!"

능비령와 무외자 일행이 들어와 있던 건물 전체가 박살나 거대한 회오리바람에 휩쓸려 허공으로 솟구쳐 올랐다. 그 회오리 기둥이 사라지는 순간 그 자리에 높이 십여 장도 넘을 듯한 거대한 검붉은 물체가 나타나 있었다.

거대한 원형 물체, 전신에 무수한 기포가 들끓고 있었는데 그 들끓고 있는 기포들 사이에 각기 다른 형체들이 녹아 있었다.

원족들의 모습도 있었고 무루나 거령신의 반쯤 녹은 모습도 보였다. 검붉은 진흙으로 만들어진 거대한 산(山)처럼 우뚝 서 있는 흑태세의 모습은 공포 그 자체였다.

"인간들에 대해 알고 싶다. 너희들의 모든 것을. 이제부터 내 몸의 일부를 너희들에게 보내겠다. 모든 능력을 다해 싸우도록."

일행은 거친 폭풍에 휩쓸려 사방으로 흩어져 나가떨어져 있다가 간신히 몸을 일으켜 엉거주춤 한자리로 모여들었다.

거대한 산처럼 솟아 있던 흑태세의 몸이 녹아내리며 넓게 퍼지기 시작했다. 그 범위가 너무 넓어 거대한 지하 도시 전체가 검붉은 진흙탕 속에 잠겨 있는 것 같았다.

이윽고 넓게 번지며 가라앉던 흑태세의 몸체가 모래밭에 스며드는 물처럼 지면 속으로 스며들어 사라져 버렸다.

　일행은 어느 누가 먼저라고 할 것 없이 모두 제자리에 주저앉았다. 거대한 존재감에 짓눌려 있던 긴장감이 풀어져 더 이상 서 있을 수가 없었던 것이다.

제7장
회오리바람

1

 망연히 주저앉아 있던 척려려의 눈에서 문득 눈물이 흘러내렸다. 백부가 흑태세에게 죽임을 당했다는 것을 이제야 비로소 실감한 때문이었다.

 척자훈과 무외자 역시 새삼 그것을 깨달은 듯 비통한 표정이었다. 하지만 슬퍼하고만 있을 시간이 없었다.

 그들이 주저앉아 있는 주변의 바닥이 돌연 검붉은 색으로 변하기 시작했다. 마치 먹물이 아래로부터 번져 올라오는 듯한 광경이었다.

 원족의 지하 도시 바닥에는 돌을 깎아 만든 사방 한 자 크기의 포석들이 깔려 있었는데, 그 포석과 포석 사이의 틈과 돌 자체의 미세한 틈 사이로 흑태세들이 다시 나타나고 있었던 것이다.

 포석 사이로 스며 나온 흑태세들은 이내 서로 뭉쳐져 거대한 거령신의 모습으로 변형되기 시작했다.

"이번에는 거령신이에요!"

척려려가 비명처럼 소리쳤다.

능비령은 거령신이 바로 자신이 처음 이계에 들어왔을 때 만났던 그 괴물이라는 것을 알 수 있었다.

순식간에 십여 마리의 거령신이 만들어져 일행을 향해 다가오기 시작했다. 흑태세가 변형되는 모습을 보지 못했다면 진짜 거령신이라고 믿을 수밖에 없을 정도로 완벽했다.

척자훈이 오히려 거령신들을 향해 달려나가며 검을 휘둘렀다. 그 순간 유빙 역시 보조를 맞춰 거령신들을 공격했는데 눈부신 검화가 피어오르자 거령신들은 움찔하며 주춤거렸다.

캉!

하나 척자훈의 검은 거령신의 피부를 뚫지 못한 채 마치 철판을 두드린 것 같은 쇳소리가 울려 퍼졌다.

"듣던 대로 거령신의 몸은 단단하기가 이를 데 없군."

척자훈은 일반적인 병기로는 거령신에게 상처를 입힐 수 없다는 것을 확인하자 검에 공력을 주입시켰다. 그러자 그의 손에 쥐어져 있는 검신에 이내 새파란 광채가 뒤덮였다.

사악!

좌측에서 척자훈을 향해 덮쳐 오던 거령신의 목이 잘려 나갔다.

십여 마리의 거령신들은 움직임이 전광석화처럼 빨랐으나 척자훈과 유빙의 합공을 당해내지는 못했다. 유빙과 척자훈은 검기를 발현시킨 뒤에 빠르게 움직여 거령신을 차례로 베어 나갔다.

능비령이 내심 감탄성을 터뜨렸다.

유빙과 척자훈 모두 검기를 펼칠 수 있을 정도의 고수인데다 눈부실 정도로 손발이 잘 맞았다. 하지만 방심할 상황은 아니었다. 거령신이 자그마치 열 마리나 되었던 것이다.

척자훈과 유빙이 다시 두 마리의 거령신을 상대하는 사이에 남아 있던 다섯 마리의 거령신이 좌우로 흩어져 능비령 쪽으로 빠르게 치달려 왔다.

찰칵!

능비령은 천잔을 발출시키며 한 걸음 앞으로 나서려다 흠칫 몸을 멈췄다.

무외자는 두 손을 가슴 높이에서 모아 쥔 상태로 능비령의 한 걸음 뒤쪽에 우뚝 서서 무어라 주문을 외우고 있었는데 일순 그의 손에서 무수한 섬광이 번쩍였다.

물 위에 일렁이는 빛의 파편들이라고나 할까? 눈에 보이지 않는 힘[力]이 능비령의 옆을 스쳐 가 덮쳐 오고 있는 거령신들을 향해 뻗어갔다.

파파팟!

덮쳐 오던 거령신들의 몸 여기저기가 베어지기 시작했다. 보이지 않는 수많은 칼날들이 바람에 흩날리는 꽃잎처럼 거령신들을 덮어씌운 것이었다. 투명한 검편(劍片)들은 이리저리 흩날리며 순식간에 거령신들의 몸을 찢어내거나 관통했다.

다섯 마리의 거령신들이 순식간에 갈가리 찢겨져 무너지는 것을 보고 능비령은 크게 놀라지 않을 수 없었다.

'하긴… 이 정도의 실력들이 있으니까 원족의 국경을 넘어 사람을 구하려 한 것이겠지.'

능비령은 주위를 둘러보았다. 열 마리에 달하던 거령신들은 이미 모두 바닥에 쓰러져 있었다.

한데, 쓰러진 거령신들의 몸체가 다시 흑태세로 변해 꿈틀거리며 사라져 가고 있지 않은가! 무외자의 법술에 의해 작은 파편으로 갈가리 찢겨져 있던 살덩어리들 역시 작은 흑태세들로 변형되어 포석 사이로 스며들고 있었다. 지금까지 힘들여 싸운 게 모두 허사로 돌아가는 순간이었다.

"이런 식으로는 아무리 싸워도 소용이 없겠군."

쓰러진 거령신의 몸이 다시 흑태세로 변형되어 사라지는 것을 보며 척자훈이 지겹다는 듯 고개를 저었다.

이때 능비령이 별안간 그중 주먹만한 크기의 흑태세 한 마리를 집어 들어 척려려에게 내밀었다.

"꺄악! 뭐 하는 짓이에요! 그 징그러운 놈을 왜 나에게 주는 거냐구요!"

척려려가 기겁했지만 능비령은 진지했다.

"그놈이 돌아가지 못하게 붙들고 있을 방법이 없습니까? 결계든 뭐든 펼쳐 봐요."

척려려가 고개를 갸웃했다.

"가두어두라는 건가요? 그건 어려운 일은 아니지만 뭣 때문에 그래야 하는지 말해 봐요."

척려려는 불평하듯 종알대면서도 한편으로는 주위의 작은 돌 부스러기들을 끌어 모아 기이한 형태로 늘어놓기 시작했다.

"난 법술을 익히지 않아 숙부님처럼 결계는 펼칠 수 없지만 몇 가지 진법(陣法)은 알고 있어요."

척려려는 능비령이 들고 있는 흑태세를 늘어놓은 돌 부스러기 안에

놓으라고 지시하면서 말을 이었다.

"이건 가장 간단한 삼재진(三才陣)을 응용한 것이에요. 일단 진세가 발동되면 허공과 바닥까지 차단되기 때문에 도망가지 못할 거예요."

능비령은 척려려의 펼쳐 놓은 진 안에 흑태세를 떨어뜨린 후 지켜보기 시작했다. 진 안에 갇힌 흑태세는 계속 꿈틀거리며 움직였지만 진을 빠져나오지는 못했다.

얼마의 시간이 흘렀을까? 진 안에 갇힌 흑태세는 괴로운 듯 계속 몸을 뒤집으며 꿈틀거렸는데 시간이 흐를수록 점점 그 몸체가 위축되기 시작했다. 마치 개구쟁이 아이들이 거머리를 잡아 햇빛 아래 말려 죽이는 광경 같았다.

"흑태세가… 죽어가고 있어요."

척려려가 눈을 빛냈다.

능비령은 진흙이 말라 흙가루가 되듯이 완전히 말라비틀어져 움직임을 멈춘 흑태세의 잔해를 보며 고개를 끄덕였다.

"역시 내 추측대로 놈은 단 하나의 존재입니다."

"단 하나의 존재?"

"그게 무슨 뜻인가?"

무외자와 척자훈이 능비령에게 다가오며 질문을 던졌다. 능비령은 여전히 생각에 잠긴 표정으로 대답했다.

"처음에는 흑태세들이 꽤 많았을지 몰라도 지금은 단 하나의 존재입니다. 이건 놈의 일부분이기 때문에 오랫동안 본체와 떨어져 있게 되면 힘을 못 쓰는 것에 불과합니다."

척려려가 끼어들었다.

"수십여 마리의 쥐들을 한곳에 가둬두고 식량을 주지 않으면 나중에는 서로 잡아먹고 먹히다가 결국 가장 강한 놈 한 마리만이 살아남는다고 했어요. 만약 흑태세가 하나뿐이라면 그놈은 자신의 종족마저 잡아먹은 게 분명해요."

능비령의 얼굴이 굳어졌다.

"놈은 자신의 분신들을 보내 우리와 싸우게 하고 우리가 사용하는 무공과 법술을 모두 학습하고 있는 게 분명합니다."

"잠깐! 흑태세는 섭취한 상대의 지능과 경험, 그 능력까지 모조리 자신의 것으로 흡수한다고 하지 않았나요? 그렇다면 무엇 때문에 이런 방법을 쓰는 걸까요? 그냥 우릴 죽이고 흡수해 버리면 간단할 텐데?"

"흡수하는 과정에서 상대방의 능력과 지능을 완전하게 소화시키지 못한다는 결론이 나오는군."

척려려가 능비령의 말을 반박하자 척자훈이 단언하듯 입을 열었다.

능비령이 일행을 둘러보았다.

"이런 식으로 계속 싸우는 것은 놈의 의도대로 끌려가는 것에 불과합니다."

"좋은 계획이라도 있는가?"

무외자가 잔잔히 눈을 빛냈다.

능비령이 돌연 그의 손을 잡아끌어 그의 손바닥에 무어라 적었다. 무외자는 능비령이 자신의 손바닥에 적은 글씨가 결계라는 글씨임을 알 수 있었다.

〈놈이 우리를 보거나 우리의 대화를 감응하지 못하도록 결계를 펼쳐 달라는 뜻인가? 부적의 도움을 받지 않고도 결계를 펼칠 수는 있지만 기껏해야 주위 삼 장 정도를 차단할 수 있을 뿐이네.〉

무외자 역시 능비령의 손에 글씨를 써서 질문을 던졌다.

〈그 정도면 충분합니다.〉

능비령이 다시 무외자의 손에 글씨를 쓰며 고개를 끄덕였다.

원하는 상대방에게만 뜻을 전달하는 일반적인 방법으로는 전음이 있다. 더 고차원적인 것은 상대방의 마음에 직접 전달할 수 있다는 불문의 혜광심어(慧光心語)도 있었다.

삼천상원의 사람들은 중원인과 달리 입을 열어 말하는 것이 아니라 정신 감응을 사용해 서로 대화를 나누기 때문에 어떻게 보면 불문의 혜광심어와 비슷하다고 할 수 있었다. 하지만 그 정신 감응은 모두에게 개방되어 있었다. 마치 중원인들이 큰 소리로 서로 말하는 것이나 똑같았다. 때문에 능비령은 흑태세가 감지하지 못하게 하기 위해 무외자의 손바닥에 글을 적은 것이었다.

잠시 후 무외자는 다시 두 손을 가슴 앞에 모으며 무어라 중얼거렸다.

한순간, 그의 손에서 밝은 빛이 뿜어져 나온 것 같았으나 그 빛은 순식간에 사라져 눈의 착각처럼 느껴졌다.

능비령은 어리둥절해져 주위를 둘러보았다. 눈에 보이지는 않았지만 공기의 흐름마저 차단된 듯 별안간 주위가 아늑해진 느낌이 들었다.

능비령은 일행의 주위에 결계가 펼쳐진 것을 깨닫고 다시 정신 감응을 열었다.

"우리는… 놈의 본체를 찾아내 그 본체를 없애야만 합니다. 그렇게 하지 않으면 아무리 싸워도 헛고생만 하는 게 됩니다."

"맞아요. 싸우다가 죽더라도 진짜하고 싸워야 한다구요."

"하지만 우리는 놈의 본체가 어디에 있는지 모르고 있네."

척려려가 팔을 걷어붙이며 자못 비장하게 소리쳤지만 무외자가 고개를 저었다.

척려려가 눈을 빛내며 무외자를 바라보았다.

"사라질 때 항상 바닥으로 스며들어 사라졌어요. 흑태세의 본체가 혹시 우리 발 밑의 지하에 있는 것이 아닐까요?"

흑태세의 본체가 숨어 있는 장소를 찾아내는 것은 결코 쉬운 일이 아니었다.

능비령은 마음을 풀어 흑태세의 본체를 찾아보았지만 그 존재감이 너무 거대해 오히려 그 위치를 찾을 수가 없었다. 이것은 마치 물속에 들어가 그 안에서 한 방울의 물을 찾거나 마찬가지의 현상이었다.

이때 흑태세의 본체가 있는 장소를 찾아내는 가장 간단하고 단순한 방법을 제시한 것은 바로 척려려였다.

"놈은 분명히 지하에 숨어 있을 거예요. 그냥 여기저기 바닥을 두드려 보다가 비어 있는 공간이 느껴지면 뚫고 들어가는 게 어때요?"

어떻게 보면 무식하고 단순한 방법이지만 또한 가장 확실한 방법이기도 했다. 결국 일행은 척려려의 제안에 찬성한 후 서로 흩어져 바닥을 두드려 보기 시작했다.

놀랍게도 지하 도시의 아래쪽에는 비어 있는 공간이 사방으로 뚫려 있었다. 무수한 동굴이 미로처럼 얽혀 있었던 것이다. 찾고 자시고 할 것도 없이 아무 곳에서나 그저 아래로 뚫고 들어가면 될 정도였다.

2

스르륵……

채찍처럼 생긴 촉수가 동굴의 벽에서 뻗어 나와 곧바로 능비령을 휘감아왔다. 능비령은 왼팔로 막고 오른손에 천잔을 발출시켜 휘둘렀다.

흑태세의 몸체에서 뻗어 나온 촉수는 저항감없이 베어졌지만, 그 순간 옷이 타는 냄새가 코를 찔러왔다. 놀랍게도 촉수에서 뿜어져 나온 노란색의 액체가 능비령의 왼손 소매를 태워 버린 것이었다. 왼팔 전체에 영류정이 심어져 있지 않았다면 왼팔이 타 들어갔을 게 분명했다.

다음 순간 능비령은 거대한 팔에 붙잡혀 있는 유빙을 발견하고 황급히 앞쪽으로 뛰어갔다.

팔만이 있는 존재였다. 그 팔의 끝 부위는 동굴의 벽에 달라붙어 있는 검붉은 진흙 같은 흑태세의 몸체와 연결되어 있어 보기에 더욱 기괴하고 공포스러웠다.

엄청난 힘이 유빙의 몸을 조여와 유빙은 의식을 잃기 직전이었다. 몸 전체를 휘감고 있어 칼로 베어낼 수도 없는 상황이었다.

능비령은 왼손을 뻗어 유빙의 몸에 붙어 있는 거령신의 팔을 아무렇지도 않게 잡아떼었다. 동시에 오른손에 발출되어 있는 천잔을 휘둘러 그 팔을 잘라냈다.

그 광경을 보고 척자훈의 눈이 찢어질 듯 부릅떠졌다. 능비령의 괴력을 눈으로 보고도 믿을 수 없었던 것이다.

지하 동굴로 들어선 일행은 벌써 한 시진 이상을 동굴 안쪽을 향해 전진하고 있는 중이었다. 선두에 무외자가 서고 능비령이 후미를 맡고 있었는데 모두 지칠 대로 지쳐 있는 상태였다.

촉수들을 베어낼 때 뿜어져 나온 끈적끈적한 체액을 뒤집어써 서로의 얼굴조차 알아보기 힘들 지경이었고 입에서는 단내가 날 정도였다.

어떻게 보면 동굴 자체가 아예 흑태세의 몸체인 듯한 상황이었다. 동굴 바닥은 물론이고 천장과 사방이 모조리 검붉은 진흙 형태의 흑태세들로 뒤덮여 있었던 것이다.

"정말 끝이 없군. 하긴, 잘라내도 죽는 게 아니라 다시 합체될 뿐이니 저쪽은 전혀 손실이 없는 셈이지."

척자훈은 쉬지 않고 검을 휘둘러 사방에서 뻗어오는 온갖 형태의 촉수들을 잘라내며 혀를 내둘렀다.

"도대체 얼마나 더 가야 놈의 본체가 있는 곳에 도착하는 걸까? 얼마나 더 가야 하냐구?"

척려려는 무외자의 뒤에 바싹 붙어서 지겹다는 듯 혀를 내둘렀다.

"얼마 안 남았어."

"그걸 어떻게 알 수 있어요?"

척자훈의 말에 척려려가 기대의 눈빛을 반짝였다. 그녀는 한 개의 지등에 불을 붙여 치켜들고 있었는데, 그게 마지막 지등이라는 것은 일행들 모두가 알고 있었다.

"잘 들어봐. 소리가 더 가까워진 것 같지 않아?"

"그러고 보니… 아까부터 들리던 이상한 소리가 무척 가까워진 것 같아요."

"저 소리는 분명히 흑태세의 본체가 내는 소리일 거야. 이를테면 뭐, 심장 소리라고나 할까?"

처음에 동굴에 들어왔을 때 일행은 동굴이 사방으로 미로처럼 얽혀 있어 어느 곳으로 가야 할지 방향을 결정할 수가 없었다. 결국 일행이 방향을 결정하게 된 것은 동굴 안쪽 깊숙한 곳에서 흘러나오고 있는 괴이한 음향을 듣고 난 뒤였다.

뱀이 울고 있는 듯한 쉭쉭거리는 기분 나쁜 소리가 동굴 깊숙한 안쪽으로부터 규칙적으로 들려왔는데, 어떻게 들으면 거대한 물체가 조용히 호흡하는 것같이 느껴지기도 했다.

"하지만 더 이상은 한 걸음도 못 가겠어요. 정말이지 이젠 그냥 걸어가기도 힘들다구요."

척려려가 쓰러질 듯 휘청거렸다. 비록 유빙이 많이 도와주기는 했지만 그녀 역시 극도로 지쳐 있었던 것이다.

"맞다. 이런 식으로는 막상 흑태세의 본체가 있는 곳에 도착한다고 해도 지쳐서 싸우지도 못할 것이다."

무외자의 표정에 돌연 무언가를 결심한 듯한 결연한 빛이 스쳐 갔다.

다음 순간, 그는 별안간 자신의 약지를 물어뜯었다.

"풍회(風回)―!"

물어뜯겨진 약지 끝에서 한줄기 피가 뻗어 나왔다. 그 피는 바닥에 떨어지지 않고 가슴 높이에서 소용돌이치기 시작했는데, 처음에는 작은 주먹만한 크기였다가 점차 커지기 시작했다.

소용돌이는 이내 주위의 공기를 빨아들이며 원뿔 형태의 작은 회오리바람으로 바뀌었다.

"가라―!"

무외자는 눈앞에 떠올라 있는 회오리바람을 밀어내듯 두 손을 뻗었다.

씨이이……

제자리에서 맴돌던 회오리바람은 조금씩 커지며 앞으로 이동하기 시작했다. 크기가 작을 때는 전체가 붉은색이었지만 점차 커지면서 붉은색이 흐려지고 있었다.

놀라운 광경이 이어졌다.

회오리바람은 동굴 벽면에서 뻗어 나오고 있는 흑태세의 촉수들과 부딪치자 그 촉수들을 모조리 집어삼키며 계속 안쪽으로 이동해 갔다. 회오리바람에 휘말린 촉수들이 순식간에 가루가 되어 회오리바람의 몸체에 흡수되어 버리고 있었다.

회오리바람은 마치 부딪치는 모든 것들을 집어삼키며 그 희생물을 자양분 삼아 더욱 커지고 있는 듯했다.

자체에서 발생하는 힘 때문인지 회오리바람은 휘청거리는 형상으로 앞으로 치달려가고 있었는데 동시에 얇고 검붉은 띠들이 그 표면을 따라 작게 파도치면서 흩어졌다가는 다시 하나로 이어지곤 했다.

일행들은 회오리바람 자체가 자주 가로로 틈새가 벌어져 그 너머를

엿볼 수 있었는데 그때마다 벌어진 공간이 좁혀지며 모든 것을 안으로 집어삼켰다.

"저건… 어떤 종류의 법술인가요?"

척려려는 붉은색을 띠고 있는 회오리바람이 동굴 앞쪽에서 넘실거리고 있는 흑태세의 촉수들을 집어삼키며 치달려가는 모습을 보며 감탄을 금치 못했다.

"풍회륜(風回輪)이다. 저건 한번 만들어내면 만들어낸 시전자도 제어할 수 없기 때문에 금기로 되어 있는 좌도의 사술인 것이다."

무외자는 단 한 번 풍회륜을 만들어낸 것만으로 안색이 창백하게 변한 채 땀을 비 오듯 흘리고 있었는데 서 있는 것도 힘들어 보였다.

동굴을 가득 메울 정도로 거대한 촉수 하나가 회오리바람에 휩쓸려 산산조각이 났다.

일행이 풍회륜의 가공스러운 위력을 멍청히 바라보는 동안 회오리바람은 이미 동굴 저 안쪽으로 사라져 보이지 않았다.

풍회륜이 지나간 자리는 그야말로 아무것도 남아 있지 않았다. 심지어 석벽으로 이루어진 동굴의 벽면조차 울퉁불퉁 튀어나온 부위는 모조리 깨끗하게 깎여 나가 있었다.

회오리바람이 지나가 깨끗해진 동굴을 따라 이백여 장 정도 전진하자 점차 흑태세의 촉수들이 다시 보이기 시작했다.

"여기까지인 모양이군."

"저 징그러운 놈들이 다시 나타났어요."

"풍회륜은 이곳까지 청소한 뒤에 소멸된 거야. 하지만 이제 다 온 것 같구나."

풍회륜이 소멸된 지점에서 십여 장을 더 나아가자 거대한 지하 공간이 모습을 드러냈다.

사방으로 수많은 동굴들이 연결되어 있었는데 지등의 불빛이 반대편의 벽까지 미치지도 못할 정도로 거대한 지하 광장이었다.

그 지하 광장의 중앙에 산처럼 거대한 크기의 흑태세가 웅크리고 앉아 있었다. 사방으로 뚫려 있는 수많은 동굴 속으로 무수한 촉수를 뻗치고 있어 어떻게 보면 수많은 다리를 지닌 거대한 문어를 연상시켰다.

너무도 거대한 몸체가 짙은 어둠 저쪽에 웅크리고 있었기 때문에 전체의 형태를 눈으로 확인하는 것은 불가능했다.

"맙소사……!"

척려려의 입이 딱 벌어졌다. 그녀의 전신은 억누를 수 없는 공포감으로 심하게 떨려왔다.

이것은 다른 사람들 역시 마찬가지였다. 흑태세의 본체가 원족의 형태로 모습을 나타냈을 때도 숨조차 쉴 수 없을 정도의 압박감을 받았지만 지금 일행이 느끼는 거대한 존재감은 그때보다도 더욱 강렬했다.

이때 일행들의 삼 장 전면에 희미한 그림자가 나타나는 것 같더니 그 그림자가 이내 하나의 형상으로 완성되었다.

전신을 뒤덮고 있는 희디흰 털과 입가에 머물러 있는 오만한 미소, 바로 흑태세가 처음으로 일행들 앞에 나타났을 때의 원족으로 변형된 모습이었다.

일행은 어리둥절하지 않을 수 없었다. 원족으로 모습을 바꾼 흑태세의 뒤쪽에 여전히 거대한 산처럼 웅크리고 있는 흑태세의 본체가 남아 있었기 때문이다.

"용케 여기까지 왔군. 여기가 어디인 줄도 모르면서 말이야."

원족으로 변화된 흑태세가 문득 오만한 미소를 머금었다.

"여기가 어디입니까?"

능비령이 질문을 던졌다. 대답을 듣기 위해서라기보다는 견딜 수 없는 압박감에서 벗어나기 위한 의도적인 행동이라고 할 수 있었다.

"이곳은… 나의 몸 안이다."

'몸 안? 흑태세의 몸 안이라고?'

일행은 잘못 들은 게 아닌가 의아해하지 않을 수 없었다.

'맙소사! 자신의 내부로 들어오다니! 저것도 백부님에게 훔쳐 배운 법술 중 하나인가요?'

척려려가 무외자를 바라보며 질문을 던졌지만 그것은 단지 생각일 뿐 흑태세의 존재감에 억눌려 입을 열 수가 없었다.

능비령은 자신도 모르게 주위를 휘둘러보았다. 새삼 자세히 살펴보니 지하 공간의 사방 벽면은 모두 흑태세의 몸체와 같은 빛깔을 하고 있었는데 그 거대한 공간 전체가 규칙적으로 꿈틀거리고 있었다.

"너희들이 스스로 내 몸 안으로 들어올 줄은 미처 예상을 못했다. 그 때문에 나 역시 내 몸 안으로 들어오지 않을 수 없었던 것이다."

능비령의 이마에서 땀방울이 주르륵 흘러내렸다. 흑태세의 태도에서 짜증스러워하는 것 같은 느낌을 받은 때문이었다.

아니나 다를까!

일순, 주위가 돌연 영겁의 적막 속으로 빠진 느낌이 들었다.

촤아악!

흑태세는 조용히 한 손을 내저었는데 그 순간 일행의 발 밑에서 검붉은 장막이 솟구쳐 올랐다. 과연 지하 공간 전체가 흑태세의 내부였는 듯 공간 전체가 일렁이며 일행을 한꺼번에 덮어씌운 것이었다.

퍼펑!

고막을 찢을 듯한 소리와 함께 일행 모두는 쓰러질 듯 휘청거리지 않을 수 없었다. 하지만 아무도 쓰러지지 않았다.

능비령은 의아해하는 마음으로 주위를 돌아보았는데 놀랍게도 덮쳐오던 흑태세 몸체의 장막이 한 지점에서 딱 멈춰져 있었다.

능비령은 그제야 어떻게 된 상황인지 깨달을 수 있었다. 무외자가 준비하고 있다가 일행의 주위에 결계를 펼친 것이었다.

무외자는 힘을 아끼기 위해 결계를 최소한으로 펼쳐 놓은 상태여서 간신히 일행을 둘러싼 정도였다. 흑태세의 몸체가 그 보이지 않는 투명한 막을 빽빽이 덮은 채 꿈틀거리고 있어 안에서 그것을 지켜보고 있자니 속이 뒤집힐 정도였다.

"오행술을 펼칠 수 있겠는가?"

무외자는 다급해하는 눈빛으로 능비령을 바라보았다.

능비령은 그가 무엇을 생각하고 있는지 이내 깨달았다.

"이곳이 흑태세의 몸 안이라면… 과연 해볼 만합니다."

"오행계의 정 중에서 불의 정을 불러내게. 가능하면 모든 공력을 다 쏟아내 가장 상위급의 정을 불러내야 할 것이네."

지닌 바 공력의 수위에 따라 오행계에서 불러낼 수 있는 정(精)의 신분도 달라진다. 전에 쥐 떼들을 쫓을 때 소환했던 화광수는 사실 삼성의 공력만을 사용해 소환해 낸 불의 정으로써 하위급에 속하는 정이었다.

불의 정을 불러내기 위해서는 작은 불꽃이라도 있어야 하지만 이미 척려려의 손에 지등이 밝혀져 있어 조건은 갖춰진 상태였다.

능비령은 모든 공력을 한 점으로 집중시키며 무외자의 신호를 기다렸다. 결계 안에서 불의 정을 불러낼 수는 없었다. 아차 하면 일행 모두가 먼저 불에 타 죽을 수도 있기 때문이었다.

"지금이네!"

촤아악!

무외자가 결계를 풀자 결계의 벽에 가로막혀 있던 흑태세의 몸체가 와르르 덮쳐 왔다.

그 짧은 순간 능비령은 전신의 공력을 모두 쏟아내며 불의 정을 불러냈다.

꽈꽈꽈꽝!

뼛속까지 단숨에 태워 버릴 듯한 엄청난 열기(熱氣)와 함께 무시무시한 폭음이 터져 나왔다.

그 폭발에 휩쓸려 튕겨 나가며 척려는 아득히 정신을 잃어갔다. 그녀가 마지막으로 본 것은 거대한 화염이 이글거리는 모습뿐이었다.

제8장

미래의 기억(記憶)

1

매 한 마리가 소리없이 커다란 원을 그리며 날고 있는 것이 눈에 들어왔다.

공주 주선의 시선은 자신도 모르게 매의 움직임을 쫓고 있었다. 힘차고도 유유한 매의 움직임은 가히 탄복할 만한 것이었다. 그녀는 창공을 차지한 맹조(猛鳥)의 그 정력과 고독이 부러웠다.

얼마의 시간이 흘렀을까?

무엇을 어떻게 해야 한다는 생각도 없이 넋을 잃고 매의 활강을 지켜보던 주선이 결국 몸을 일으킨 것은 정오의 태양이 조금씩 열기(熱氣)를 잃어가고 있을 무렵이었다.

공주 주선이 강호에 나온 것은 이미 보름 전이었다.

몸 안에 있는 존재와 그녀 모두 이 세상 구경하기를 즐겼다. 그녀로서도 바깥 세상에 나온 게 처음이었지만 몸 안의 존재는 더욱 그러했다.

그녀 안에 머물고 있는 또 하나의 존재는 조용히 주선의 눈을 통해 모든 걸 지켜보았고, 그녀의 귀를 통해 모든 소리 듣기를 즐겨했으며 그녀의 몸을 통해 모든 감각을 받아들였다.

주선이 강호에 나온 목적은 두 가지였다. 첫째는 태자를 구하는 것이었고, 둘째는 정극풍천에서 살아남은 소년 용병에 대해 알아보기 위해서였다.

소년 용병에 대한 단서를 찾는 일은 아무런 소득이 없었다. 하지만 그녀는 개의치 않았다. 그가 만약 법신검을 지니고 있다면 찾지 않아도 언제고 만날 수 있다고 생각했기 때문이었다.

"저쪽인가?"

공주 주선은 십여 장을 걷기 전에 세 번 정도 걸음을 멈췄고, 그때마다 무엇인가를 찾는 듯 지면과 주위를 살폈다. 그리고 결국 자신이 추적해야 하는 방향을 결정했다.

일단 방향이 결정되자 그녀의 걸음걸이는 점점 빨라지기 시작했다.

문득 그녀의 입가에 잔잔한 미소가 솟아났다.

"제법이야. 아직은 어린애이고 황궁에서 귀하게만 자랐는데 어떻게 둘째 오빠가 보낸 고수들에게 지금까지 잡히지 않고 버틸 수 있었다는 건지."

태자는 쫓기고 있었지만 아직은 건재했다.

태자의 호위대가 이미 한 명도 남지 않은 것을 알고 있는 주선은 태자가 단신으로 추적자들을 따돌리고 있다는 사실에 감탄을 금할 수 없었다.

쫓기고 있는 태자의 행적을 추적하는 일은 결코 간단한 일이 아니었다.

주선은 먼저 누가 환궁 중이던 태자를 공격했는지 모든 황자들을 광범위하게 조사해 이황자(二皇子)의 움직임이 수상하다는 정보를 얻어낼 수 있었다. 이황자는 은밀하게 일을 진행시키고 있었지만 제아무리 철저하게 은폐시킨다고 해도 결국 모든 것을 완벽하게 감출 수는 없었던 것이다.

그 뒤 주선은 이황자와 가장 가까운 측근들을 차례로 붙잡아 심문을 했고, 네 명째에 이르러 알고 싶어하는 것을 모두 알아낼 수 있었다.

주선의 이런 움직임을 알고 있는 사람은 아무도 없었다.

혈왕의 오래된 기억 속에는 인간 세상에 유용한 밀법이 적지 않았는데 그중에는 상대방의 기억의 일부분을 지워 버리는 밀법도 있었다. 때문에 주선에게 심문당한 인물들조차 자신이 심문당한 사실은 물론이고 심지어 주선에 대해서도 기억하지 못했다.

지금 주선은 태자의 종적을 직접 추적하는 것은 아니었다. 그녀는 태자를 뒤쫓고 있는 이황자의 수하들을 추적함으로써 결국 태자를 찾아내는 방법을 쓰고 있었던 것이다.

태자를 뒤쫓고 있는 인물들은 인원도 많았고 한결같이 고수들이었다. 원래의 신분을 속이기 위해 변복을 했지만 결국 모두들 한 방향으로 움직이고 있기 때문에 주선은 그들의 정체를 파악할 수 있었다.

놀라운 것은 태자를 뒤쫓고 있는 추적자들이 한 무리가 아니라는 점이었다.

주선이 지금까지 파악해 낸 조직의 수는 세 개였다. 그들은 모두 이황자의 명령을 받고 태자를 뒤쫓고 있었지만 기이하게도 서로의 존재를 모르고 있는 듯했다.

이황자는 좀 더 확실한 일 처리를 위해 세 개의 조직을 같은 목표를 향해 움직이도록 출동시켰으면서도 서로에 대해 알려주지 않았던 것이다.

얼마의 시간이 흘렀을까?

석양이 한 가닥 붉은 띠만을 남기고 어둠에 잠식당할 무렵, 주선은 추적자들이 태자의 종적을 놓친 사실을 알게 되었다.

태자는 강물 속으로 뛰어들어 자신의 흔적을 완벽하게 지워 버린 상태였다. 태자가 강물 속으로 뛰어들기 전까지만 해도 태자와 추적자들 사이의 거리는 불과 차 한잔 마실 시간 정도의 거리였다. 아슬아슬한 그 한계점에서 태자가 돌연 사라져 버린 것이다.

추적자들은 태자가 물살을 타고 흘러내려 갔을 거리를 계산해 낸 뒤 그 거리 안의 모든 곳을 수색하는 수밖에 없었다. 범위가 너무도 넓어 엄청난 인원과 끈기, 그리고 많은 시간을 필요로 하는 일이었다.

태자가 강물 속으로 뛰어드는 바람에 공주 주선 역시 태자를 직접 추적할 수 없게 되었다. 하지만 그녀는 초조해하지 않았다.

추적자들은 결국 태자를 찾아낼 것이다. 그녀는 인내심을 갖고 그들을 지켜보고 있으면 그만인 것이다.

2

한줄기의 도광(刀光)이 허공을 갈랐다.

예의 도광은 미처 허공에 반원을 완성시키기기도 전에 한 사람의 목을 베어냈고, 그리고 또 다른 죽음의 원을 그려내기 위해 꿈틀거렸다.

허공에 도광의 원이 그려진 것은 정확히 세 번, 도신의 넓이가 자그마치 한 자가 넘을 듯하고 그 길이는 무려 칠 척에 달한다. 그 거대한 도가 마치 풀잎처럼 가볍게 움직이며 순식간에 세 사람의 몸을 베어내자 엄청난 양의 선혈이 주위의 갈대들을 적셨다.

막능여는 제자리에 우뚝 선 채 본능의 속삭임을 들었다. 본능은 주위에 이제 더 이상 적이 없음을 말해 주고 있었다.

"산으로 탈출한 야수를 잡기 위해서는 그만한 희생이 필요한 법이라는 걸 가르쳐 주고 싶었을 뿐이야. 물론 한 명이라도 살려 보내면 또날 추적해 올 테니 어쩔 수 없이 모두 죽여야 했고."

잠시 후, 막능여는 주위에 널려 있는 시신들을 향해 마치 살아 있는 사람에게 하듯 중얼거리며 휘청거리는 걸음으로 강변 쪽을 향해 걸어갔다.

금와오의 수하들에게 추적을 받기 시작한 게 벌써 칠 주야째, 그리고 결국 포위망에 갇혀 스물네 명의 추적자들을 모두 죽이기까지 다시 만 하루가 걸린 상태였다.

그동안 막능여는 아무것도 먹지 못했고 단 한 순간이라도 편히 쉬어본 적이 없어 극도로 지쳐 있었다.

강변에 도착한 막능여는 털썩 주저앉아 망연히 흘러가는 강물을 바라보았다. 물고기라도 잡아 요기를 하고 싶었지만 그것은 마음뿐 몸이 움직여지지 않았다.

폭이 넓지 않은 강이었다. 때문에 물살이 거칠었다.

막능여의 시선은 강물의 한 지점에 고정되어 있었다. 딱히 강물을 보는 것은 아니었지만 물속의 바위에 부딪쳐 포말을 일으키기도 하고 작은 소용돌이를 만들어내기도 하며 강물이 끝없이 변화되는 것이 이윽고 그의 시선에 잡혔다.

영혼을 붙잡는 어떤 비밀을 본 느낌이라고나 할까?

문득 막능여는 자신이 보고 있는 강물이 흐르고 흘러 영원히 흐르고 있으나 언제나 같은 장소에 있다는 것을 깨달았다. 또한 언제나 같은 장소에 있어 어느 때나 같은 물이면서도 순간마다 새로운 물이라는 것도 깨달았다.

막능여는 자신의 몸이 점차 흐르는 물살과 함께 흘러가는 듯한 착각을 받았다. 종내에 그는 물은 가만히 제자리에 서 있고 자신의 몸이 흘러간다고 느꼈다.

그 끝이 어딘지는 모른다. 그의 몸은 끝없이 흘러가고 있었다. 그는 자신도 모르게 물의 소리를 들으려고 했고, 물의 비밀을 이해하려 했다. 물의 비밀을 이해할 수만 있다면 세상의 모든 비밀을 이해할 수 있을 것 같은 기분이었다.

막능여가 미망에서 헤어난 것은 그가 보고 있는 강물에 변화가 생겼기 때문이었다.

너무도 엉뚱한 광경이었다.

대략 12, 3세가량 되었을까? 한 소년이 막능여가 망연히 보고 있는 물속에서 불쑥 몸을 일으켜 강변을 향해 걸어나왔다. 마치 물의 정(精)이 튀어나온 느낌이었다.

비록 여기저기가 찢겨지기도 하고 온통 더럽혀지기는 했지만 명문대가의 자제가 아니면 걸칠 수 없는 귀한 금의(錦衣)를 입고 있었고 그 얼굴 또한 은은히 고귀한 기품을 느끼게 한다.

소년은 온통 물에 젖었지만 낭패스러워하는 기색은 아니었는데 오히려 강변에 앉아 있는 막능여를 발견하고는 당황하는 눈빛이 되었다.

마치 탐색하는 듯 조심스러워하는 소년의 눈빛이 이내 안도의 그것으로 바뀌었다.

"누군가 있는 줄은 몰랐어요."

막능여는 여전히 망연해하는 눈빛으로 소년을 바라보았다. 뭐가 뭔지 도무지 모르겠다는 눈빛이었다. 소년은 막능여의 이런 태도에 오히려 안심이 된 듯 싱긋 천진한 미소를 머금었다.

"여기서 뭘 하고 있었어요?"

소년은 거침없이 막능여의 옆에 앉더니 막능여의 시선을 따라 강물쪽으로 눈을 던지며 입을 열었다.

"쉬고 있던 중이야."

막능여 역시 아무렇지도 않게 대꾸했다.

"날 좀 도와줄 수 있어요?"

"그러지. 한데 내가 도와주는 대가로 뭘 줄 수 있느냐?"

"대가를 원하세요?"

"원래는 그런 사람이 아니었지만 이젠 나도 빈털터리야. 그래서 먹고 살기 위해서라도 앞으로는 누군가를 돕게 되면 뭔가 대가를 받기로 했어. 무엇보다도 술을 살 돈이 필요해."

"언제부터 그렇게 하기로 한 건데요?"

"지금. 네가 도와줄 수 있느냐고 물었을 때 결심했어."

소년도 막능여도 서로 얼굴을 마주치지 않은 채 두런두런 말을 나누기 시작했다. 누군가가 보았다면 강바람을 쐬러 나온 사이 좋은 큰형과 막내 동생으로 착각했을 광경이었다.

"왜 물속에서 나오게 되었느냐고 묻지 않으세요?"

"말하고 싶으면 말해 봐."

"난 쫓기고 있어요. 아무리 조심해도 흔적을 남기게 되고 그 흔적을 보고 추적해 오는 바람에 일부러 강물 속으로 뛰어들었어요."

"영리하군, 영리해! 한데 그게 사실이라면 널 도와주는 대가를 좀 더 많이 받아야 해. 쫓기고 있는 사람을 돕게 되면 결국 싸워야 한다는 결론이 나오니까 말이다."

막능여는 처음으로 고개를 돌려 소년의 눈을 바라보았다.

"집에서 도망친 건 아니겠지?"

"왜 그렇게 생각했는데요?"

"내가 툭하면 집에서 도망친 경험이 있기 때문이야."

"그랬군요. 하지만 난 집에서 도망친 게 아니에요."

잠시 동안 침묵이 이어졌다. 막능여는 더 이상 질문을 던지지 않았고 소년도 더 이상 입을 열지 않았다. 소년은 막능여가 하염없이 바라보고 있는 강물에 시선을 주며 그가 무엇을 보려 하는 것인지 알고 싶어하는 태도였다.

얼마의 시간이 흘렀을까?

돌연, 막능여의 눈에서 섬광이 일었다. 동시에 그의 얼굴이 차갑게 굳어졌다.

"혹시… 너, 나쁜 아이냐?"

"예? 그건……."

소년은 고개를 갸웃거리며 스스로에 대해 생각해 보는 눈치였다가 고개를 흔들었다.

"그렇게 나쁜 아이는 아닌 것 같은데요."

"하긴, 너 같은 어린아이가 나쁜 짓을 해보았자 얼마나 나쁜 짓을 했겠느냐. 결국은 무기를 들고 쫓아오고 있는 저 사람들이 나쁜 사람들이군."

막능여는 심드렁한 태도로 중얼거린 후 한 옆에 놓아두었던 도를 집어 들었다.

소년은 그제야 강의 상류 쪽에서 강변을 따라 걸어오고 있는 두 명의 청의무인을 발견하고 흠칫 굳어졌다.

"일부러 강물 속으로 뛰어들어 강물을 따라 흘러 내려왔는데… 겨우 이 정도 시간밖에 벌지 못했어요."

"소가 뒷걸음질치다가 쥐를 잡는 수도 있다더군. 저 사람들은 정말이지 우연히 널 다시 찾아낸 것뿐이야."

막능여는 몸을 일으키지 않을 수 없었다.

소년을 추적해 온 두 명의 청의무인들에게서는 살기가 흘러나오고 있었다. 막능여가 누구인지, 어떻게 해서 소년과 함께 있게 된 것인지는 아무런 관심도 없이 단지 소년과 함께 있었다는 것만으로 이미 살기를 뿜어내고 있었던 것이다.

"조금 깎아줄게."

"뭘 말인가요?"

"널 도와주고 받기로 한 대가에서 조금 깎아주겠다는 뜻이다. 저 사람들의 태도를 보니 내가 널 도와줄 생각이 없었다고 해도 어차피 싸워야 했을 테니까."

"하지만 난 날 도와주는 대가로 얼마를 주겠다는 말을 아직 한 적이 없어요."

"그냥 네가 처음에 주려고 생각했던 금액에서 조금 내리면 돼."

"얼마를 주겠다고 생각해 본 적도 없는데요?"

"그럼 지금부터 생각해 둬."

소년은 피식 미소를 떠올렸다. 막능여의 자신감에 넘치는 태도에 안심이 된 탓인지 두 명의 청의무인들이 삼 장 가까이 다가왔건만 절박한 기분은 들지 않았다.

강변에 깔려 있는 자갈들은 미끄럽기 그지없어 아차 하면 자세가 흐트러지기 쉬웠다. 하지만 청의무인들은 한 걸음 내딛고 그 발이 안정된 뒤에야 두 번째 걸음을 내딛고 있어 그 걸음걸이 하나만으로도 고수들이라는 것을 짐작할 수 있었다.

청의무인들은 결코 서두르지 않았지만 이미 막능여와 소년은 퇴로를 차단당한 상태였다.

"나 자신도 도망치기 바쁜 신세이면서 남의 일에 휩쓸리다니, 아무래도 당분간은 계속 쫓겨다녀야 할 일진인 모양이군."

막능여는 조그맣게 궁시렁거렸지만 그 표정은 오히려 밝았다.

"…들여다보아도 형체가 없어서 보이지 않는 것을 이(夷)라고 이름하며……."

돌연 막능여의 몸이 사방으로 번뜩였다. 오른쪽으로 치고 나가는 것 같았으나 그의 몸은 이미 왼쪽에 존재했다. 동시에 그의 입에서 술에 취한 취객이 웅얼거리는 듯한 음성이 흘러나오기 시작했다.

체구도 크고 지니고 있는 도 역시 그에 못지 않게 크다. 하지만 막능여의 공격은 청의무인들의 예상과 달리 힘을 바탕으로 한 게 아니라 놀랍게도 쾌(快)에 바탕을 두고 있었다.

"…귀를 기울여 봐도 소리가 들리지 않는 것을 희(希)라고 이름하고, 만져 보고 싶어도 붙잡아지지 않는 것을 미(微)라 이름한다."

털썩!

왼쪽 방위를 점하고 있던 청의무인이 쓰러지는 음향과 막능여의 입에서 흘러나오고 있는 웅얼거리는 음성이 한데 뒤섞였다.

그 순간, 막능여는 이미 두 번째 청의무인의 허리를 베고 있었다.

"그러한 보이지 않고 들리지 않으며 또한 모양이 없는 세 가지 도(道)는 그것들이 제각각 따로 존재하는 것이 아닌 바… 이것을 모두 합쳐 모아 섞어서 하나의 도(道)라 하는 것이다."

소년은 깜짝 놀라 자신의 옆을 보았다. 막능여는 어느새 그의 옆으로 돌아와 있었다.

한 구절의 도덕경이 끝나기 전에 그는 두 번 몸을 움직여 두 명의 청의무인을 쓰러뜨렸지만 그 음성은 내내 한 장소에 머물러 있었던 것 같은 느낌이었다.

"저 사람들의 시체가 발견되기 전에 될 수 있으면 멀리 벗어나야 해."

도무지 급할 게 없어 보이던 막능여가 문득 소년의 손을 잡고 빠른 걸음으로 강 아래쪽을 향해 걸어가기 시작했다.

막능여는 강변을 따라 오백 장 정도 내려간 뒤에 좌측으로 방향을 바꿨다. 좀 멀기는 하지만 저 앞쪽으로 구름이 허리에 걸려 있는 험준한 산이 있었다. 일단 숲이 울창한 산으로 들어가게 되면 소년을 쫓아오는 사람들은 포기하지 않을 수 없을 것이다.

한데 막능여와 소년은 미처 산구에 당도하기도 전에 다시 두 명의 청의무인들과 마주치고 말았다.

상황은 좋지 않았다. 먼저 마주쳤던 두 명의 청의무인들과는 달리 이번에 마주친 인물들은 막능여가 미처 손을 쓰기도 전에 호각으로 동료들에게 신호를 보냈던 것이다.

어찌 보면 산새가 지저귀는 듯한 소리였다. 특수하게 제작된 호각은 멀리서 산새가 우는 듯한 소리를 냈는데 그 소리에 맞춰 사방에서 다시 산새 우는 소리가 터져 나오고 있었다.

호각 소리가 퍼져 나가는 범위는 방원 십 리 정도이다. 하지만 호각 소리는 차례로 계속 전달되어 방원 백 리가 넘는 드넓은 지역에 흩어져 있는 추적자들을 한순간에 끌어 모으고 있었다.

주선은 호각 소리를 듣고 빠르게 움직이기 시작했다. 그녀는 호각 소리에 숨겨져 있는 암호를 풀자마자 몸 안에 있는 혈왕을 불러내 그의 감각에 몸을 맡겼다.

태자가 발견된 위치는 주선이 있는 곳에서 그리 멀지 않았다. 전력을 다해 달린다면 불과 차 한 잔 마실 시간 정도면 닿을 수 있는 곳이었다.

주선은 한줄기 검은 그림자로 화해 무서운 속도로 치달리기 시작했다.

얼마나 달려갔을까? 태자가 발견된 장소에 아직 도착하기도 전에 주선은 앞쪽에서 빠르게 움직이고 있는 일단의 무인들을 발견할 수 있었다.

수효는 모두 일곱.

태자를 뒤쫓고 있는 세 개의 조직 중 가장 많은 인원을 거느리고 있는 조직에 속해 있는 무인들이었다. 그들은 똑같은 청의무복으로 복색을 통일시키고 있었는데, 마치 의도적인 것 같았다.

주선은 곧바로 그들을 향해 치달려 갔다.

일곱 명의 청의무인들은 자신들의 등 뒤로 빠르게 가까워지고 있는 기(氣)를 감지했으나 경계심을 갖지는 않았다. 태자를 추적하는 동안 그들 역시 똑같은 목표를 갖고 움직이는 자신들 이외의 조직에 대해 알게 되었기 때문이다.

혈왕은 더욱 속도를 내어 앞에서 치달리고 있는 일곱 명의 청의무인들을 따라잡았다.

그저 가볍게 목덜미를 잡아 팽개치는 동작으로 일곱 명 중 가장 후미에서 달리고 있던 무인이 죽임을 당했다. 그리고 두 번째 인물이 섬뜩한 살기를 느끼고 고개를 돌리는 순간 그의 얼굴 반쪽이 혈황이 내뻗는 손에 의해 뜯겨 나갔다.

모든 동작이 거의 한순간에 끝난 것처럼 신속했다. 일곱 명의 무인들은 앞쪽만 보며 뛰어가다가 죽임을 당했지만 일곱 명이 모두 죽을 때까지 단말마의 비명은커녕 놀람에 찬 경악성도 터져 나온 적이 없었다.

혈왕에게 육체의 지배권을 넘겨준 주선은 일곱 명의 청의무인을 소리없이 제거한 혈왕의 움직임에 만족해했다. 잘만 하면 태자를 뒤쫓고 있는 삼 개 조직 사이에 싸움이 벌어지도록 유도할 수도 있을 것 같았다.

놀랍게도 태자는 조력자를 구한 것 같았다. 그것도 평범한 인물이 아니라 상당히 강한 고수였다.

최초로 태자를 찾아내어 호각을 분 인물들은 이미 싸늘한 시체가 되어 있었다. 그리고 그들의 시신이 발견된 곳에서 다시 남쪽으로 이백 장 떨어진 장소에 네 구의 시신이 남겨져 있었다.

네 명의 청의무인들은 태자의 흔적을 찾아내 추적한 게 아니라 그저 호각 소리를 듣고 집결하던 중에 우연히 태자를 마주쳐 태자를 돕고 있는 누군가에 의해 죽은 게 분명했다.

주선은 누군가 일류급의 무공을 지니고 있는 인물이 태자 주위에 있다는 것을 확인하자 서둘러 태자와 합류하려던 생각을 바꿨다. 태자를 미끼로 내버려 둔 채 태자를 향해 몰려들고 있는 인물들을 외곽에서부터 한 명씩 제거하기로 마음먹은 것이다.

어차피 태자와 합류하게 되면 그들의 공격을 받게 된다. 그럴 바에는 차라리 적들이 그녀의 존재를 모르고 있을 때 한 명씩 암격(暗擊)하는 것이 간단하지 않겠는가.

주선은 지금처럼 태자가 계속 버텨준다면 태자를 쫓고 있는 적들을 열흘 안에 모두 괴멸시킬 자신이 있었다.

4

건곤철축이 무너진 지 이미 한 달이 지났지만 이림은 아직 자신이 정복한 곳에 머물러 있었다. 처리해야 할 일이 예상보다 훨씬 많았다.

건곤철축이 운영하고 있던 수많은 주루와 전장(錢莊), 그리고 표국(鏢局) 등, 모든 기업들을 재정비하는 것만 해도 하루 이틀에 끝날 일이 아니었다.

이림은 건곤철축을 성공적으로 공략한 후 지금까지 내내 기이한 불쾌감에 휩싸여 있었다.

무엇인가가 잘못된 것 같은 느낌… 무엇인가가 원래의 자리에서 틀어진 게 분명한데 그게 무엇인지 알 수가 없었다.

건곤철축의 소가주인 곤오극을 끝내 놓치고 말았다는 수하들의 보고가 올라온 것은 바로 이때였다.

이림은 알 수 없는 기이한 불쾌감을 떨칠 겸, 기분 전환을 위해 직접 도망친 건곤철축의 소가주를 추적하기로 결심했다.

막능여라는 또 하나의 이름을 지니고 있는 건곤철축의 소가주를 추적하기 위해서는 먼저 그의 얼굴과 그가 지니고 있는 특징들을 알아야만 했다.

그 일을 위해 이림은 뇌옥에 갇혀 있는 건곤철축의 핵심 인물들 중 소가주와 가장 가깝게 지냈다고 알려진 외사당주 곽자의를 찾아갔다. 하지만 곽자의에게 건곤철축의 소가주에 대한 것을 심문할 의향은 전혀 없었다.

이림은 뇌옥 안까지 들어가지도 않은 채 곽자의에게 창살 가까이 다가오도록 한 후 창살 너머에서 그의 머리에 손을 댔다. 그리고 그 간단한 동작만으로 이림은 곽자의가 지니고 있는 수많은 기억들 중 막능여에 관한 기억만을 읽어낼 수 있었다.

이림이 곽자의의 머리에 손을 대고 막능여에 관한 기억을 읽어낸 것은 그야말로 숨 한 번 몰아쉴 사이에 끝난 일로써 곽자의는 단지 어찔한 현기증을 느꼈을 뿐이었다.

한데 곽자의의 기억 속에서 막능여의 모습을 잡아낸 순간 이림은 불현듯 어리둥절해지는 기분이었다.

놀랍게도 곽자의의 기억 속에서 본 건곤철축의 소가주는 그가 이미 한번 만난 적이 있는 인물이었다. 하지만 언제, 어떻게 그를 만났는지 알 수가 없었다.

존재한 적 없는 과거 속에서 그를 만난 것일까? 아니면 다가올 미래에서 만나게 되는 것일까?

이림의 기억에 의하면 그는 분명히 막능여를 만난 적이 있는 것 같았다. 그리고 그때 분명히 그를 죽인 것이다. 하지만 아무리 생각을 더

듣어보아도 그런 과거는 존재한 적이 없었다.

그렇다면 다가올 미래의 기억이란 말인가? 미래의 기억이라는 것이 있을 수 있단 말인가?

"그랬군. 이상하다고 느끼기는 했지만 설마 미래가 굴곡되어 버렸을 줄이야……."

잠시 후, 이림은 막능여가 미래를 바꿔 자신의 손에서 벗어났다는 것을 알게 되었다. 그는 건곤철축을 무너뜨린 뒤부터 지금까지 내내 자신을 휘감고 있던 기이한 불쾌감의 원인을 이제야 알게 된 것이다.

이림이 곽자의의 머리에 손을 대고 막능여에 관한 기억을 읽어내는 순간, 막능여는 돌연 이림의 모습을 볼 수 있었다.

막능여는 소년과 함께 산 그늘에 가려진 언덕에 앉아 방금 잡은 산짐승의 고기를 굽지도 못한 채 먹고 있던 중이었다. 가장 연한 부위를 잘라내 소년에게 주고 자신 역시 연신 입으로 집어넣으면서 그의 눈은 쉬지 않고 주위를 살피고 있었다.

그 상태에서 별안간 곽자의의 기억 속에서 자신을 검색하고 있는 이림의 모습이 보인 것이다.

막능여는 자신이 깜빡 졸지 않았다는 것을 잘 알고 있었다. 이림의 모습은 원래 그가 지켜보고 있던 숲의 모습과 겹쳐진 상태였지만 너무도 또렷해 결코 허상이나 환영을 본 게 아니었다.

그것은 실로 불가사의한 감각이었다.

두 사람은 공간을 격해 서로를 보고 있었지만 서로를 볼 수 있고 느낄 수 있게 만들어준 매개체가 어떤 것인지 알지 못했다. 곽자의의 기억이 매개체가 된 것이라면 이것은 또한 너무도 기이한 일이었다.

막능여는 일순 몸을 떨었다.

이림에 대한 기억은 자신의 미래에 대한 기억이었다. 그는 미래가 바뀌지 않았다면 이림에게 죽임을 당했을 것이다. 그리고 어쩌면 그 미래는 바뀌지 않은 채 앞으로 다가오고 있는지도 몰랐다.

그는 자신의 죽음을 보았기 때문에 자신을 죽인 사람을 대하고 순간적으로 불안감과 공포를 느끼게 된 것이다.

공간을 격해 서로를 마주 보던 불가사의한 감각은 순식간에 사라져 버렸다.

'나는 나의 미래를 바꿨지만 그 때문에 그의 미래도 바뀌게 된 셈이지. 그걸 원래대로 돌려놓기 위해 그는 분명히 날 찾아올 것이다. 언젠가는……'

이림을 대하고 순간적으로 공포를 느끼기는 했으나 막능여는 더 이상 그를 두려워하지 않았다. 아직은 비록 그를 이길 수는 없어도 이제는 꿈속에서처럼 허무하게 당하지 않을 자신이 있었다.

그리고… 추배도에서 얻은 힘을 그 자신의 것으로 소화시킬 시간만 주어진다면 그때에는 능히 용의 권족을 잠재울 수도 있을 것 같았다.

제9장
죽음의 유희(遊戲)

1

"내가 혹시 널 도와주고 받기로 한 금액을 조금이라도 깎아준다고 한 적이 있느냐? 만약 그런 말을 한 적이 있다면 그건 취소야."

오십 장 앞에서 포위망을 좁혀오고 있는 청의무인들을 긴장한 채 지켜보고 있던 막능여가 문득 소년을 보며 장난스러운 웃음을 떠올렸다.

"왜요?"

"모두들 고수들인데다가 숫자가 너무 많아."

막능여는 말을 마치기 무섭게 앞으로 치달려나갔다. 그때까지도 앞에서 좌우를 수색하며 다가오고 있는 청의무인들은 아직 막능여와 소년을 발견하지 못한 상태였다.

그저 검은 그림자가 번뜩인 듯한 느낌뿐이었다. 두 사람은 막능여의 모습을 보지도 못한 상태에서 시체가 되어 풀숲에 감춰지는 신세가 되고 말았다.

추적자들은 정확하게 막능여와 소년의 뒤를 따라오고 있었다. 그러면서 또한 거대한 그물로 덮어씌우는 형태로 좌우와 앞쪽의 퇴로를 차단했다. 막능여 혼자였다면 그 포위망이 완성되기 전에 충분히 벗어날 수 있었지만 어린 소년과 함께 움직여야 하기 때문에 그것도 불가능했다.

과연 하루가 지났을 때 막능여는 소년과 자신이 포위망 안에 갇힌 것을 알 수 있었다. 추적자들의 모습이 앞쪽에서도 보이는 것이 그 중 거였다.

방원 오십 리 정도의 범위를 완벽하게 차단한 포위망은 차츰 조여지고 있어 그들의 위치가 발각되는 건 시간문제였다. 하지만 아직은 범위가 넓어 빠져나갈 희망은 있었다.

막능여는 무작정 앞으로 치달리던 지금까지의 방법을 버리고 신중하게 움직이기 시작했다.

추적자들은 넓은 지역에 흩어져 있지만 유사시에는 빠르게 한 장소로 집결할 것이다.

차라리 움직이지 않는 한이 있더라도 절대 흔적을 남기면 안 된다. 도주하기 위해 무작정 서두르기만 하면 흔적을 남기게 되고, 일단 흔적이 남겨지면 결국 추적자들에게 잡히게 된다.

잠시 후, 막능여는 두 명의 수색조가 왔던 방향으로 일백 장 정도 나아간 뒤 소년과 함께 낙엽이 잔뜩 쌓여 있는 지면 속을 파고들어 가 몸을 감췄다.

"뭐, 숨바꼭질이라고 생각하고 맘 편히 쉬어두거라. 우리는 충분히 휴식을 취하면서 우리가 숨어 있는 곳 가까이 오는 자들만 조심하면 그만이야."

"장기전을 생각하는 건가요?"

"저쪽은 인원이 많아. 때문에 우린 시간을 우리 편으로 만들어야 해. 결국 먼저 지치는 건 저쪽이 될 거야. 그건 그렇고… 넌 도대체 누군데 저런 자들에게 쫓기고 있는 것이냐?"

"그건……."

"말하기 싫으면 말하지 않아도 돼."

소년이 망설이자 막능여가 정색했다. 마치 심통난 듯한 태도이기도 했다.

"말하기 싫은 게 아니라 믿지 않을 것 같아서 망설이는 것뿐이에요."

막능여가 화가 났다고 생각했는지 소년이 당황해서 입을 열었다. 막능여가 어둠 속에서 히죽 미소했다. 걸려든 것이다.

어린아이를 잘 다루는 방법은 어린아이와 똑같아지는 것뿐이다. 막능여는 일부러 소년에게 섭섭함을 느끼고 있다는 듯한 태도를 드러내며 입을 열었다.

"난 네가 황제의 아들이라고 해도 믿어줄 수 있어."

소년이 별안간 멍청한 표정이 되어 막능여를 바라보았다.

"어떻게 알았어요? 내가 바로 황태자예요."

"엉……?"

이번에는 막능여가 별안간 멍청한 표정을 머금지 않을 수 없었다.

낙엽 아래의 지면 속에 뚫어놓은 땅굴은 간신히 두 사람이 마주 앉을 수 있을 정도에 불과했다. 낙엽 사이에 박아놓은 대나무 대롱 때문에 공기는 통하지만 자신의 손조차 보이지 않을 정도로 어두웠다.

태자는 그 어둠 속에서 막능여의 놀란 표정을 상상하며 웃음을 터뜨렸다.

2

이황자의 수하들은 태자의 흔적을 찾아내지 못해 넓게 펼쳐져 있는 포위망을 거둘 수가 없었다. 그 때문에 전력을 집결시키지 못한 채 방대하게 흩어질 수밖에 없었다. 인원의 반은 길목을 막기 위해 요소요소에 매복해 있고 나머지만이 포위망 안을 수색하는 상황이었다.

추적자들은 자신들이 태자와 태자를 돕고 있는 정체 불명의 무인을 함정에 몰아넣은 채 사냥몰이 하고 있다고 믿고 있었다.

그러나 오히려 자신들이 사냥감이 되고 있다는 것을 깨닫기까지는 그리 오래 걸리지 않았다. 전혀 예측하지 못했던 죽음의 손이 그들을 뒤쫓아왔던 것이다.

흩어져 있는 양 떼 사이에 한 마리 늑대가 숨어들었다고나 할까?

공주 주선이 은밀하게 포위망 안으로 숨어 들어온 것은 추적자들이 태자와 막능여를 포위망 안에 가둔 지 삼 일째 되는 날이었다.

앞쪽으로 시야가 확 트여 있고 뒤쪽으로는 가파른 언덕이 이어져 있다. 사내가 몸을 숨기고 있는 곳은 매복 장소로 최적의 위치였다.

사내는 가파른 언덕의 중턱에 솟아 있는 바위 밑에 구덩이를 파고 몸을 숨긴 상태였다.

일단 감시할 길목을 선정해 매복한 뒤부터 사내는 모든 기(氣)를 감췄다. 그는 스스로 자신을 한 개의 바위로 생각했고, 또 바로 옆에서 누군가 보았다고 해도 그렇게 느낄 수밖에 없을 정도였다.

그 상태에서 그는 길목을 지켜보고 있는 눈만을 활성화시켰다. 모든 의식을 의도적으로 눈으로만 집중시키고 나머지 부분은 잠재운 것이다.

사내는 자신이 매복 중에 적에게 발각되어 죽을지도 모른다는 생각은 해본 적이 없었다. 상대가 역으로 추적해 온다고 해도 절대로 발각되지 않을 자신이 있었던 것이다. 하지만 그것은 그의 착각이었다.

십 장 앞에 한 여인이 불쑥 나타났다. 마치 달빛을 타고 내려온 것 같은 돌연한 출현이었다.

사내는 자신의 눈을 믿을 수가 없었다. 그가 감시할 수 있는 범위는 왼쪽에서 오른쪽 끝까지 수평으로는 삼십 장 거리였고 시야가 멀리까지 트여 있는 앞쪽으로는 무려 오십 장 거리였다. 즉, 누군가가 그의 십 장 앞에 불쑥 나타난다는 것은 불가능한 일이었다.

창백한 아름다움… 달빛을 받으며 우뚝 서 있는 여인은 무척이나 아름다웠다.

사내는 호각을 불지도 못했고 소리를 지르지도 못했다. 미처 정신을 가다듬기도 전에 여인이 똑바로 그의 눈을 직시한 때문이었다.

'십 장 거리에서 숨어 있는 내 위치를 정확히 알고 날 똑바로 본다는 것이… 과연 가능하단 말인가?'

사내는 여인이 그저 자신을 향해 얼굴을 돌렸을 뿐 자신을 본 것은 아니라고 생각했다. 하지만 그 순간 여인은 여전히 똑바로 사내의 눈을 바라보며 다가오기 시작했다.

아니, 다가오기 시작했다고 느낀 순간 이미 바로 앞에 서 있었다. 분명히 눈을 깜빡인 적도 없었다. 한데 오랫동안 눈을 감고 있다가 뜬 것처럼 장면이 전환되어 버린 것이었다.

그리고 손[手].

너무도 희고 갸름하며, 또한 아름다운 손이 소리도 없이 뻗어왔다.

혈왕은 자신이 만들어낸 죽음을 확인하지도 않은 채 어둠에 잠긴 주위를 둘러보았다.

그는 지금의 상황이 너무도 만족스러워 낮게 으르렁거렸다.

혈왕에게 있어 지금의 상황은 일종의 유희(遊戱)였다.

그가 죽여야 할 대상들은 촉각을 곤두세운 채 기다리고 있었다. 그들은 적이 움직이기를 기다리며 매복해 있었는데 단 한 명에게라도 발각된다면 순식간에 방원 오십 리 안의 수많은 고수들이 한꺼번에 몰려올 것이다.

곧 적들을 모두 제거할 때까지 단 한 번도 발각되지 않고 은밀히 접근해 한 명씩 제거해 나가야 한다는 것이다.

밤이 되어도 산은 결코 잠들지 않는다. 오히려 밤이 되자 수많은 야행성 동물들이 어슬렁거리며 먹이 사냥에 나섰는데, 공주 주선은 그 야수들 사이에 섞여 죽음의 신(神)처럼 떠돌아다니기 시작했다.

막능여와 태자는 은신처를 계속 옮겼다. 때로는 좁은 바위 동굴을 이용했고 또 어떤 때에는 나무 위에서 휴식을 취하기도 했는데 삼 일째 되는 날 몸을 숨긴 곳은 주위가 가시덤불로 감싸여 있는 작은 공터였다.

안쪽에서는 가시덤불 사이로 밖을 내다볼 수 있지만 밖에서는 안이 들여다보이지 않는 데다가 지대가 높아 누군가가 접근해 오게 되면 이내 알아볼 수 있는 장소였다.

밤이 되면 수색조는 활동을 멈춘 채 휴식을 취한다. 동시에 매복조가 드넓은 방위를 완벽하게 차단한 채 막능여와 태자가 그물에 걸려들기만을 기다린다.

때문에 밤이 되면 오히려 막능여와 태자 역시 맘놓고 휴식을 취할 수 있었는데, 깊이 잠들어 있던 막능여가 돌연 잠에서 깨어난 것은 알 수 없는 전율이 몸을 스치고 지나갔기 때문이었다.

막능여는 소리없이 은신처를 빠져나와 주위를 살펴보기 시작했다.

멀리서 밤새 우는 소리가 들려오고 있었고 산짐승들의 기척 또한 끊이지 않았다. 변한 것은 없었다. 하지만 그 어둠 속에서 무언가 끔찍스러운 일이 진행되고 있는 느낌은 점점 더 강렬해지고 있었다.

막능여는 자신의 느낌을 절대로 무시하지 않았다. 그는 공력을 끌어올린 다음 숲을 가로질러 움직이기 시작했다.

그가 피 냄새를 맡은 것은 채 오십 장도 가기 전이었다. 죽어 있는 매복자들의 수효는 한둘이 아니었다. 거대한 죽음의 손길이 스쳐 간 듯한 광경이었다.

태자를 뒤쫓고 있던 이황자의 수하들은 매복해 있던 장소에서 단 한 걸음도 벗어나지 못한 채 죽어 있었다.

검으로 베인 듯 머리와 동체가 깨끗이 분리된 시체도 있었지만 야수의 발톱에 찢겨진 듯한 처참한 상흔을 남긴 시체도 있었다.

'설마……?

막능여는 눈앞에서 펼쳐진 광경을 믿을 수가 없었다. 그는 오백 장거리를 일직선으로 가로지르는 동안 모두 스물일곱 명의 시체를 볼 수 있었다.

하지만 놀라운 것은 살육이 아직도 진행되고 있다는 점이었다. 항거할 수 없는 죽음의 손이 바로 지금 이 순간, 막능여가 보고 있는 어둠 속에서 이황자의 수하들을 휩쓸고 있었던 것이다.

잠시 후 막능여는 자신도 모르게 죽음의 흔적을 뒤쫓아가기 시작했다.

죽음의 유희가 언제부터 시작된 것인지는 알 수 없었다. 하지만 반 시진도 못 되어 이미 오십여 구의 시체를 확인한 막능여는 추적자들 중에서 아침이 되기까지 살아남을 수 있는 사람은 전체 인원의 반이 넘지 못할 것이라고 확신했다. 놀라운 것은 이미 그 많은 인원이 죽었음에도 불구하고 살아 있는 다른 사람들은 아직 아무것도 눈치 채지 못하고 있다는 점이었다.

막능여가 계속 죽음의 흔적을 뒤따라간 것은 강렬한 호기심 때문이었다. 그는 살인자를 찾아내 무엇을 어떻게 하겠다는 생각은 전혀 없었다.

결국 막능여가 살인자를 목격하게 된 것은 다시 반 시진을 더 추적한 뒤였다.

여자는 이제 막 매복해 있던 두 명의 무인을 죽이고 허리를 펴고 있었다. 비록 십 장 저쪽의 모습이었지만 달빛을 반사시키고 있는 그녀의 모습은 오히려 아름답기만 했다.

막능여는 자신도 모르게 전율했다. 꿈속에서 이림을 처음 대했을 때 느꼈던 것과 같은 이질감(異質感) 때문이었다.

인간은 자신이 알지 못하는 미지의 것과 불현듯 마주치게 되면 막연한 공포와 불안감을 느끼게 된다. 바로 그런 종류의 공포감이 막능여의 마음속에서 솟아올랐다.

분명히 환상처럼 아름답기만 한 여인이다. 빙설처럼 희디흰 피부, 보호해 주고 싶은 충동이 들게 하는 약간은 가냘파 보이는 체구. 하지만 그것은 겉모습일 뿐이었다. 그녀의 내부에는 잔혹한 미지의 존재가 담겨져 있었다.

주선이 천천히 고개를 돌렸다. 그녀는 내심 뜻밖이라고 생각하지 않을 수 없었다.

놀랍게도 상대는 자신의 몸 안에 깃들어 있는 혈왕의 본질을 눈치챈 것 같았다. 그러면서 또한 공포의 빛도 없었다. 혈왕이 그녀의 몸을 지배하고 있던 처음 마주친 순간, 언뜻 불안과 공포를 느낀 것 같았으나 그것은 한순간일 뿐 이내 평정을 되찾은 것이다.

적이 아니라는 것은 그녀도 이미 알고 있었다. 하지만 그녀는 갈등하지 않을 수 없었다. 그는 지금까지 태자에게 큰 도움이 되어온 인물이지만 이제는 필요없었다. 그 자신의 본질을 목격한 이상 죽여야 한다고 혈왕이 마음속에서 으르렁대고 있었다.

막능여는 공주 주선의 마음속에서 일고 있는 갈등의 파장(波長)을 감지하고 천천히 공력을 모으기 시작했다.

자신은 없었다. 하지만 죽음에 대한 공포도 없었다. 어찌 된 일인지는 몰라도 그는 자신이 아직 죽지 않으리라는 것을 확실히 알고 있었다.

결국 주선은 혈왕의 의지를 억눌러 의식 깊은 곳으로 몰아낸 뒤 한 숨을 내쉬었다.

"태자는 무사한가요?"

단지 말문을 열기 위한 질문이었지만 무사히 임무를 끝냈다는 안도감이 묻어 있는 음성이었다.

아침이 되어 은신처에서 나온 막능여는 태자를 뒤쫓고 있던 무인들이 모조리 철수한 것을 알 수 있었다. 포위망을 구축하고 있던 무인들 중 반 이상이 하룻밤 사이에 죽임을 당했으니 당연한 결과이기도 했다.

"이제 더 이상 널 위협하는 사람은 없을 거야."

"어디로 갈 생각이세요? 난 아직 날 도와준 대가도 치르지 못했어요. 날 은혜도 갚지 않는 사람으로 만들지 말아주세요."

"좋아! 그럼 일단 가까운 도읍으로 가서 음식다운 음식을 좀 먹어보기로 하지. 물론 술도 사야 해."

주선은 막능여에게 아무런 설명도 하지 않은 채 일행으로 합류했는데 태자를 대하고도 자신의 신분을 밝히지 않았다. 태자는 공주 주선이 누구인지 알지 못한 채 그저 막능여의 동료라고 알고 있었다. 그는 단지 원군이 한 명 더 늘어난 사실만 좋아했을 뿐이었다.

일행은 산에서 십 리 정도를 벗어난 뒤에야 작은 도읍을 만날 수 있었다.

막능여는 가장 먼저 눈에 띄는 객점에 들어가 술과 음식을 시켰다. 사실 그는 음식과 술을 먹은 뒤에 태자와 헤어질 생각이었다.

식사가 끝나갈 무렵 태자는 막능여를 향해 정중하게 부탁을 해왔다. 계속 자신을 도와달라는 것이었다.

"그렇지 않아도 식사를 끝낸 뒤에 가까운 관부에 연락해서 널 호위할 사람들을 보내라고 할 생각이었어. 난 황실 사람들이 도착한 뒤에 떠나면 돼."

"그게 아니라… 사실 난 서둘러 황궁으로 돌아갈 생각이 전혀 없어요."

한쪽에 조용히 앉아 있던 주선이 눈을 빛냈다.

태자가 망설이다 말을 이었다.

"이런 기회가 아니라면 언제 자유롭게 세상 구경을 해보겠어요? 그래서 하는 말인데… 어디를 가는지 몰라도, 잠시 동안만이라도 함께 다닐 수 없을까요?"

이어지는 태자의 말을 들어보니 막능여로서는 굳이 거절할 이유가 없었다. 태자와 동행하되 황궁이 아니라 막능여가 가고 싶은 곳으로 가면 되기 때문이었다. 태자는 세상 구경하는 것에 실증을 느끼게 되면 그때 황실로 돌아간다는 계획이었다.

막능여는 무어라 대답하지 못한 채 주선을 바라보았다. 그는 주선을 태자를 구하러 온 황실의 고수로 알고 있었다. 때문에 대답을 해야 할 사람 또한 그녀라고 생각했다.

주선이 고개를 끄덕였다.

"누나, 고맙습니다."

태자는 주선이 허락의 뜻으로 고개를 끄덕이는 것을 보더니 어린아이답게 기쁨을 감추지 않았다.

그는 막능여가 동료의 양해를 구한 것으로만 생각했다. 눈앞에 앉아 있는 주선이 황실에서 나온 사람이라는 것도 모르고 있었고 더 더욱 자신의 친누나인 줄은 상상조차 못하고 있었다.

주선이 부드럽게 미소를 머금었다. 자신이 친누나인 줄 모르는 태자가 신분을 따지지 않고 거침없이 누나라고 불러준 것이 그녀의 마음에 들었던 것이다.

3

흑화고는 회성곡에서 돌아오자마자 여교와 풍전소를 돌려보내고 곧바로 능비령의 방으로 들어가 벽면에 걸려 있는 족자를 확인했다. 능비령의 방에 걸려 있는 족자가 이계로 넘어가는 문이었다는 사실을 회성곡에서 들었기 때문이다.

과연 족자의 테두리에는 밀력(密力)을 발휘할 수 있게 만드는 온갖 부인(符印)들이 찍혀 있었는데 흑화고조차 알지 못하는 밀법이었다.

흑화고는 족자 앞에 선 채 고심하지 않을 수 없었다.

족자를 찾아냈으니 능비령이 있는 이계로 가는 것은 어렵지 않았다. 그저 족자를 바라보고 마음을 쏟으면 된다. 하지만 무턱대고 이계로 넘어갈 수는 없었다.

나륜에 대해 아는 것이 너무도 없었다. 만약 나륜이 중원만큼이나 방대한 곳이라면 그곳에 간다고 해도 능비령을 찾는 일은 풀숲에서 바늘 하나를 찾는 것보다도 어려울 수도 있다.

게다가 흑화고가 망설일 수밖에 없었던 것은 능비령의 방 벽면에 걸려 있는 족자가 이계로 들어가는 통로 역할만 하고 있었기 때문이다. 흑화고는 오랫동안 살펴보았지만 족자를 통해 다시 나오는 방법을 알수가 없었다. 곧 그녀 자신이 만든 이계의 문이 아니기 때문에 되돌아 나올 수가 없었던 것이다.

결국 흑화고는 족자를 통해 곧바로 능비령이 있는 이계로 들어가는 것을 포기하고 수경망 고랍을 불러냈다.

"이계란 말입니까?"

"원래 수경의 길은 이계와도 통한다고 알고 있다. 난 네가 그곳에 있는 그 사람을 이곳으로 데려오길 바란다. 물론 사례는 하겠다."

"그, 그것이……."

흑화고가 서 있는 곳은 후원의 연못 앞이었다.

천뢰도로 돌아온 것이 삼경을 갓 넘긴 시간이었는데 어느새 여명(黎明)이 움터오고 있었다.

여명은 수면 위로 솟아오르고 있는 물안개 속으로 너무도 투명한 손을 뻗치고 있었다. 그 은빛의 햇살이 물안개를 뚫고 수면에 반사되는 모습은 실로 몽환적이 아닐 수 없었다.

흑화고는 여기저기 수면에서 물고기들이 튀어 오르는 것에 눈을 주고 있다가 문득 옆에 서 있는 수경망 고랍을 바라보았다. 수경망 고랍은 당황하기만 할 뿐 대답을 못하고 있었다.

흑화고가 눈썹을 찌푸리자 주위에 한기가 내렸다.

수경망 고랍의 얼굴이 공포로 일그러졌다. 그는 더듬거리며 황급히 입을 열었다.

"수경의 길이 이계와도 통할 수 있는 것은 사실입니다만… 그, 그것이 지금은 곤란하게 되었습니다."

"무슨 뜻이냐?"

"정확히 말씀드리자면… 지금의 나는 이계로의 수경의 길을 열지 못하는 것입니다. 이계로 통하는 수경의 길을 열 수 있는 사람이 따로 있습니다."

수경망(水鏡魎)이라는 것은 한 사람의 명호이기도 했지만 동시에 한 가문의 명호이기도 했다. 수경망은 천 년 전에도 있었고, 지금도 존재하고 있으며, 어쩌면 천 년 뒤에도 존재할 이름이었다.

수경계(水鏡界), 물의 거울의 세계를 관장하는 누군가가 존재하는 한 수경망이라는 명호도 그렇게 존재하는 것이다. 하지만 같은 시기에 두 명의 수경망이 존재했던 적은 없었다.

수경망 고람이 쩔쩔매며 할 수 없다는 표정이 되어 말을 이었다.

"그러니까 선대까지만 해도 한 명의 수경망이 인간계와 흑첨향의 모든 곳에 물만 있으면 수경의 길이 열었습니다만 바로 나의 대에 이르러 수경망이 두 명이 된 것입니다."

"수경망이 두 명이 되었다고?"

흑화고로서도 처음 듣는 이야기라는 듯 그녀의 눈에 이채가 솟아났다.

"예. 그래서 그 뒤부터 수경계 역시 둘로 나뉜 것입니다. 이계를 담당하는 수경망은 고륵(枯勒)이라는 인물입니다."

"고륵? 형제냐?"

수경망 고람이 이마에 굵은 땀방울을 흘리며 머뭇거리는 태도로 간신히 대답했다.

"인정하고 싶진 않지만… 쌍둥이 동생입니다."

"동생이라면 문제가 없지 않느냐. 한 번 정도만 길을 열겠다고 부탁해!"

"그게… 동생과 저는 사이가 좋지 않습니다. 내가 부탁하면 오히려 일이 어긋날 것입니다."

"그렇다면 내가 직접 부탁해 볼 테니 그를 만나게 해줘."

수경망 고랍이 고개를 저었다.

"사실 부 저저가 직접 나선다고 해도 쉽지가 않습니다. 그는 오십 년 전에 화잠사(華蠶祠)에 입문해 지금은 화잠사의 장로 신분이 되었습니다. 알고 계시겠지만 화잠사는 흑첨향 서국에 속해 있는 문파로서 부 저저와는 길이 다릅니다."

"음……!"

흑화고의 입에서 답답해하는 침음성이 흘러나왔다.

화잠사는 과연 흑첨향의 서국에 속해 있는 문파였다. 게다가 이미 한차례 흑화고와는 원한을 맺은 문파이기도 했다.

오랫동안 생각에 잠겨 있던 흑화고가 이윽고 고개를 들었다.

"그를 만나겠다. 그가 있는 곳까지 수경의 길을 열어줘."

"설마……!"

수경망 고랍이 크게 놀라 망연히 흑화고를 응시했다.

흑화고의 전신에서 무서운 기세가 일렁였다.

"화잠사 일천 문도 전체와 싸우게 된다고 해도 할 수 없어. 만약 내 부탁을 들어주지 않으면 그들은 결국 팔십 년 전의 악몽을 다시 경험하게 될 것이다."

'비요둔은 문도가 단 한 명밖에 없는 문파이지만 흑첨향의 수많은 문파 중에서도 무시할 수 없는 문파 중 하나로 손꼽히고 있다더니 과연 명불허전이로구나.'

수경망 고랍은 흑화고의 기세에 억눌려 자신도 모르게 몸을 떨며 내심 감탄성을 터뜨렸다.

수경망 고랍이 수경의 길을 통해 흑화고를 안내해 간 곳은 그야말로 수국(水國)이라고 표현해야 옳을 듯한 곳이었다.

보이는 곳마다 맑은 물이 펼쳐져 있고 그림 같은 섬들이 아득하게 점점이 이어져 있다. 물은 십 장 깊이까지 들여다보일 정도로 맑았는데 나무가 우거진 섬의 숲과 어울려 정녕 이 세상의 풍광 같지가 않았다. 뒤쪽으로는 높이가 천 척도 넘을 듯한 산이 보였는데 산의 정상은 구름에 가려 보이지 않았다.

흑화고는 망망대해처럼 펼쳐져 있는 호수와 그 호수 위에 떠 있는 수많은 섬들, 그리고 구름을 이고 있는 신비스러운 산을 보며 내심 감탄을 금할 수 없었다.

흑화고는 자신이 서 있는 곳이 대략 강서 파양호(鄱陽湖)의 수많은 섬들 중 하나가 아닌가 추측할 수 있었지만 정확한 것은 알지 못했다.

"고륵은 화잠사의 장로이기는 하지만 화잠사 본산에 있지 않고 저 산의 정상에 거처를 두고 있습니다. 이미 부 저저께서 온 걸 알고 있을 테니 조심하셔야 합니다."

수경망 고랍은 흑화고를 산 아래까지만 안내해 준 뒤 더 이상 가지 않았다.

팟!

흑화고가 지면을 박차며 솟아올랐다.

잠시 후, 검은 그림자 하나가 아득하게 하나의 점이 되어 만월 속으로 뛰어드는 듯한 형태로 산정 위로 날아오르고 있는 모습이 수경망고랍의 눈에 들어왔다.

산의 정상은 구름이 자욱하게 뒤덮여 있었다. 짙은 안개처럼 퍼져 있는 구름 사이로 창백한 달빛이 새어들자 마치 빛의 파도가 넘실대는 듯한 기경을 연출해 냈다.

흑화고는 구름이 자욱한 산정에 오르며 한쪽에 시선을 고정시켰다.

삼 장 전면에 희미한 그림자 하나가 한 그루의 고사목처럼 우뚝 서 있었다.

넘실대며 이리저리 움직이고 있는 구름과 달빛의 조화로 그림자의 모습은 환하게 반사되기도 했다가 다시 흐려 보이기도 하며 기괴스러운 느낌을 주고 있었다.

자세히 보니 나타난 그림자는 검은색 도복을 걸치고 있었는데 머리에 역시 검은색의 도관을 쓰고 있었고 발에 또한 검은색의 수혜자(水鞋子)를 신어 전체가 어둠처럼 검기만 했다.

나이는 대략 30대 후반이었는데 돌로 깎은 것처럼 강인한 인상이었다. 허리에는 두 자루의 검을 차고 있었다.

흑화고의 발이 지면에 닿기 직전 중년도인이 번개 같은 속도로 그녀의 머리 위로 날아왔다. 미처 자세를 안정시키기 전에 날아든 한 자루의 검에 피할 틈도 없이 흑화고의 머리가 양단되었다.

중년도인은 흑화고의 머리를 뛰어넘어 반대 편으로 쏘아져 가며 몸을 틀어 방향을 바꿨다.

그의 눈에는 은은한 경탄의 빛이 떠올라 있었다. 흑화고의 머리를 가르는 순간 검에 아무런 반응이 없었기 때문이다.

시체가 되어 바닥을 나뒹굴고 있어야 할 흑화고의 모습은 보이지 않고 그녀가 있던 자리에는 한 장의 붉은 천만이 두 조각으로 베어진 채 떨어져 있었다.

"난 수경망 고륵을 만나러 왔다. 방해하면 죽는다."

흑화고의 차가운 음성은 베어진 채 지면에 떨어져 있는 붉은 천으로부터 흘러나왔다.

중년도인이 천천히 고개를 좌측으로 돌렸다.

음성이 들려온 곳과는 달리 엉뚱하게도 흑화고는 좌측 삼 장 전면에 서 있었다. 그녀는 타는 듯 붉은 홍의를 걸치고 있었는데 붉은색이 구름과 달빛에 반사되어 일렁이는 것이 신비스럽기까지 했다.

팟!

중년도인이 땅을 박찼다.

두 자루의 검이 한꺼번에 쇄도해 들자 흑화고의 몸이 흔들렸다. 두 자루의 검 중 하나는 흑화고의 왼쪽 어깨를 베었고 또 하나는 목을 관통했다.

그 순간 다시 베어진 두 장의 붉은 천이 허공에서 펄렁이며 지면에 떨어져 내렸다.

중년도인은 몸을 움직일 수가 없었다. 흑화고의 기를 감지할 수 없었던 것이다.

순간, 그는 하나의 손이 공간을 열고 불쑥 튀어나와 검을 쥐고 있는 자신의 오른팔을 어깨에서부터 뜯어내는 것을 목격할 수 있었다.

자신의 오른팔이 어깨로부터 뜯겨 나가는 일련의 상황은 무척이나 느린 동작처럼 느껴졌지만 기이하게도 피할 수가 없었다.

왼손에 쥐고 있는 검으로 자신의 오른팔을 뜯어내고 있는 흑화고의 손을 공격할 수도 없었다. 느린 동작으로 느껴지고 있는 흑화고의 공세가 사실은 벼락치듯 빠르게 이어지고 있었기 때문이다.

중년도인은 자신의 왼손에 쥐어져 있던 검이 흑화고의 손으로 옮겨가는 모습을 망연히 바라보았다. 그리고 그 검이 다시 자신의 목을 향해 수평으로 움직이는 것도 망연히 바라볼 수밖에 없었다.

흑화고는 시체가 되어 쓰러지는 중년도인 옆에 모습을 드러내며 주위를 쓸어보았다.

그러자 기다렸다는 듯 여기저기 십여 명의 그림자들이 모습을 드러냈다. 그들은 모두 흑화고의 손에 죽은 중년도인과 같은 검은 도복 차림이었는데 안개 같은 구름 속에 서 있는 모습이 마치 구름이 만들어낸 환상처럼 보였다.

'고랍의 동생 고륵이 화잠사의 장로 신분이라니 당연히 그를 호위하는 문의 제자들이 있을 터.'

흑화고는 포위망에 갇혔지만 늠연하기만 했다. 오히려 일부러 포위망에 갇히며 상대를 끌어낸 것처럼 느껴질 정도로 당당했다.

"비요둔의 문주를 대합니다."

"부 저저를… 뵙습니다."

십여 명의 도인들이 더욱 또렷하게 형체를 드러내며 흑화고를 향해 예를 갖추었다. 비록 적이라 할지라도 흑첨향의 배분상 어쩔 수 없이 인사를 하는 듯한 태도였다.

그들의 눈에는 이때 경악의 빛이 떠올라 있었는데 그것은 흑화고의 미모와 젊음 때문이었다.

팔십 년 전의 인물이라면 이미 전대(前代)의 인물이라 할 수 있었다. 하지만 눈앞에 서 있는 비요둔의 문주는 아름다울 뿐만 아니라 아무리 보아도 겨우 이십을 갓 넘겼을 듯한 나이로 보였다.

흑화고가 전혀 늙지 않게 된 자세한 사정을 모르는 화잠사의 문도들은 눈앞의 흑화고가 더 더욱 신비할 따름이었다.

흑화고가 태연히 고개를 끄덕였다.

"장로 고륵에게 안내해라."

정면에 서 있는 도인 한 명이 날카롭게 눈을 빛냈다.

"저희들은 비요둔의 문주께 인사를 드리기는 했지만 존장에 대한 예의일 뿐 팔십 년 전, 본 문과 비요둔 간에 맺은 은원에 대해서 모르는 것은 아니오. 굳이 그 은원을 따지지 않는다고 해도 윗분이 존중해 주지 않으면 아랫사람도 공경치 않는 것이 이치일 따름입니다."

도인의 말은 곧 흑화고의 손에 이미 한 명의 동료가 죽었음을 지적하는 것이었다.

흑화고의 전신에서 살기가 파도처럼 일어났다.

"공격은 저 아이가 먼저 한 것이다. 나는 남이 내게 억지를 쓰는 것을 받아들일 사람이 아니다."

말과 함께 그녀의 신형은 이미 외곽부터 공기 중에 녹아들고 있었다. 안개처럼 퍼져 있는 구름 때문에 그녀가 허공 속으로 사라져 버리는 모습은 정녕 괴기스러웠다.

슈슈슈슉!

그녀의 신형이 미처 허공 중으로 녹아들기 전에 사방에서 은빛이 번뜩였다. 그러나 십여 명이 일제히 던져 낸 단창들은 흑화고의 그림자를 그대로 통과해 반대 편으로 날아가 오히려 같은 편을 위협할 뿐이었다.

동시에 도인들의 주위로 자욱하게 솟아나는 그림자들이 있었다. 모두 흑화고의 그림자들이었다.

열 명의 흑화고가 나타나 열 명의 도인들을 한꺼번에 공격했다.

화잠사의 문인들은 흑화고의 밀법을 깨지 못했다. 그들은 각기 자신이 상대하고 있는 흑화고가 진짜 흑화고이고 다른 쪽에 나타난 흑화고는 환영에 지나지 않는다고 생각했다.

그들이 각자 그렇게 믿고 있었기 때문에 한 명의 흑화고는 열 명의 흑화고가 되어 한꺼번에 열 명의 적을 쓰러뜨릴 수 있었다.

화잠사의 문인들이 모조리 바닥으로 무너지는 순간 흑화고의 신형이 처음에 서 있던 곳에서 모습을 드러냈다.

그녀는 처음부터 단 한 번도 움직인 적이 없었던 것처럼 평온한 모습이었다.

"그들은 모두 죽었소?"

누군가가 안개 같은 구름 저쪽에서 그림자 형태로 다가오며 질문을 던졌다.

흑화고는 십 장 저쪽에서 가까워지고 있는 그림자를 보다 피식 실소를 터뜨렸다.

얼굴을 뒤덮고 있는 굵은 주름살과 키가 커서 허리가 약간 굽은 듯이 보이는 체구, 나타난 사람은 수경망 고랍과 완벽하게 똑같은 모습을 하고 있었다. 흑화고조차 한순간 수경망 고랍이 자신을 뒤쫓아온 것으로 착각했을 정도였다.

둘을 구별할 수 있는 건 옷차림뿐이었다. 수경망 고륵은 고랍과 달리 도복을 걸치고 있었던 것이다.

"모두 죽인 것이오?"

수경망 고륵이 다시 질문을 던졌다. 이미 흑화고의 삼 장 앞에서 걸음을 멈춘 상태였다.

그는 자신을 호위하는 임무를 맡고 있는 제자들이 모조리 쓰러져 있었건만 별로 놀란 표정도 아니었고 분노하는 태도도 아니었다.

"혈도만 짚었을 뿐이다."

흑화고가 고륵을 쏘아보며 나직이 대답했다. 고륵이 스스로 그녀 앞에 나선 것이 의외였기 때문에 그녀의 눈에는 다소 의아해하는 빛이 떠올라 있었다.

이번에는 고륵이 믿을 수 없다는 듯한 표정으로 흑화고를 바라보았다.

"흑화고 부 저저는 일단 손을 쓰면 결코 상대를 살려둔 적이 없다고 들었소이다. 한데 이 아이들을 살려준 걸 보니 흑화고도 예전의 흑화고가 아닌 모양이외다."

"그럴 수도 있겠지."

"날 찾아온 걸 보니 이계로 통하는 수경의 길을 열어달라는 부탁이 있는 모양인데 맞소?"

"그렇다!"

수경망 고륵이 빙글빙글 웃으며 흑화고를 똑바로 바라보았다.

"흑화고가 제아무리 무섭다고 해도 죽음을 두려워하지 않는 사람은 아무것도 무서워할 필요가 없지 않겠소?"

"죽음이 두렵지 않다는 것이냐?"

"내가 죽음을 두려워하는 사람이었다면 스스로 흑화고 앞에 나서지 않고 수경의 세계로 숨어버렸을 것이오."

"수경망이 수경의 세계 속에 숨어버리면 천하의 어떤 사람도 그를 찾을 수 없겠지."

흑화고는 고륵의 말을 인정한다는 듯 고개를 끄덕였다.

수경망 고륵이 고개를 갸웃했다.

"여기까지 왔으니 그냥 돌아갈 리는 없을 테고… 이렇게 하는 게 어떻겠소?"

"어떻게 말이냐?"

흑화고는 자신이 고륵에게 휘말려 그가 주도하는 대로 이끌려 가고 있는 것을 알고 있었지만 어쩔 수 없었다. 정말로 죽음조차 두려워하지 않는 사람을 그 무엇으로 협박할 수 있겠는가!

수경망 고륵이 빙글빙글 웃으며 입을 열었다.

"후일 내가 시키는 한 가지 일을 해주겠다고 약속하면 이계로 통하는 수경의 길을 열어주겠소."

"단지 약속만 해주면 이계로 통하는 수경의 길을 열어주겠다는 것이냐?"

"그렇소. 비요둔의 문주 정도 되는 사람이 한 약속이라면 오히려 목숨보다 무거운 법이오."

"언제, 어떤 일을 해야 하는 것인지 이야기하지도 않고 무조건 약속을 하라? 족쇄로군. 언제고 날 곤란에 빠지게 만들 수 있는 족쇄야."

"그게 싫으면 지금 이 자리에서 날 죽이면 그만이오. 물론 이계로 통하는 수경의 길은 영원히 열리지 않을 것이오."

흑화고가 결단을 내리기까지는 채 일각이 걸리지 않았다. 하지만 짧

다면 짧고 길다면 길 수도 있는 그 시간 동안 흑화고는 많은 갈등을 겪
었다. 보이지 않는 족쇄에 스스로 묶인다는 것이 결코 쉬운 일이 아니
었던 것이다.

제10장
중원으로…

폭발에 휩쓸리며 정신을 잃었던 척려려가 눈을 뜨면서 가장 먼저 본 것은 맑은 하늘이었다. 척려려는 자신의 눈을 믿을 수 없다는 듯 눈을 끔뻑여 보았다.

검붉은 색의 진흙덩어리 같은 그 지긋지긋한 흑태세가 보이지 않았다. 흑태세의 몸 안으로 들어간 뒤부터는 천장이고 바닥이고 온통 보이는 것이라고는 모두 검붉은 진흙 같은 흑태세의 몸체뿐이었는데 지금은 놀랍게도 맑은 하늘이 보이고 있었던 것이다.

'그러니까… 흑태세의 몸속은 물론 아니고… 하늘이 보이는 걸 보니까 원족의 지하 도시도 아니고……'

멀뚱멀뚱 눈만 뜬 채 생각에 잠겨 있던 척려려가 한순간 튕기듯 벌떡 일어섰다.

"끼야아앗! 나 살아 있는 거야? 밖으로 나온 거냐구?"

옆에 앉아 있던 척자훈이 깜짝 놀라 그녀를 바라보았다. 이어 절레절레 고개를 흔들었다.

"역시 넌 기절해 있을 때만 조용하구나."

척려려는 척자훈이 빈정거리는 것을 무시한 채 주위를 둘러보았다. 그녀가 누워 있던 곳은 원족 도시의 성문 앞 공터였다.

척려려가 주위를 둘러보니 무외자와 유빙, 그리고 능비령은 막혀 있는 성문 앞에서 성문을 뚫고 있는 중이었다.

"어떻게 된 거예요? 흑태세는 어떻게 되었어요? 난 도대체 얼마 만에 깨어난 거예요? 기절해 있는 모습이 보기 흉하지는 않았어요? 밖으로 나갈 통로는 찾았나요?"

척자훈이 멍청히 척려려를 바라보았다. 그렇게 여러 가지 질문이 어떻게 그렇게 빠른 순간에 한꺼번에 터져 나올 수 있는지 매우 신기해하는 눈빛이었다.

척자훈이 별안간 심호흡을 했다. 이어 척려려가 의아해하며 바라보는 순간 그의 입에서 폭포처럼 대답이 쏟아져 나왔다.

"능 아우가 밀폐된 흑태세의 몸 안에서 불의 정괴(精怪)를 불러내는 바람에 폭발이 일어났는데 폭발이 끝난 뒤에 보니까 흑태세가 사라져 버리고 없었어. 그래서 흑태세가 어떻게 되었는지는 우리도 몰라. 죽지는 않은 것 같지만 적어도 크게 다친 것만은 확실해. 그리고 넌 세 시진 만에 깨어난 것인데 기절해서 입을 딱 벌리고 침까지 질질 흘리고 있던 그 모습은 정말이지 두 번 다시 보고 싶지 않은 모습이었어. 에… 그리고 나갈 통로를 찾았으면 무엇 때문에 힘들게 성문을 뚫고 있겠느냐!"

어리둥절해하는 얼굴로 척자훈이 대답을 끝낼 때까지 지켜보던 척려려가 별안간 그의 이마에 손을 짚었다.

"뭐 하는 짓이야?"

"그냥. 머리가 아픈 게 아닌가 해서."

"난 괜찮으니까 손 치워."

척자훈과 척려려가 티격태격하는 동안 성문 쪽에서 폭음이 들려왔다. 두 사람이 고개를 돌려 바라보니 거대한 성문의 하단에 사람 한 명이 지나갈 수 있을 만한 구멍이 뚫려 있었다.

일행은 이미 원족의 도시를 떠날 준비가 모두 끝내놓은 상태였는지라 성문에 구멍이 뚫리자마자 빠져나갔다.

산을 내려오면서 척려려가 문득 불안해하는 표정으로 뒤를 돌아보았다.

"흑태세는 과연 어떻게 되었을까요? 죽지 않았다면 과연 어디에 숨어 있는 걸까요? 혹시 몰래 우리 뒤를 쫓아오는 건 아닐까요?"

일행 모두의 얼굴이 굳어졌다. 사실 모두들 흑태세에 관해 의식적으로 입을 열지 않고 있던 중이었다.

척자훈이 기가 막히다는 표정이 되어 척려려를 바라보았다.

"역시 넌… 남이 불안해하는 걸 일부러 들쑤셔 골치 아프게 만드는 데에 천재적인 재주가 있구나."

"사실이 그렇잖아요. 만약 흑태세가 우리 뒤를 쫓아 삼천상원으로 온다면 정말 큰일이라구요."

"지하 동굴 안에는 흑태세의 몸체가 불에 탄 채 사방에 흩어져 있었지만 그걸로 흑태세가 죽었다고 믿기는 어려웠단다. 그래서 우리도 샅샅이 뒤져 보았지. 만약에 놈이 죽지 않았다면 놈을 찾아내 어떻게 해서든지 끝장을 내려고 말이다. 하지만 끝내 찾아내지 못했다."

선두에서 조용히 걷던 무외자가 입을 열었다. 별로 밝은 표정이 아니었다.

"그렇다면 정말 죽어버린 걸까? 아무리 생각해도 쉽게 죽을 놈 같지 않은데?"

척려려가 고개를 갸웃거렸다. 일행들은 모두 척려려와 똑같은 불안을 느끼고 있어 표정이 밝지 못했다.

삼천상원으로 되돌아오는 여정은 순탄하기 그지없었다.

능비령은 삼천상원으로 돌아오는 동안 내내 일부러 일행의 후미에 섰는데 때로는 일행과 백 장 정도의 거리를 두고 뒤따르며 마음을 풀어 주위를 탐색했다.

능비령의 이런 행동은 흑태세가 살아남아 그들의 뒤를 은밀히 따라올 수도 있다고 생각했기 때문에 취한 행동이었다. 하지만 삼천상원으로 돌아갈 때까지 아무런 기도 감지할 수 없었다.

결계를 넘어 삼 일 정도 더 들어가자 도시들이 모습을 드러냈는데, 바로 남상원이었다. 능비령은 자신은 북상원으로 가야 되는 게 아닌가 잠시 망설였지만 생각해 보니 남상원이든 북상원이든 아무런 상관이 없을 것 같았다.

무외자 일행은 남상원의 외곽 도시들을 지나쳐 다시 칠 주야가량을 더 여행했는데 거대한 산봉우리가 가까워질수록 도시들은 더 화려하고 더 번잡했다.

결국 능비령과 무외자 일행이 남상원의 수도에 들어선 것은 결계를 통과한 지 열흘째 되는 날이었다.

'어느 곳이고 사람 사는 모습은 다 비슷하구나.'

능비령은 정화군의 용병으로 적지 않은 세월 동안 이역(異域)을 경험한 인물이었다. 말과 풍습이 다르고 심지어 피부색마저 다른 이족(異族)들 속에서 특이한 풍물이나 관습도 한두 번 겪어본 것이 아니었다. 때문에 삼천상원에 처음 들어왔으면서도 오히려 친숙한 느낌을 받았을 뿐이었다.

모든 게 중원과 거의 흡사했다.

물론 전체적인 국토의 넓이만 따진다면 중원과는 비교할 수 없을 정도로 좁았다. 삼천상원 전체의 넓이가 중원의 일 개 성(省)의 넓이에 불과했다. 하지만 도시는 자연 발생적으로 발달된 게 아니라 확실하게 설계한 뒤에 세웠기 때문에 중원의 도시들보다 더욱더 화려하고 잘 정돈된 느낌이었다.

능비령이 남상원의 수도에 들어선 후 가장 처음 느낀 것은 도시 전체를 뒤덮고 있는 미묘한 불안감이었다. 남상원 전체가 한창 전쟁 분위기에 휩싸여 있었던 것이다.

삼천상원은 이계의 시간으로 대략 삼백 년 전에 두 개의 나라로 갈라져 주기적으로 전쟁을 벌여왔는데 지난번 전쟁은 지금으로부터 오십 년 전에 있었다고 했다. 곧 지난 오십 년 동안은 휴전 상태로써 그나마 평화스러웠는데 머지않아 그 평화가 깨질 것 같은 분위기였던 것이다.

일행이 척자훈의 장원에 도착한 것은 저녁 무렵이었다.

장원은 매우 넓었다. 하인과 시비의 수효만 해도 오십 명이 넘을 듯한 규모였다.

대문을 지나자 포석이 깔려 있는 넓은 마당이 보였고 마당 뒤로 웅장한 돌계단이 본전(本殿)까지 이어져 있었다. 길이가 이십 장도 넘을 듯한 돌계단 양쪽에는 온갖 다양한 형태의 무인들 모습을 하고 있는 돌 조각들이 세워져 있어 무척이나 위압적이었다.

돌계단 끝의 전각은 장원 안에서 가장 높은 지대에 위치해 있었는데 마치 장원 전체를 내려다보는 듯한 형세였다.

일행을 따라 전각 안의 빈청에 들어선 능비령은 빈청을 둘러보며 내심 크게 놀라지 않을 수 없었다.

넓은 빈청에는 장원의 역대 주인들의 초상화가 벽면을 가득 메운 형태로 걸려 있었는데 마치 빈청에 들어선 손님들을 오만하게 내려다보는 듯한 느낌을 주고 있었다.

능비령은 새삼 척자훈과 척려려의 신분이 궁금해지지 않을 수 없었다. 이곳까지 오는 동안 많은 집들을 보았지만 척자훈의 장원은 그중에서도 가장 크고 화려한 것 같았다.

"자네는 모르고 있었겠지만… 척 형은 왕족 중 한 명이네."

유빙이 능비령의 궁금증을 풀어주려는 듯 부드럽게 입을 열었다.

척자훈이 쓴웃음을 머금은 채 능비령을 바라보았다.

"왕족이라고 해보았자 명분뿐이네. 같은 왕족들 사이에서도 잊혀져 가고 있는 몰락한 가문일 뿐이야."

척자훈의 말과 달리 집 안 전체에 활력이 넘치고 있었다.

바삐 움직이던 하인들과 시비들은 척자훈 일행과 마주치면 무척이나 반가워했다. 모두들 척자훈 일행이 돌아온 것을 진심으로 기뻐하는 태도였다.

저녁이 되어 척자훈 일행이 집으로 돌아온 것을 알고 손님들이 몰려들기 시작하자 이내 잔칫집 같은 분위기가 되고 말았다. 대부분 척자훈과 비슷한 또래의 청년들이었는데 어떻게 알고 왔는지 다 모이고 나니까 십여 명이 넘었다.

능비령은 척자훈이 권하는 바람에 어쩔 수 없이 후원의 정자에 마련

된 술자리에 끼어들었는데, 술이 몇 순배 돌아간 뒤에야 모여든 사람들 대부분이 남상원을 지배하고 있는 명문대가의 자제들이라는 것을 알게 되었다.

모두들 척자훈이 어디를 여행하고 돌아온 것인지 궁금해하는 눈치들이었지만 척자훈은 결계 밖으로 나간 사실에 대해 끝내 입을 열지 않고 얼버무렸다.

시간이 흐르자 대화는 점차 남상원의 정치나 왕성 내부의 암투 같은 심각한 이야기로 옮겨가며 더욱더 열기를 띠기 시작했다.

대화는 다시 북상원과의 전쟁 이야기로 이어졌는데 능비령이 가만히 듣고 있자니 척자훈과 그의 친구들은 북상원과의 전쟁에 반대하는 입장이었다. 왕실 내부에서도 전쟁을 해야 한다는 강경파와 싸우지 말자는 온건파로 나뉘어져 팽팽히 대립하고 있는 것 같았다.

능비령은 어차피 관심도 없었지만 어쩐지 더 이상 그들의 대화에 끼어들어서는 안 될 것 같은 느낌이 들어 슬그머니 정자를 빠져나왔다.

후원은 꽤 넓은 편이었고 손질이 잘되어 있었다. 각종 기화이초들이 아름다운 관상목들 사이에 운치있게 자리 잡고 있었는데 달빛을 받아 더욱 풍취가 있었다.

능비령은 정자에서 이십여 장 정도 떨어진 연못 앞에 도착해서야 걸음을 멈추고 후원의 풍광을 감상했다.

이계로 들어서고 난 뒤 이렇게 편안한 마음이 되어보기는 처음이었다. 마치 중원으로 돌아온 기분이었다. 마음이 편해지자 불현듯 중원의 일이 떠올랐다.

'도대체 어떻게 해야 중원으로 돌아갈 수 있을까?'

능비령은 내심 난감한 기분이었다. 여교가 주었던 밀법서의 내용은

방대하기 이를 데 없었지만 이계를 넘나들 수 있는 밀법에 대한 단서
는 없었다.

잠시 후 능비령은 문득 척자훈과 척려려의 신분이 왕족이라는 것을
새삼 떠올렸다.

'등 누이가 있던 북상원의 왕궁 서고 안에는 온갖 도교의 비전들이
비장되어 있다고 했다. 혹시 남상원의 왕궁에도 그런 서고가 있지 않
을까?'

삼천상원의 선조들은 원래 중원에서 법술을 사용해 스스로 이계로
넘어온 사람들이다. 만약 그때의 비전들이 보존되어 있다면 그 안에서
중원으로 돌아갈 수 있는 방법을 찾는 건 어렵지 않을 것 같았다.

능비령은 중원으로 돌아갈 수 있는 희망이 생긴 것 같아 들뜨지 않
을 수 없었다.

능비령은 다시 정자 쪽으로 가기 위해 몸을 돌렸다. 남상원에도 과
연 도교의 비전들이 보관되어 있는 왕궁 서고 같은 게 있는지 척자훈
에게 물어보기 위해서였다.

한데 정자와 가까워지는 순간, 능비령은 누군가가 후원의 가지가 무
성한 꽃나무 사이의 그늘에 숨어 정자 쪽의 대화를 엿듣고 있는 것을
목격할 수 있었다. 상대는 자신이 능비령에게 발각당한 걸 아직 모르
고 있는 것 같았다.

능비령은 잠시 망설이다가 모르는 척하며 그냥 정자로 다가가 유빙
을 손짓으로 조용히 불러냈다.

"누구냐?"

능비령이 숨어서 엿듣고 있는 인물에 대해 말을 꺼내기 무섭게 유빙
은 허리에서 검을 뽑아내며 꽃나무 뒤쪽을 향해 쏘아져 갔다.

펑!

꽃나무 뒤쪽의 담에 구멍이 뚫리며 그 사이로 그림자 하나가 사라져 갔다.

유빙이 담장 위로 뛰어올라 저 멀리 어둠 속으로 사라져 가는 그림자를 확인하고 뒤쫓으려는 순간 어느새 옆에 다가온 척자훈이 손을 내저었다.

"붙잡을 필요 없네. 누가 보낸 인물인지 이미 알고 있으니 말일세."

척자훈이 제지하자 유빙은 검을 거두고 담장에서 내려왔다.

소란을 듣고 장원을 지키고 있던 무사들도 달려왔지만 척자훈은 별일 아니라며 모두 제자리로 돌려보냈다.

잠시 후 손님들도 모두 돌아가 정자에는 유빙과 능비령, 척자훈만이 남게 되었다.

"좋지 않네."

유빙이 잔뜩 굳어져 있는 표정으로 척자훈을 바라보았다.

"뭐가 말인가?"

"자네는 지금 북상원과의 전쟁을 반대하는 세력의 중심 인물이 되어 있네."

"어떤 일이 있어도 전쟁은 막아야 하네."

"그렇다면 좀 더 적극적으로 나서야만 하네. 지금처럼 온건한 태도로는 그들을 막을 수가 없네."

"북상원과의 전쟁을 막기 위해서 전쟁을 주장하는 저쪽 친구들과 싸우기라도 해야 한다는 건가?"

척자훈이 억지로 웃음을 떠올리려 했지만 유빙의 표정은 단호했다.

"자네가 북상원과 내통하고 있다는 터무니없는 소문이 떠돌고 있는 걸 자네도 알고 있지 않은가. 저쪽 친구들은 있지도 않은 소문을 먼저 퍼뜨려 놓고 억지로 그 증거를 찾고 있는 중이란 말일세."

"백 년을 찾아보아도 있지도 않은 증거를 찾아낼 수는 없을걸세."

유빙의 진지한 표정에 비하면 척자훈은 태평하기 이를 데 없었다. 유빙이 고개를 저었다.

"자네는… 자네의 이런 태도가 오히려 북상원과 전쟁을 일으킬 수 있다고 생각해 본 적 없는가?"

"엉? 그게 무슨 말인가? 난 우리가 북상원과 전쟁을 하는 걸 정말로 있는 힘을 다해 막고 있는 중이란 말일세."

"강경파에서 만약 자네가 북상원과 내통하고 있다는 증거를 찾아낸다면 그 사실 자체만으로 북상원과 전쟁을 벌일 수 있는 충분한 명분이 되네."

"설마 그들이… 가짜 증거를 만들어 나를 제거한 뒤에 오히려 그것을 명분으로 북상원과 전쟁을 할 수도 있다는 건가?"

척자훈의 얼굴을 굳어졌다. 이제야 유빙이 염려하고 있는 것이 어떤 것인지 깨달은 듯 무거운 표정이었다.

사실 능비령이 자리를 뜨지 않은 것은 남상원의 왕궁 서고에 관해 척자훈에게 질문하기 위해서였다. 하지만 아무래도 오늘은 왕궁 서고에 관한 질문을 할 수 있는 분위기가 아닌 것 같아 결국 자신의 방으로 돌아가지 않을 수 없었다.

다음날 아침, 능비령은 식사를 마치자마자 척자훈을 찾아갔지만 그는 밖에 나가고 없었다. 시비의 말에 의하면 오후 늦게나 집에 돌아온다고 했다.

어차피 할 일도 없는 데다 척자훈이 돌아올 때까지 멍청히 기다리는 것도 따분해 능비령은 이 기회에 남상원의 이곳저곳을 구경하기로 마음먹고 장원을 빠져나왔다.

척려려라도 보였으면 밖에 나간다고 말을 해두고 나올 생각이었지만 어쩐 일인지 그녀의 모습도 보이지 않았다. 해서 결국 능비령은 아무에게도 말하지 않고 장원을 나온 셈이 되었지만 별로 신경 쓰지는 않았다.

길을 잃을 염려는 없었다. 척자훈의 장원이 근처에서 가장 큰 장원인데다 모든 길들이 바둑판처럼 정돈되어 있기 때문이었다.

잠시 후 능비령은 어느덧 저잣거리로 접어들게 되었다.

길 양쪽의 점포에 산처럼 쌓여 있는 온갖 물건들과 손님을 부르는 장사꾼들의 요란한 소리… 각종 음식을 파는 좌판들 사이를 신이 나서 뛰어다니는 어린아이들. 저잣거리의 풍경은 실로 중원과 완벽하게 똑같다고 할 수 있었다.

"정말이지 어딜 가나 사람 사는 곳은 다 비슷하단 말이야."

능비령은 남상원의 도시에 들어서며 품었던 생각을 다시 떠올리며 중얼거렸다. 오랜만에 많은 사람들이 북적거리는 곳에 들어서자 능비령은 기분이 흔쾌해져 시간 가는 줄 모르고 이리저리 인파에 휩쓸려 다녔다.

얼마의 시간이 흘렀을까?

별로 특별한 목적도 없이 한가하게 저잣거리를 구경하던 능비령은 문득 뒤에서 자신을 바라보는 시선을 느끼고 고개를 돌렸다. 하지만 그와 눈을 마주치는 사람은 한 명도 없었다.

'이곳에 날 아는 사람이 있을 리 없는데 아까부터 자꾸 누군가 날 바

라보는 듯한 기분이 느껴지고 있으니… 알 수가 없구나.'

벌써 몇 번째인지 가늠하기 어려웠다. 누군가가 그 자신을 바라보는 듯한 느낌을 받은 게 한두 번이 아니었던 것이다. 처음에는 그 느낌을 무시했지만 자꾸 반복되자 능비령으로서도 신경 쓰지 않을 수가 없었다.

잠시 후 또다시 자신을 바라보는 시선을 느낀 능비령은 슬쩍 뒤돌아보며 수유관을 펼쳤다. 역시 누구도 그와 시선을 마주치는 사람은 없었다. 저잣거리의 인파가 너무 많아 의심이 가는 인물을 고를 수도 없었다.

능비령은 마치 무심코 고개를 돌렸다는 듯 다시 시선을 돌린 후 저잣거리를 구경하며 걸음을 옮겼다.

아니나 다를까? 인파 속을 헤치며 채 십여 장을 나아가기 전에 능비령은 다시 누군가의 시선을 감지했다.

그는 다시 고개를 돌리며 수유관을 펼쳤다.

수많은 인파로 북적대는 저잣거리이긴 하지만 일부러 길을 바꾸고 또 시간 간격을 둔 채 두 번 수유관을 펼친 상태였다.

때문에 만약 누군가가 과연 능비령을 미행하며 유심히 지켜보고 있는 인물이 있다면 그 두 번의 수유관에 공통적으로 기억되어 있을 게 확실했다.

능비령은 수유관을 펼치며 기억해 둔 저잣거리의 풍경 두 개를 머릿속에서 떠올려 비교해 보기 시작했다. 저잣거리에는 수많은 사람들이 북적거리고 있었지만 그 사람들의 얼굴 하나하나는 물론이고 좌판 위의 물건들마저 선명히 기억되기 시작했다.

능비령은 두 장면을 동시에 떠올리며 그 속에 있는 사람들 중 같은 인물이 있는가 찾기 시작했다.

별안간 걸음을 멈춘 채 눈을 감고 가만히 서 있는 그의 이런 모습에 지나가던 사람들이 모두 고개를 갸웃거렸다.

이때 누군가 그의 어깨를 쳤다.

"뭐 하는 거예요? 이렇게 복잡한 곳에 우뚝 서 있으면 다른 사람들에게 방해가 된다구요."

능비령은 머리 속에 떠올린 두 개의 장면 속에서 중복되는 사람을 찾고 있다가 깜짝 놀라 눈을 떴다.

그의 눈앞에 척려려가 생글거리며 서 있었다.

"어, 어떻게……?"

능비령이 더듬거리자 척려려가 궁시렁거렸다.

"그건 내가 묻고 싶은 말이에요. 바깥 구경이 하고 싶으면 이야기를 하고 함께 나와야지 멋대로 혼자 나오면 어떡하냐구요."

능비령이 빙긋이 미소했다.

"절대로 길을 잃지 않을 자신이 있습니다."

"길을 잃을까 염려하는 게 아니에요. 당신은 정말 당신의 지금 입장이 아주 묘하다는 걸 잊은 거예요?"

"무슨 뜻입니까?"

척려려가 주위를 둘러보았다. 이어 저잣거리의 구석, 한적한 곳으로 능비령의 손을 잡아끌었다.

그녀는 정신 감응이 다른 사람들에게 감지되지 않을 만한 거리에 이르러서야 다시 감응을 열었다. 그나마 무척이나 조심스러워하는 듯 목소리로 치면 거의 속삭이는 목소리처럼 미약한 감응이었다.

"당신은 북상원 사람이잖아요. 내가 왜 그런 말을 했는지… 아직도 이해하지 못하겠어요?"

"그건……."

일시지간 능비령은 할 말을 잃었다. 척려려 일행을 처음 만났을 때 자신이 북상원 사람이라고 말해 둔 게 그제야 생각이 났다.

척려려가 조심스레 말을 이었다.

"물론 오빠에 대한 소문이 터무니없다는 것은 나도 잘 알고 있어요. 하지만 이런 시기에 북상원 사람인 당신이 만에 하나 전쟁을 주장하고 있는 강경파 사람들에게 잡히기라도 하게 되면 소문이 사실로 되어버린다고요."

'일이 우습게 되어버렸군. 사실 난 북상원 사람도 아니지만 이제 와서 아니라고 할 수도 없게 되었구나.'

능비령은 그제야 척려려가 다급해하던 이유를 깨달을 수 있었다. 보아하니 능비령이 없어진 걸 알고 황급히 그를 찾으러 다닌 것 같았다.

척려려가 말을 이었다.

"사실 오빠는 당신을 은밀히 북상원으로 보내줄 방법을 찾아보고 있어요. 아침에 일찍 나간 것도 그 때문이었어요."

능비령이 내심 고개를 저었다.

'북상원으로 보내는 것보다 왕궁 서고에 들여보내 주는 게 내게는 훨씬 도움이 될 텐데…….'

이때, 돌연 능비령의 눈이 커졌다. 저잣거리 저 안쪽으로 서너 명의 저인(猪人)들이 걸어가고 있는 것이 눈에 들어왔던 것이다.

사람들처럼 옷을 걸치기는 했지만 남루하기 이를 데 없었다. 게다가 모두들 오른쪽 발목에 철로 만들어진 족쇄를 차고 있었고, 족쇄의 고리와 고리 사이에는 한 줄의 긴 쇠사슬이 연결되어 있었다. 한눈에 보아도 노예라는 것을 알 수 있었다.

능비령이 놀란 가장 큰 이유는 그 저인들 속에 마역에서 헤어졌던 단다가 섞여 있었기 때문이다.

"저 저인들은……?"

능비령이 망연히 입을 열자 척려려가 대수롭지 않다는 듯 입을 열었다.

"북상원은 저인들을 노예로 쓰지 않는다고 하더니 정말인가 보네요. 저인 노예들을 처음 봐요?"

"저 저인들은 어디로 가는 겁니까?"

저인 노예들의 선두에는 그들을 통솔하는 사십 대의 장년인이 한 사람이 있었고 뒤쪽에는 노예들의 도주를 막기 위해서인지 건장해 보이는 청년들 두 명이 따르고 있었다.

"시장에서 구입한 물건들을 나르기 위해 온 노예들이에요. 노예를 통솔하고 있는 저 사람은 내가 아는 사람인데 바로 백각(白閣)의 사람이에요."

"백각?"

능비령은 마음이 다급하기 이를 데 없었다. 단다가 포함된 저인 노예들이 점차 인파 사이로 멀어져 가고 있었다.

"백각은 이곳 왕도에 거처를 두고 있는 왕족들 중에서 가장 세력이 큰 곳이에요. 흥! 우리 집안 일이라면 사사건건 시비를 걸어오는 꼴 보기 싫은 집안이라구요. 이번에 북상원과의 전쟁을 고집하는 것만 해도 사실은 자기 가문의 이익을 위해서인데."

척려려는 입술을 내밀고 무어라 더 이야기하려다 문득 입을 다물었다. 그녀의 태도를 보아하니 능비령이 북상원 사람이라는 생각을 떠올린 것 같았다.

척려려가 문득 능비령의 팔을 잡아끌었다.

"자, 기왕에 나왔으니 내가 안내를 해줄게요. 하지만 그전에 먼저 우린 배를 채워야 할 거예요."

능비령은 척려려의 말을 듣고 나서야 시장하다는 것을 깨달았다. 정신없이 이곳저곳을 구경하다 보니 시간이 꽤 흘렀던 것이다.

척려려는 시장을 벗어나 가장 가까운 식당으로 들어섰다.

식당의 1층은 식탁과 식탁이 맞붙어 있어 혼잡했지만 2층은 각기 방으로 꾸며져 있었다. 척려려는 다른 사람들의 시선이 싫다는 듯 2층의 방을 잡았다.

방은 일행들끼리만 오붓하게 음식과 술을 즐길 수 있는 구조로써 사방에 분재(盆栽)와 서화들이 장식되어 있었지만 능비령은 단다에 대해 생각하느라 방을 둘러볼 정신도 없었다.

잠시 후 척려려는 숙수(熟手)에게 직접 이것저것 음식에 대해 세세하게 주문할 게 있다며 나갔고 능비령 혼자 방 안에 앉아 단다를 구출해 낼 궁리를 하고 있었다.

"찾았다!"

느닷없이 방의 한구석에서 반가워하는 음성이 터져 나왔다.

능비령은 깜짝 놀라 음성이 들려온 곳으로 눈을 돌렸다. 놀랍게도 음성이 들려온 곳은 입구 한쪽 옆에 놓여 있는 손을 씻는 물 그릇 속이었다.

더욱 놀라운 광경은 능비령이 물 그릇을 멍청히 바라보는 순간 그 속에서 한 사람이 천천히 솟아오르고 있다는 점이었다.

고목의 껍질처럼 굵은 주름살들이 얼굴을 온통 뒤덮고 있는 중년인,

바로 수경망 고랍이었다.

"당신은⋯⋯?"

능비령은 크게 놀라 망연히 중얼거렸다. 수경망 고랍이라면 예전에 흑화고가 법력 무기에 관한 정보를 알아내기 위해 그를 불러냈을 때 한번 본 기억이 있었다.

'수경(水鏡)의 세계는 이계까지도 통할 수 있단 말인가?'

"가자!"

수경망 고랍이 대뜸 손을 내밀었다.

"어, 어딜⋯⋯?"

능비령은 당황하지 않을 수 없었다.

수경망 고랍이 어이가 없다는 듯 능비령을 바라보았다.

"어디는 어디겠느냐! 난 널 흑화고 부 저저에게 데려다 주어야 한다. 중원으로 돌아가기 싫다는 것이냐?"

"그, 그건 아니고⋯⋯."

능비령은 일시지간 당황해서 쩔쩔매지 않을 수 없었다.

지금까지 어떻게 하면 중원으로 돌아갈 수 있을까 고심해 오던 그가 아니던가. 한데 막상 중원으로 돌아가게 되자 많은 생각이 한꺼번에 떠올랐다.

백저족의 왕에게 도전한 율은 어떻게 되었는지, 남상원과 북상원의 전쟁은 과연 어떻게 될 것인지 등등⋯ 궁금한 것이 한둘이 아니었다. 하지만 능비령이 망설이는 가장 큰 이유는 노예로 잡혀 있는 단다 때문이었다. 최소한 단다를 노예의 신분에서 해방시켜 저인족 부락으로 보내주어야 할 것만 같았던 것이다.

"이곳에서 아직 끝내지 못한 일이 남아 있는 모양이군. 하지만 이 수경의 길은 곧 닫힌다. 게다가 다음에 다시 열 수 있다고 기약할 수도 없는 처지이니 빨리 결정해라."

"저어… 혹시 나중에 다시 이곳으로 올 수 있는 방법이 있을까요?"

"넌 처음에 어떻게 이곳으로 오게 되었느냐?"

수경망 고랍이 이상하다는 표정으로 능비령을 바라보았다. 그제야 능비령은 천뢰도의 자신의 거처에 남아 있는 나륜으로 통하는 족자를 떠올렸다.

언제라도 나륜에 올 수 있다는 것을 깨달은 능비령은 수경망 고랍을 향해 고개를 끄덕였다.

"내 뒤를 잘 따라오너라. 그냥 따라오기만 하면 된다."

수경망 고랍이 물 그릇 쪽으로 몸을 돌렸다.

수경망 고랍은 단지 물 그릇을 향해 걸어갔을 뿐이었다. 하나 그 순간 능비령의 눈에 그의 몸이 점차 작아지며 물 그릇 속으로 빨려 들어가는 것처럼 보였다.

능비령은 수경망 고랍의 뒤를 따라가면서도 자신이 과연 그처럼 물 그릇 속으로 들어갈 수 있을까 염려스러웠지만 눈을 돌려보니 어느새 알 수 없는 곳에 들어와 있는 자신을 발견할 수 있었다.

사방이 모두 어둠에 가려져 있었다. 그 가운데 한 가닥 길게 뻗은 길만이 앞에 선명히 떠올라 있는데 그 끝이 얼마나 먼지 짐작조차 할 수 없을 것 같았다. 길의 아득한 저쪽 끝에 마치 동굴 안 깊은 곳에서 동굴의 입구를 보는 것처럼 출구가 작은 동그라미 형태로 환하게 보이고 있었다. 능비령으로서는 모든 것이 신비할 뿐이었다.

'수경의 길이라……'

잠시 후 능비령은 수경망 고랍의 뒤를 따라 걷기 시작했다. 하지만 눈에 보이는 길로 곧바로 가면 중원이 나타난다는 것이 아직은 믿어지지 않는 기분이었다.

한데 백 장 정도 걸어갔을까?

한 걸음 앞서 걷고 있던 수경망 고랍이 돌연 몸을 멈춰 세웠다.

"믿을 수가 없군."

능비령은 그의 얼굴이 잔뜩 굳어져 있는 것을 보고 무슨 일인가 좋지 않은 일이 생겼다는 것을 짐작할 수 있었다.

"누군가… 내가 만든 수경의 길을 통해 우리를 뒤따라오고 있다."

"그런 일이… 가능합니까?"

"어렵지만 불가능하지는 않다."

능비령은 밀법에 대해 아는 게 많지는 않았지만 수경망 고랍이 만든 수경의 길에 다른 사람이 들어온다는 것이 결코 쉬운 일이 아니라는 것은 알고 있었다.

수경망 고랍은 몸을 멈춰 세운 채 뒤를 돌아보며 망설였다.

능비령이 고개를 돌려 뒤를 바라보니 그들이 걸어온 길은 보이지 않았고 뒤로는 그저 암흑만이 존재했다.

수경망 고랍이 능비령을 향해 입을 열었다.

"아무래도 안 되겠다. 난 내가 만든 수경의 길에 누가 들어온 것인지 확인을 해야겠으니 너 혼자 가거라."

"하지만……."

"앞에 보이는 길을 똑바로 따라가면 천뢰도의 연못으로 나가게 된다. 중간에 여러 갈래의 길들이 나오겠지만 절대로 옆길로 들어서면 안 된다."

능비령이 무어라 입을 열기도 전에 수경망 고랍의 몸은 이미 어둠 속으로 녹아드는 것처럼 사라져 버리고 없었다.

'설마?

이 순간, 한 가지 생각이 뇌전처럼 능비령의 뇌리를 스쳐 갔다. 터무니없다는 생각이 들었지만 가능성있는 일이기도 했다.

능비령은 세차게 고개를 저었다. 가슴 저 아래에서 솟아나고 있는 불안감을 떨쳐 버리기 위한 행동이었다.

2

사방이 온통 칠흑 같은 어둠에 잠겨 있는 가운데 한줄기 길만이 밝게 떠올라 있었다.

일직선으로 곧바로 연결되어 있는 수경의 길을 따라가는 것은 사실 어렵지 않았다. 시선을 옆으로 돌리면 깊이를 알 수 없는 암흑뿐인지라 어쩐지 으스스한 전율이 느껴졌지만 일부러 방향을 틀지 않는 한 길에서 벗어날 염려도 없었다.

한데 일각 정도 계속 걷는 사이에 한 가닥으로 곧게 이어져 있던 수경의 길이 세 갈래로 나뉘어졌다. 세 갈래로 나뉘어진 수경의 길은 폭과 밝기가 서로 똑같았고 그 끝이 아득한 어둠 저쪽으로 이어져 있는 것도 모두 마찬가지였다.

능비령은 눈앞에 세 개의 길이 모습을 드러내자 당황하지 않을 수 없었다.

'옆길로 들어서지 말고 똑바로 가라고 했었는데…….'

능비령은 수경망 고랍이 한 말을 가만히 떠올려 보며 세 개의 길 중 가운데 길로 들어섰다.

다시 일각을 걸어가자 길이 또 나뉘어졌다. 하지만 이번에는 능비령이 걷고 있던 원래의 길은 그대로인 채 옆으로 폭이 작은 길들이 이어져 있는 형태이기 때문에 혼동되지 않았다.

'도대체 언제까지 이 길을 가야 하는 것일까?'

세 갈래, 혹은 다섯 갈래로 나뉘어진 길을 몇 번이나 지나왔을까?

능비령은 돌연 자신이 가고 있는 길 저 앞이 환하게 밝아지는 것을 목격하고 수경의 길이 끝났음을 직감적으로 깨달았다.

어두운 동굴 안에서 오랫동안 헤매다가 환한 동굴 밖으로 나왔을 때처럼 빛이 눈으로 쏟아져 들어오며 일시적으로 시야를 가렸다.

"수경망 고랍이라는 사람이 분명히 똑바로만 가면 천뢰도의 별채에 있는 연못으로 나갈 수 있다고 했는데 여긴 어디일까?"

능비령은 밝은 빛에 적응이 된 뒤에 주위를 둘러보았다. 예상했던 것과 달리 천뢰도의 연못 앞이 아니었다.

"언니! 저 사람… 물속에서 나왔어!"

능비령이 어리둥절 주위를 둘러보는 순간 어디선가 놀란 음성이 들려왔다.

능비령이 서 있는 곳은 어떤 커다란 호수 앞이었는데 누가 보아도 그의 자세가 괴이했다. 마치 호수 속에서 걸어나온 듯 호수를 등진 채 한 걸음을 호변으로 내디딘 자세였던 것이다.

고개를 돌려 옆을 보니 8, 9세가량 된 여자 아이가 호숫가에 세워져 있는 다루(茶樓)의 창가 좌석에 앉아 창 너머로 능비령을 바라보고 있었다. 도깨비를 본 듯한 놀란 표정이었다.

"어… 안녕?"

능비령은 태연히 미소하며 소녀를 향해 손을 흔들어주었다. 소녀는 자신도 모르게 따라서 손을 흔들며 더욱 멍청한 표정을 머금었다.

능비령은 서둘러 걸음을 옮겼다. 다른 사람들이 이상하게 여길 것 같아 황급히 호숫가를 벗어나려는 것일 뿐 특별한 목적이 있는 것은 아니었다.

한데 막 첫걸음을 내딛던 능비령은 크게 놀라지 않을 수 없었다. 단지 가볍게 한 걸음을 내디딘 것 같은데 놀랍게도 그의 몸은 붕 떠올라 삼 장을 미끄러지고 있었다.

몸이 깃털처럼 가볍다고나 할까? 지금까지 무언가 보이지 않는 물체에 짓눌리고 있던 몸이 해방된 것 같은 느낌이었고 가볍게 지면을 박차면 그야말로 하늘 높이 솟아오를 것 같은 기분이 들었다.

'그렇구나. 처음에 나륜에 떨어졌을 때 몸이 무겁게 느껴졌는데 이제 나륜에 몸이 적응된 상태에서 중원에 돌아왔으니 몸이 가벼울 수밖에.'

능비령은 나륜에서의 생활이 결과적으로 큰 이득이 되었음을 깨달았다. 어찌 보면 마치 물속 깊은 곳에서 물의 압력을 받으며 훈련을 한 것이나 마찬가지였다.

힘이 너무 넘쳐 오히려 걸음을 옮기는 것조차 어색했다. 자꾸 위로 솟구칠 것 같아 발에 힘을 주면 이번에는 발이 두 치가량이나 지면 속으로 파고들었다.

능비령은 바로 삼 장 앞에 있는 다루를 목적지로 삼아 힘을 조절하는 법을 연습하며 걸어가기 시작해 결국 다루에 도착했을 무렵에는 스스로의 몸을 통제할 수 있었다.

능비령은 기왕에 다루의 입구에 도착한 김에 아예 다루 안으로 들어섰다. 원래는 차를 마실 생각이 전혀 없었지만 다루를 대하자 불현듯 오랫동안 차를 마시지 못한 게 떠올라 차를 마시고 싶은 충동이 느껴진 것이다.

다루에 들어가 자리에 앉고 보니 공교롭게도 조금 전에 능비령이 호수 속에서 걸어나오는 것을 목격한 소녀의 맞은편 자리였다.

소녀는 타는 듯 붉은 홍의를 걸치고 머리에 역시 붉은 화관(花冠)을 쓰고 있었는데 피부가 희고 이목구비가 또렷해 귀엽기 이를 데 없었다.

홍의소녀의 맞은편에는 검은색의 경장을 걸친 사람이 앉아 있었다. 능비령 쪽에서는 뒷모습밖에 보이지 않아 남자인지 여자인지조차 알 수 없었다.

홍의소녀는 능비령이 다루에 들어서서 맞은편 자리에 앉을 때까지 빤히 지켜보다가 불쑥 입을 열었다.

"저어… 물속에서 한 사람이 더 나왔어요. 아까 오빠가 나온 그 자리에서."

능비령은 깜짝 놀라 홍의소녀를 바라보았다.

무언가 신기한 일이 자신의 주변에서 일어났고, 자신이 그 신기한 일을 벌인 사람에게 말을 걸고 있다는 자체가 무척이나 대견스럽다는 듯 홍의소녀는 잔뜩 상기된 표정이었다.

능비령은 그녀가 거짓말을 한다고는 생각할 수 없었다.

"내 뒤에… 또 한 사람이 물속에서 나왔다고 했느냐? 내가 나온 그 자리에서?"

"응. 오빠도 잘생겼지만… 나중에 나온 오빠가 더 잘생겼어. 하지만 난 오빠가 더 맘에 들어."

질문의 핵심을 비껴간 엉뚱한 대답이기는 했지만 누군가 수경의 길을 통해 능비령의 뒤를 따라나온 것만은 사실인 것 같았다.

'누굴까? 어떻게 수경망 고랍을 따돌린 것일까?

능비령은 자신도 모르게 홍의소녀 옆의 창을 통해 밖을 살펴보았지만 보이는 것이라고는 호수의 경치뿐이었다.

이내 한 주담자의 차와 찻잔이 나왔지만 능비령은 차를 마실 생각도 잊은 채 생각에 잠겨들었다.

'남상원의 시장에서부터 누군가가 멀리서 나를 지켜보며 내 뒤를 따라오고 있는 듯한 느낌을 받았다. 살기가 전혀 없어 처음에는 느끼기 힘들 정도였지. 그 사람이 과연 수경의 길을 통과해 여기까지 날 따라온 것일까? 도대체 누구란 말인가?

능비령이 고개를 저었다.

그러다가 자신을 빤히 바라보고 있는 홍의소녀의 시선을 느끼고 눈을 들어 그 아이를 향해 짐짓 환한 미소를 던져 주었다. 한데 홍의소녀가 괴이한 표정이 되어 그를 바라보고 있지 않은가?

능비령은 그녀의 눈동자가 자신의 얼굴이 아니라 몸의 이곳저곳을 보며 움직이고 있는 것을 깨닫고 그녀의 시선을 따라 자신의 몸을 내려다보았다.

옷 속에서 무언가 꿈틀거리며 빠르게 움직이고 있는 게 눈에 들어왔다.

능비령이 피식 실소를 터뜨렸다.

화고 역시 중원에 돌아오자 몸이 민활해진 것을 느끼고 기분이 좋아 옷 속에서 능비령의 몸을 타고 이리저리 움직이고 있었던 것이다.

"어, 언니! 저 오빠… 정말 이상해. 옷 속에서 뭔가 꿈틀거리고 있어."

홍의소녀가 능비령을 보며 겁먹은 음성으로 다시 입을 열었다. 맞은편에 앉아 있는 검은 옷을 입은 사람에게 한 말이 분명했지만 괴이하게도 그 사람은 마치 홍의소녀의 말을 듣지 못한 것처럼 미동도 하지 않았다.

능비령은 손을 뻗어 옷 위에서 화고를 잡으며 입을 열었다.

"간지러! 화고, 그만 해라!"

능비령이 옷 밖에서 화고를 잡았다가 놓자 화고는 쪼르르 팔을 타고 내려와 소매 끝을 통해 옷 밖으로 튀어나왔다.

화고는 일단 능비령의 소매 밖으로 나오자 껑충껑충 뛰기도 하고 식탁 위에 뛰어오르기도 하며 능비령의 주위를 빠르게 맴돌기 시작했는데 몸이 가벼워 무척이나 신이 난 것 같았다.

겁먹은 듯 위축되어 있던 홍의소녀의 표정이 순식간에 밝아졌다.

"와아! 오빠! 그게 뭐예요?"

"이놈의 이름은 화고란다. 한번 불러보렴."

"정말 불러도 돼요? 화고야, 이리 와. 응! 이리 좀 와. 어서!"

홍의소녀가 환호성을 터뜨리며 화고를 부르자 화고는 허공을 가로질러 그녀의 식탁으로 건너뛰었다.

홍의소녀는 자신의 앞에 의젓하게 앉아 눈을 마주치고 있는 화고를 보며 기뻐서 어쩔 줄을 몰라 했다.

"만져도 되니?"

홍의소녀가 화고에게 말을 걸며 조심스레 손을 뻗었다. 화고는 피하지 않은 채 몸을 만지고 털을 쓰다듬는 소녀의 손에 몸을 맡겼다.

능비령은 홍의소녀의 앞에 앉아 있는 사람의 행동이 어딘가 기이하다는 것을 느꼈다. 화고가 식탁 위에 앉아 있는데도 앞을 바라보고 있는 얼굴의 각도가 변하지 않았다. 어떻게 보면 움직이지 못하는 석상 같았다. 비록 뒷모습밖에 볼 수 없었지만 능비령은 그 사람이 정상이 아님을 깨달을 수 있었다.

"화고, 가자!"

잠시 후 능비령은 갈증이 어느 정도 풀리자 몸을 일으켰다. 능비령이 일어나기 무섭게 화고는 허공을 가로질러 능비령의 어깨로 올라왔다가 쪼르르 팔을 타고 내려와 소매 속으로 들어갔다.

홍의소녀는 화고와 헤어지는 것을 무척이나 아쉬워하는 눈치였으나 이내 체념한 듯 손을 흔들었다.

"오빠, 안녕! 화고도 잘 가."

능비령은 홍의소녀에게 답례를 하며 슬쩍 그녀의 맞은편 자리에 앉아 있는 사람을 살펴보았다.

'분명히 언니라고 부른 것 같은데?'

능비령은 내심 흠칫 놀라지 않을 수 없었다.

홍의소녀의 앞에 앉아 있는 사람은 안색이 파리한 30대 초반의 중년인이었다. 얼굴에 핏기라고는 하나도 없어 마치 시체를 보는 것 같았다. 하나 기이하게도 허공에 고정되어 있는 눈동자는 맑고 그윽했다. 푸른빛이 도는 시체 같은 얼굴과는 전혀 어울리지 않는 눈이었다.

능비령은 살짝 드러난 새하얀 목덜미를 보고 고개를 끄덕였다.

'흠… 원래는 여자인데 인피면구를 쓰고 남장을 한 것이로구나.'

인피면구를 쓴 여인의 분장은 완벽하지 않았다. 소매 밖으로 드러나 있는 손은 변장을 하기 위해 일부러 더럽혀져 있었지만 소매 안의 피부는 원래의 깨끗한 피부 그대로였다.

게다가 홍의소녀는 남이 듣든 말든 언니라고 칭하고 있으니 어떻게 보면 애써 변장한 것이 헛일이었다. 홍의소녀가 아직 나이가 어려 생각이 깊지 않은 것인지, 아니면 언니가 변장한 것을 순간적으로 잊은 것인지 알 수가 없었다.

'불쌍하게도… 앞을 보지 못하는구나. 어디를 가는지는 몰라도 저 어린 동생에 의지해서 여행을 하고 있으니 참으로 안타깝구나.'

능비령은 그녀의 눈이 초점이 맞지 않은 상태에서 허공 한 점에 고정되어 있는 것을 보고 그녀가 앞을 보지 못한다는 것을 알 수 있었다.

능비령이 통과한 수경의 길의 출구는 동정호(洞庭湖)의 가장자리, 물이 고여 있는 여울진 곳이었다. 천뢰도까지는 대충 계산해 봐도 최소한 한 달 이상 여행해야 하는 거리였다.

능비령은 엉뚱하게도 동정호를 통해 중원으로 돌아온 것이 의외이기는 했지만 마침내 중원으로 돌아온 것만을 기뻐했다. 그리고 다시 생각해 보니 천뢰도로 가는 일은 급할 게 없었다.

물론 흑화나 여교의 일이 궁금했지만 우선은 자신의 출신 내력을 알아내기 위해 북당하에 가서 그림 그리는 장 노인을 찾아보는 게 더 시급했다.

북당하에 가려면 호북성을 거쳐 하남성을 통과해야만 했다. 그리고 천뢰도는 섬서성에 있으니 천뢰도를 가든 북당하를 가든 일단 하남성까지는 같은 방향이라고 할 수 있었다.

능비령은 일단 하남성에 도착한 뒤 행선지를 결정하기로 마음먹고 다루를 빠져나와 가까운 식당을 찾았다. 남상원에서 척려려와 함께 식당에 들어가긴 했지만 수경망 고랍을 만나 곧바로 중원으로 돌아오느라 음식은 구경도 못했던 것이다.

주루 안으로 들어가 빈자리를 찾던 능비령은 문득 구석 창가에 앉아 있는 한 청년과 눈을 마주쳤다.

먼지 한 점 묻어 있지 않은 깨끗한 백의를 걸친 청년이었다. 얼굴 또한 분을 바른 듯 희고 고왔는데 창백한 백색이 아니라 건강미가 넘치면서 귀티가 엿보이는 흰 얼굴이었다.

대략 이십 대 중반 정도 되어 보이는 백의청년은 능비령과 눈이 마주치자 우호적인 미소를 머금었는데 마치 잘 알고 있는 사이처럼 무척이나 친근하게 느껴지는 미소였다. 입가에 떠올라 있는 환한 미소 이외에도 눈 역시 웃고 있었는데 항상 그런 것처럼 버릇으로 굳어진 듯한 인상이었다.

능비령은 일시지간 어리둥절하지 않을 수 없었다.

그는 백의청년이 자신이 아는 사람인가 하고 기억을 더듬어보아야만 했다. 하지만 다시 생각해 봐도 모르는 사람이라 의아해하며 백의청년을 바라보았지만 그는 이미 창밖을 바라보고 있었다.

이윽고 음식이 나오자 정신없이 배를 채운 능비령은 어느 정도 시장기가 가시자 여유를 갖고 식당 안을 둘러보았다. 대부분의 식당들처럼 술과 음식을 함께 파는 곳이었는데 아직 시간이 일러 술 손님보다는 음식 손님이 더 많았다.

이때, 문득 한 생각이 능비령의 뇌리를 스쳐 갔다. 남상원의 시장 거리에서 누군가 자신의 뒤를 미행하던 느낌을 받아 수유관을 펼쳤던 것이 생각난 것이다.

능비령은 눈을 감고 두 장면을 차분히 떠올려 그 안에 담겨 있는 사람들 모두를 한 명씩 비교해 보기 시작했다.

잠시 후 감겨져 있던 그의 눈이 번쩍 뜨여졌다.

그의 눈은 충격으로 부릅떠져 있었다. 수유관으로 기억해 둔 남상원의 시장 거리에서 놀라운 것을 찾아낸 때문이었다.

두 개의 장면 속에 중복되고 있는 사람은 모두 세 명이었는데 그중 두 명은 우연히 능비령과 같은 길을 걸었다고 단정할 수 있었지만 다른 한 명은 아니었다.

우호적인 입가의 미소와 웃고 있는 눈, 먼지 한 점 묻어 있지 않은 희디흰 백의와 고귀한 기품을 느끼게 만드는 흰 얼굴, 게다가 그 눈은 두 번 모두 능비령을 바라보고 있는 상태였다.

능비령은 크게 놀라 벼락같이 고개를 돌려 한 지점을 바라보았다. 하지만 조금 전에 창가에 앉아 있던 백의청년은 언제 나갔는지 보이지 않았다.

"이럴 수가! 조금 전에 창가에 앉아 있던 그 백의청년이 남상원의 시장에서 날 주시하며 내 뒤를 쫓고 있던 사람이었다니……!"

능비령은 전율하지 않을 수 없었다. 백의청년의 정체를 깨달았기 때문이었다.

'흑태세다! 그가… 내 뒤를 따라 중원으로 건너온 것이다!'

능비령은 망연히 중얼거렸다. 전율과 공포가 그의 전신을 휘감았다.

제11장
법신검의 추적자들

1

여교가 풍전소를 찾기 위해 단리수아의 거처를 기웃거린 것은 늦은 저녁 무렵이었다. 해가 길어 아직 노을이 남아 있기는 했으나 시간은 이미 술시(戌時)에 이르러 있었다.

"풍전소는… 어디 갔어요?"

여교가 들어오지 않고 입구에서 고개만 들이밀고 안을 두리번거리자 단리수아가 빙긋이 미소했다.

여교는 단리수아가 미소하는 것을 보며 짐짓 어깨를 으쓱해 보였다.

"왜 웃어요? 그냥 안 보여서 물어본 것뿐이에요. 술 마시러 온 게 아니라니까요."

서둘러 변명을 하다 보니 오히려 술을 먹으러 왔다고 자백하는 셈이 되고 말아 여교는 헤~ 하고 웃지 않을 수 없었다.

'치잇! 왜 수아 언니 앞에만 서면 자꾸 위축되는지 모르겠어. 특히

모든 걸 다 알고 있다는 듯한 저런 미소가 날 주눅 들게 만든다니까.'

단리수아는 추배도를 읽고 난 뒤부터 거의 말이 없는 편이었다. 하지만 기이하게도 거리감은 생기지 않았다.

단리수아가 부드럽게 웃으며 입을 열었다.

"풍전소는 오늘쯤 네가 술을 먹고 싶어할 거라면서 안줏감을 잡아보겠다고 나갔어."

"안줏감을 잡으러 가다니요?"

"천뢰도 내원 뒤쪽은 산세가 험하고 숲이 울창해서 산짐승들이 많아."

"아니, 내 말은 그게 아니고 안주는 그냥 아무 데서나 가져오면 되지 새삼스럽게 짐승을 잡아서 안주를 만들겠다고 하니까 이상하다는 거예요."

"네가 다른 데서 훔쳐 오는 안주를 싫어했잖아."

"그거야 제사 음식을 가져오니까 그렇지 다른 음식들은 괜찮다구요."

단리수아와 여교가 대화를 나누고 있는 사이에 풍전소가 돌아온 기척이 들려왔다. 여교가 밖으로 나가 보니 과연 풍전소는 산꿩 두 마리를 잡아왔는데 후원의 정자 앞에서 바로 요리를 하려는 듯 이것저것 준비를 하고 있었다.

"조금만 기다려. 곧 안주를 만들 테니까."

"너… 요리도 할 줄 아니?"

"아버님이 돌아가신 뒤부터 혼자 살았어. 얻어먹는 것보다는 내가 직접 만들어 먹을 때가 더 많았어."

풍전소는 진흙을 구해와 반죽한 뒤 꿩의 몸뚱이에 바른 후 모닥불을 피워 불에 굽기 시작했다. 고기가 익는 사이에 풍전소는 정자 바닥에 돗자리를 깔고 술 몇 병을 술 창고에서 전이시켜 왔다.

잠시 후 진흙이 말라가며 고기 익는 냄새가 나기 시작했다. 풍전소가 진흙을 떼어내자 꿩의 털이 진흙과 함께 떨어져 나가고 하얀 살이 드러났다. 양념이라고는 단지 소금뿐이었지만 무척이나 맛있어 보였다.

"하여간 나이는 어린 놈이 먹고 마시고 노는 일에는 뛰어난 재주가 있다니까. 난 네가 요리도 잘하는 줄은 정말 몰랐어."

여교는 군침을 삼키며 풍전소를 칭찬했다.

"그게 뭐지? 맛있어 보이는구나."

풍전소가 여교의 칭찬에 멋쩍어하는 미소를 머금는 순간 별채의 입구 쪽에서 흑화고의 음성이 들려왔다.

"어서 오세요. 언니는 먹을 복이 있네요."

여교가 반색하며 고개를 돌리다가 흠칫 굳어졌다. 흑화고의 표정이 어딘가 긴장되어 보였던 것이다.

후원에 달빛이 눈처럼 하얗게 깔리기 시작했다.

술자리는 오늘따라 이상하게도 흥이 나지 않았다. 흑화고 때문이었다. 아직까지 아무런 말도 하지 않고 내색도 하지 않았지만 그녀는 무언가 걱정거리가 있는 듯 말이 없었다.

풍전소는 술이 서너 순배나 돌도록 흑화고의 표정이 굳어 있는 것을 대하고 고개를 저으며 입을 열었다.

"무슨 일이 있습니까? 기분이 좋지 않아 보여요."

흑화고는 풍전소에게 대답하지 않고 여교를 바라보았다.

"그가 돌아왔어. 어디에 있는지는 모르지만 이계에서 돌아온 건 확실해. 조금 전에 그를 느꼈어."

"비령 오빠가 돌아왔단 말이에요?"

여교가 뛸 듯이 기뻐했다.

흑화고가 고개를 저었다.

"빠른 시일 내에 비령을 찾아야 해. 그렇지 않으면 위험해져."

"비령 오빠가 위험해진다고 했나요? 그게 무슨 뜻인가요?"

흑화고는 어디서부터 이야기해야 할지 모르겠다는 듯 잠시 망설이다가 능비령이 정극풍천의 법신검을 계승받은 일을 들려주었다.

"수행이 깊은 밀법의 고수들은 법신검을 알아볼 수 있어. 눈에 보이는 거야. 선명하게!"

"법신검이라는 게 일종의 기(氣)라고 하지 않았나요? 몸속에 있는 기가 어떻게 다른 사람의 눈에 보일까요?"

"그러니까 감응한다고나 할까? 비령이 그들과 마주치게 되면 위험해. 법신검을 뺏기 위해 죽이려 들 테니까."

"어떻게 해야 하나요?"

여교는 능비령이 어디에 있는지도 모르면서 당장이라도 달려갈 듯한 태도였다.

"우선은 그가 어디에 있는지 알아내기 위해 천뢰도의 정보망을 총동원시킬 예정이야. 하지만 십승관의 후계자 쟁탈전이 본격적으로 진행되고 있는 상황이라 여의치가 않아."

"아… 그래서 언니의 표정이 어두웠군요."

이때 돌연 흑화고가 머리를 들어 달을 쳐다보았다.

창백한 달이었다. 그러면서도 정답게 웃는 듯한 달이었다.

하지만 명확히 말하자면 그녀는 지금 달을 보고 있는 것이 아니었다. 그녀가 보고 있는 것은 육반산의 수많은 봉우리들 중 만월이 걸려 있는 어느 산정(山頂)이었다.

언제부터인가 하얀 달빛과 정적 속에서 기이한 피리 소리가 끊어질 듯이 이어지며 육반산 전체로 울려 퍼지고 있었다. 하지만 단지 느껴야 하는 소리일 뿐 귀로는 피리 소리를 들을 수가 없었다. 예의 피리 소리는 인간의 가청 범위를 벗어난 영역에서 울리는 소리였던 것이다.

흑화고는 예의 피리 소리가 울려 퍼지고 있는 산정을 잠시 바라보다 몸을 일으켰다.

"따라오지 마."

정자에서 한 걸음 나서는 동작으로 몸을 솟구친 흑화고는 내원의 뒷담을 넘어 산등성이를 타고 오르기 시작했다. 달빛이 환했지만 그녀의 모습은 순식간에 산 위쪽으로 사라져 이내 보이지 않았다.

여교가 멍청히 있다가 풍전소를 바라보았다.

풍전소 역시 뭐가 뭔지 모르겠다는 듯 어리둥절해하다가 돌연 고개를 옆으로 돌리고 무어라 중얼거렸다. 마치 보이지는 않지만 바로 옆에 누군가 있어 그에게 질문을 던지는 듯한 태도였다.

잠시 후 풍전소는 고개를 갸웃하며 여교를 바라보았다.

"누님은 피리 소리를 듣고 쫓아간 거야."

"피리 소리? 난 못 들었는데?"

"나도 못 들었어. 그 피리 소리는 인간의 귀에는 들리지 않는 거라 듣는 게 아니라 느껴야 한다고 말했어."

"누가 그런 말을 해주었지?"

여교가 풍전소의 옆을 바라보며 주눅 든 음성으로 조심스레 입을 열었다. 아니나 다를까? 풍전소의 입에서 나온 대답은 그녀가 예상했던 그대로였다.

"내 옆에 있는 마귀가. 그는 피리 소리를 들었는데 그 피리 소리는 누님을 부르고 있었대. 음… 그러니까 자신이 목표로 한 특정한 상대에게만 피리 소리가 들리게 하는 밀법이라는군."

"언니는 저쪽 아득한 산꼭대기를 바라보고 있었어. 그렇다면 피리 소리가 저 산봉우리에서 울려온 것일까?"

여교가 놀란 눈으로 만월이 걸려 있는 산정을 올려다보았다.

경사가 완만하고 나무들이 빽빽한 산중턱에서 두 명의 사내가 흑화고를 기다리고 있었다.

대략 삼십 대 후반쯤 되었을까? 한 명은 검은색 가사를 걸치고 검은색의 방갓을 깊숙이 눌러쓴 밀승이었고 또 한 명은 크지 않은 키에 호리호리한 몸매의 청년이었다.

채 스물이 안 되어 보이는 청년은 평범한 청의를 걸쳤는데 마치 갓 태어난 어린아이와 같은 발그스레한 볼과 천진난만한 얼굴 생김새가 대하는 사람으로 하여금 안도감을 주고 있었다.

반면에 검은 가사를 걸친 밀승은 키가 구 척에 달하고 몸 전체가 터져 나갈 듯 근육으로 부풀어 있는 것이 마치 거대한 바위덩어리가 눈앞을 가로막고 있는 듯한 위압감을 주고 있었다. 방갓 아래로 드러난 용모 또한 야차를 닮은 듯 흉악했다.

거구의 밀승은 오른손에는 한 개의 철피리를 들고 있어 피리를 분 사람이 그라는 것을 알 수 있었다.

흑화고는 산정을 향해 치달려 올라가다가 두 사람을 발견하고 신형을 멈춰 세웠다. 그녀의 눈이 거구의 밀승을 향해 잔잔하게 빛을 뿌렸다.

"네가 날 불렀느냐?"

흑화고의 태도는 오만하기 이를 데 없었다. 하지만 거구의 밀승은 이미 흑화고에 대해 잘 알고 있어서인지 분노하는 기색이 없었다. 그렇다고 공손하게 대답을 한 것 또한 아니었다.

쉬익!

거구 밀승이 대답하지 않은 채 처음의 자세 그대로 미동도 하지 않자 흑화고의 몸이 곧바로 그를 향해 짓쳐들어갔다.

옷자락을 휘날리며 공중을 가로질러 날아오는 기세는 마치 성난 독수리가 덮쳐 오는 것처럼 흉포했다. 몸을 피할 만한 겨를도 없었고 병기를 들어 막을 수도 없을 것 같았다.

흑화고는 단지 자신을 피리 소리로 불러냈다는 것 하나만으로도 이미 크게 살기를 드러낸 채 거구의 밀승을 공격했는데 그녀의 공격을 막은 것은 왜소한 체구에 곱상하게 생긴 청의청년이었다.

이것은 실로 의외의 일이었다.

거구밀승과 청의청년은 한 일행이라고 믿기 어려울 정도로 서로 어울리지 않았다. 그리고 억지로라도 그 둘을 일행이라고 생각해야 한다면 거구 밀승은 싸움을, 청의청년은 협상을 하는 것이 각자의 역할일 듯싶었다.

한데 그 역할이 완벽하게 뒤바뀐 것이 아니겠는가.

청의청년이 거구 밀승을 공격하는 흑화고를 향해 미끄러져 왔다. 순진무구해 보이는 외모와 달리 광포한 기세가 해일처럼 일고 있었다.

그는 아무런 병기도 없이 맨손으로 흑화고를 쳐왔는데 그 초식은 오히려 평범했지만 공격의 민첩함과 시간의 정확성, 그리고 광기(狂氣)가 포함된 것 같은 엄청난 힘은 가히 상대방의 허를 찌르는 것이었다.

흑화고는 가만히 서 있는 거구의 밀승을 계속 공격할 수가 없었다. 그를 공격하기 위해서는 청의청년의 공격에 고스란히 몸을 노출시켜야만 했다.

흑화고는 거구 밀승을 놓아둔 채 방향을 바꿔 청의청년을 상대했다. 그녀의 손에는 어느새 한 자루 비수가 들려져 있었는데 길이는 반 자에 불과하고 얇기가 버들잎 같았다.

흑화고의 공세가 방향을 바꾸자 그제야 청의청년은 검을 뽑아 들었다.

흑화고의 비수와 청의청년의 검이 달빛 속에서 격렬히 부딪쳤다. 검광이 한 무리 구름처럼 흑화고를 향해 휘몰아쳤고 그 속에서 은빛 번개 같은 예리한 기세가 청의청년을 향해 쳐 나갔다. 검은 구름 속에서 흰 번개가 끊임없이 번뜩이는 듯한 광경이었다.

두 사람은 처음 격돌하던 자리에서 털끝만치도 움직이지 않았고 병기끼리 부딪치는 소리도 들리지 않았다.

어느 한순간, 흑화고는 크게 손을 휘저은 뒤 전권에서 빠져나왔다.

흑화고가 고개를 갸웃했다. 기이하게도 거구의 밀승은 석상처럼 서 있을 뿐 공격에 가담하려는 기미가 전혀 없었다. 그것이 오히려 그녀의 신경을 건드리고 있었던 것이다.

"검을 내놔!"

흑화고는 자신이 조심해야 할 적은 거구의 밀승이라고 생각했다. 때문에 눈앞의 청의청년을 서둘러 제압해 둘 필요가 있었다.

그녀는 돌연 오른발을 한 걸음 내디디며 손을 내밀었다. 마치 검을 달라는 듯한 행동이었다.

청의청년이 움찔하더니 자신도 모르게 검자루를 반대로 해서 공손히 내밀었다. 흑화고는 그 검을 받아 드는 동작으로 다시 내밀어 청의청년의 몸을 관통시켰다.

자신이 내밀었던 검이 자신의 몸을 관통하자 청의청년은 깜짝 놀랐다는 듯 눈을 껌벅였다.

그 순간 흑화고 역시 눈을 깜박거렸다. 청의청년의 몸이 점차 투명해지고 있었다. 놀랍게도 그의 몸 뒤쪽에 있는 풍경이 눈에 들어오고 있었다. 달빛 또한 청의청년의 몸을 그대로 통과해 바닥에 은빛을 뿌려내고 있었다. 놀랍게도 청의청년은 사라지고 있었던 것이다.

흑화고는 고개를 돌려 그때까지도 처음의 자리에 석상처럼 서 있는 거구의 밀승을 바라보았다. 거구의 밀승 역시 몸체가 희미해져 달빛이 그대로 통과되고 있었다.

흑화고가 크게 놀라 주위를 두리번거리는 순간 우지직! 하는 기이한 음향이 들려왔다. 동시에 머리 위에서 굵은 나뭇가지가 창처럼 곧바로 뻗어왔다.

흑화고는 머리 위로 나뭇가지들이 살아 있는 생명체인 양 길게 뻗치며 덮쳐 오자 코웃음 치며 좌측으로 걸음을 옮기려 했다. 이번에는 지면 속에서 솟구쳐 올라온 가는 나무뿌리들이 여러 가닥으로 뒤엉켜 그녀의 발목을 잡았다.

주춤하는 사이에 땅속에서 솟구쳐 오른 무수한 나무뿌리들이 흑화고의 몸을 타고 올라와 순식간에 그녀는 나무뿌리들로 뒤덮여 버렸다.

하지만 막 나무뿌리들에 완전히 갇혔다고 느껴진 순간 그녀의 몸에서 은빛이 번뜩였다. 그녀를 포박했던 나무뿌리들이 수십여 조각으로 베어지며 지면으로 흩어졌다.

주위를 둘러보니 머리 위로는 여전히 굵은 나뭇가지들이 창이나 화살처럼 덮쳐 오고 있었다. 멀리 있는 나뭇가지들은 거리가 미치지 못하자 스스로 꺾이면서까지 흑화고를 향해 달라들었다.

흑화고 역시 오행술을 펼칠 수 있었다. 하지만 지금은 상대방이 먼저 주변의 모든 나무의 정을 수족으로 삼아버렸기 때문에 나무의 정괴를 통제할 수가 없었다.

2

거구의 밀승과 청의청년은 한쪽으로 아득한 단애가 입을 벌리고 있
는 산의 정상에 앉아 있었다. 둘 모두 눈을 감고 있었는데 놀란 듯한
표정이 되어 청의청년이 먼저 눈을 떴고 곧 이어 거구의 밀승도 눈을
떴다.

거구밀승의 얼굴은 땀으로 젖어 있었다. 넓은 부위에 우거져 있는
나무들의 정(精)을 조종하느라 공력의 소모가 심한 탓도 있었지만 무엇
보다도 격렬한 정신 집중 때문인 듯했다.

거구의 밀승이 고개를 흔들었다.

"소문을 들어서 알고 있었지만 이 정도일 줄이야… 정말 사나운 여
자야."

그의 음성은 무척 가늘어 체구나 생김새와는 전혀 어울리지 않았다.
마치 나이 어린 소녀의 음성 같았다.

상처 입은 야수가 으르렁대는 듯한 소름 끼치는 음성은 예상과는 달리 왜소하고 순박한 외모를 지닌 청년의 입에서 흘러나왔다.

"그게 뭐지? 그 계집애가 검을 달라고 하자 나도 모르게 내줬다. 그리고 그 검에 당했어. 그게 도대체 무슨 술법이지?"

왜소한 청년이 질문을 던지자 거구의 밀승은 역시 계집애 같은 태도로 입을 열었다.

"암혼인이야. 목소리의 술법이지. 대단한 건 아니지만 때에 따라서는 놀라운 효과를 발휘하기도 해. 하지만 대비하고 있으면 두 번 다시 당하지 않을 거야."

"그래?"

왜소한 청년은 고개를 끄덕이며 자신의 가슴을 내려다보았다. 흑화고와 싸운 것은 비록 그의 허상에 지나지 않았지만 가슴이 관통당하던 느낌은 너무도 선명했다. 게다가 무엇보다도 충격적인 것은 자신의 손으로 자신의 병기를 적에게 넘겨주던 순간의 아찔하던 기분이었다.

거구의 밀승이 땀을 흘리며 조심스럽게 입을 열었다.

"위험했어. 넌 허상만으로 그 여자와 싸웠지만 만약 당하는 순간에 그걸 믿어버렸으면 여기 있던 너도 진짜로 죽어버리게 되거든."

"빌어먹을! 그렇다면 굳이 이런 방법을 쓸 필요도 없었잖아!"

사실 두 사람은 흑화고와 싸우다가 도주한 것이 아니었다. 그들은 처음부터 산정에 앉아 있었고 단 한 걸음도 움직인 적이 없었다. 흑화고를 가로막고 그녀와 싸운 것은 밀법에 의해 만들어진 허상이었던 것이다.

거구의 밀승이 고개를 갸웃했다.

"흑화고는 법신검을 지니고 있지 않았어. 그렇다면 법신검은 도대체 누가 갖고 있지?"

왜소한 청년의 눈에서 광기가 번뜩였다. 동시에 주변에 서늘한 기운이 번져 나갔다.

"어쨌든 법신검의 행방을 알고 있는 사람은 흑화고뿐이야. 어떻게 해서든지 저 여자를 잡아야 해. 그 여자, 지금 뭐 하고 있지?"

거구 밀승이 한 손을 늘어뜨려 지면에 대며 다시 눈을 감았다. 마치 삼백 장이나 떨어진 곳에서 나무들과 싸우고 있는 흑화고의 모습을 직접 보려는 듯한 태도였다.

잠시 후 거구의 밀승은 눈을 번쩍 뜨며 자리에서 황급히 몸을 일으켰다.

"들켰어! 그 여자가 이곳으로 오고 있어!"

"난 싸우고 싶어."

왜소한 청의청년이 흑화고가 오고 있는 방향을 찾으려는 듯 눈을 돌렸다.

"아직은 안 돼. 물론 조금 전에 네가 전력을 다하지 않은 건 알고 있지만 그 여자 역시 전력을 다한 게 아니었어."

거구의 밀승이 고개를 저으며 단애 쪽으로 걸음을 옮겼다.

이어, 아득한 단애 앞에 선 채 팔짱을 끼며 몸을 틀어 청의청년을 바라보았다. 다음 순간 그는 고개를 갸웃거렸는데 고개와 함께 몸까지 허공 쪽으로 기우뚱 기울었다.

"나중에 기회는 얼마든지 있으니 오늘은 이만 물러나자구."

거구밀승의 거대한 체구가 팔짱을 긴 자세 그대로 옆으로 해서 낭떠러지 아래로 떨어지자 청의청년은 아쉽다는 듯 뒤를 돌아보며 단애 쪽으로 걸어가 마치 허공을 밟는 듯한 자세로 발을 내밀며 절벽 아래로

뚝 떨어져 버렸다.

　흑화고가 산정에 도착한 것은 그 두 명의 모습이 이미 아득한 낭떠러지 아래로 사라져 버린 뒤였다.

3

　흑태세가 중원으로 넘어온 사실을 알게 된 능비령은 하남성으로 가면서 계속 뒤를 돌아보는 버릇이 생겼다.

　하지만 잘생긴 백의청년으로 변화한 흑태세를 식당에서 직접 마주친 이후로는 단 한 번도 그의 모습을 목격할 수 없었다. 남상원에서처럼 일체 자신의 존재감을 감춘 채 계속 능비령의 뒤를 미행하고 있는 것인지, 아니면 어디론가 가버린 것인지 알 수가 없었다.

　능비령은 흑태세의 존재가 마음에 걸렸지만 지금의 그로서는 어쩔 수가 없었다.

　능비령은 원래 자신의 능력이 닿지 않는 일에 계속 신경을 쓰는 성격이 아니었다. 동정호를 떠나 하남을 향해 여행을 시작한 지 열흘 정도가 되었을 때 능비령은 흑태세에 대해 될 대로 되라는 식으로 생각하고 자꾸 뒤를 돌아보는 버릇도 버렸다.

동정호를 떠난 지 열흘 만에 능비령은 호북성 양양(襄陽)에 당도할 수 있었다.

양양은 한수의 물줄기가 굽이도는 곳에 위치하여 위로 감숙성과 섬서성에, 아래로는 호북성과 호남성에 이를 수 있어 군사의 요충지인 곳이었다.

한데 미처 양양에 이르지 못하고 성읍이 멀리 보이는 지점에 도착했을 무렵 능비령은 관도 앞쪽에서 싸움이 벌어지고 있는 것을 목격할 수 있었다.

관도의 중앙에서 다섯 명의 사내가 한 명의 흑의중년인을 포위하고 있었다. 당장이라도 공격을 퍼부을 듯한 기세였다.

행인들 중에서 담이 약한 사람들은 싸움 구경을 하기는커녕 오히려 서둘러 길을 재촉했지만 많은 사람들이 빙 둘러선 채 곧 벌어질 싸움을 기다리고 있었다.

능비령은 구경꾼들을 헤치며 지나가려다가 포위당해 있는 흑의중년인의 모습을 보고 흠칫 놀라며 걸음을 멈췄다.

'저 사람은……?'

흑의중년인의 시선은 초점이 명확하지 않았다. 다섯 명의 사내들에게 포위당해 있으면서도 그의 눈은 어느 누구도 보지 않은 채 허공의 빈 곳에 고정되어 있었다. 게다가 더욱 특이한 것은 시체같이 창백한 얼굴과 달리 그 눈빛이 너무도 맑다는 점이었다.

능비령은 포위당해 있는 흑의중년인이 바로 동정호의 다루에서 만난 홍의소녀의 언니라는 걸 알고 나서 주위를 둘러보았다. 홍의소녀를 찾기 위해서였다.

"오빠!"

좌측에서 사람들을 헤치고 한 소녀가 능비령을 향해 뛰어왔다.

능비령은 홍의소녀가 자신을 먼저 발견하고 반갑다는 듯 뛰어오는 모습을 보며 실소를 머금지 않을 수 없었다. 그냥 다루에서 한 번 만난 사이에 불과할 뿐인데도 홍의소녀는 마치 10년 만에 친오빠를 만난 듯이 반가워하고 있었던 것이다.

능비령이 가슴으로 뛰어드는 홍의소녀를 안아 드는 순간 사람들이 별안간 와 하고 소리를 질렀다.

능비령이 고개를 들어보니 사내들 중 두 명이 흑의중년인으로 분장하고 있는 홍의소녀의 언니를 향해 검을 쳐내며 덮쳐 가고 있는 것이 눈에 들어왔다.

인피면구를 쓴 홍의소녀의 언니가 좌측으로 미끄러졌다. 놀랍게도 그녀는 전면에서 덮쳐 온 두 사람의 공세를 무시한 채 오히려 세 번째 사내를 향해 공격을 퍼붓기 시작했다. 덮쳐 온 사내들의 공세를 피하는 동작으로 다른 적을 공격한 것이다.

〈4권으로 이어집니다〉

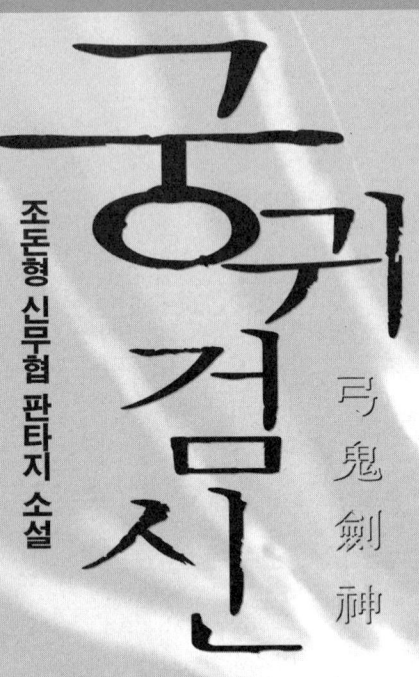

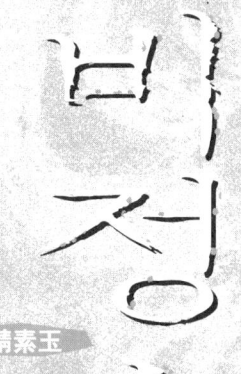

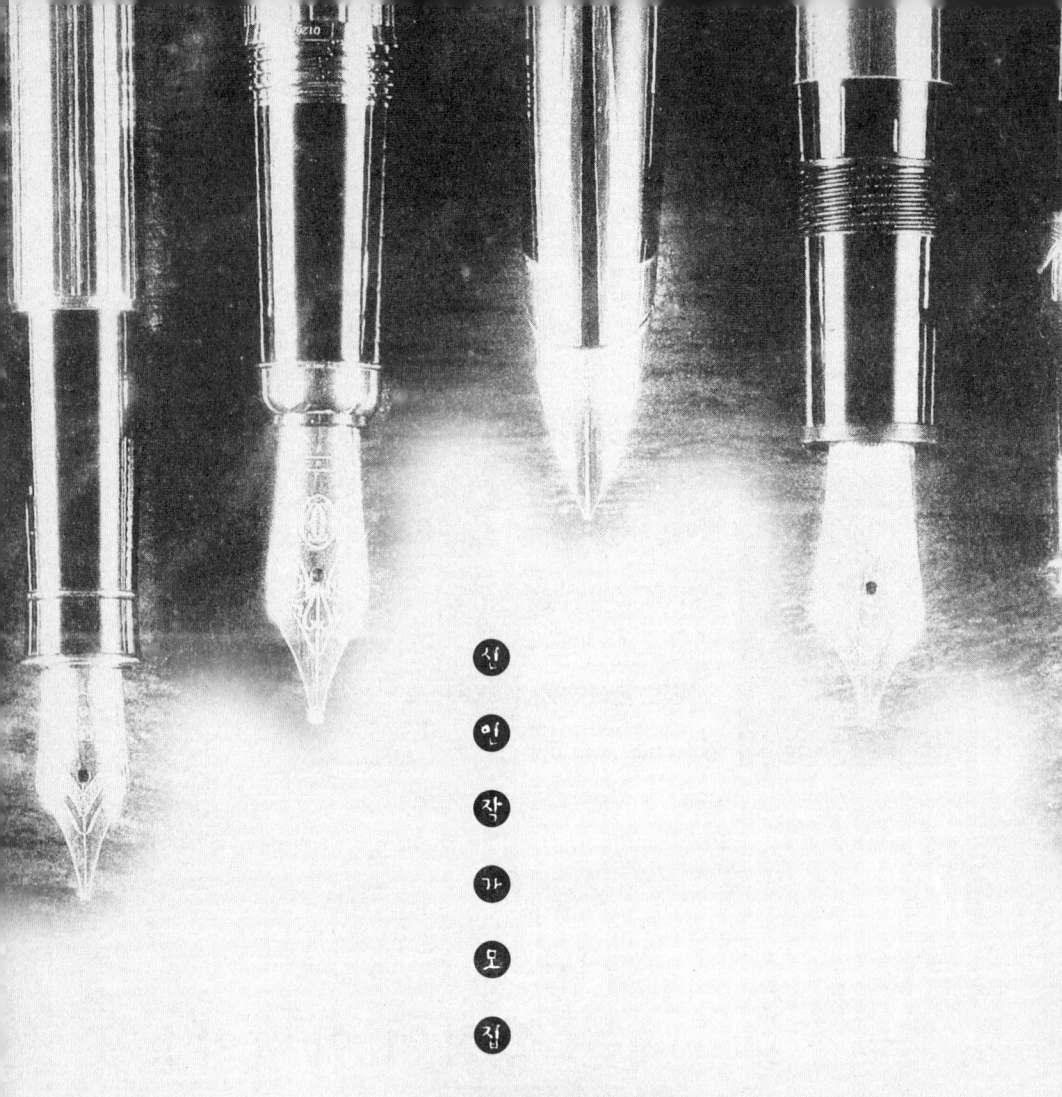